读客®

全球顶级畅销小说文库

全球文化，尽收眼底；
顶级经典，尽入囊中！

Celeste Ng | Everything I Never Told You

无声告白

我们终此一生，就是要摆脱他人的期待，找到真正的自己。

[美] 伍绮诗 著　孙璐 译

江苏凤凰文艺出版社
JIANGSU PHOENIX LITERATURE AND
ART PUBLISHING, LTD

献给我的家人

第一章

莉迪亚死了，可他们还不知道。1977年5月3日早晨6点30分的时候，没有人知道莉迪亚已经死了，他们只清楚一个无伤大雅的事实：莉迪亚来不及吃早餐了。这个时候，与平常一样，母亲在莉迪亚的粥碗旁边放了一支削好的铅笔，还有莉迪亚的物理作业，作业中六个有问题的地方已经用对勾标了出来。莉迪亚的父亲正在开车上班的路上，他把收音机的旋钮转到WXKP频道，WXKP是"俄亥俄州西北地区最佳新闻频道"的缩写，喇叭里传出的静默让他心烦意乱。莉迪亚的哥哥边从楼梯上下来边打着哈欠，一副没睡醒的样子。莉迪亚的妹妹坐在厨房角落的一把椅子上，盯着碗里的玉米片，一片一片地吸到嘴里抿碎，等待着莉迪亚的出现。最后，她不耐烦地说："莉迪亚今天真能磨蹭。"

楼上，玛丽琳打开女儿房间的门，发现床上似乎没有人睡过——羽绒被下面是边角折叠整齐的床单，枕头松软凸起，没有丝毫凌乱的痕迹。地板上胡乱扔着一条深黄色条绒裤子和一只彩虹条纹的袜子。墙上挂着科学展颁发的绶带，还有一张印着爱因斯坦头像的明信片。莉迪亚的帆布旅行袋堆在衣柜旁边的地板上，皱成一团，她的绿色书包摊放在书桌上。梳妆台上是莉迪亚的"柔宝宝"乳霜瓶，空气中还飘散着婴儿护肤品特有的香甜气味。然而莉迪亚却不见了。

　　玛丽琳闭上眼睛。也许，等她再睁开眼，莉迪亚就会出现，像往常一样掀开被子露出乱糟糟的头发。也许，她没有注意到床罩底下有个明显的人形凸起。在她的脑海中，莉迪亚似乎在说："妈妈，我在浴室；妈妈，我去楼下喝水了；妈妈，我一直在床上躺着呢。"当然，等她真的睁开眼睛，一切都没有改变。紧闭的窗帘宛如没有图像的电视屏幕，令人扫兴。

　　玛丽琳来到楼下，在厨房门口停住脚步，双手扒住两边的门框探头朝里张望，她的沉默说明厨房里并没有莉迪亚的踪影。良久，她终于说："我去外面看看，她可能是因为……"她一边走向前门一边紧盯着地板，好像门口的地毯上会留下莉迪亚的脚印似的。

　　内斯对汉娜说："她昨晚在她房间里，十一点半的时候，我还听见她的收音机在响。"他忽然停住嘴，想起自己并没有对莉迪亚说晚安。

"要是你都十六岁了，还会被人绑架吗？"汉娜问。

内斯用勺子戳着碗底，玉米片随着他的动作枯萎塌陷，沉入混浊的牛奶。

他们的母亲蹀回厨房的时候，恍惚之间，内斯心底升起一股喜悦和释然：莉迪亚没有失踪，她好端端地在那里呢。难怪内斯会把母亲错看成莉迪亚，这种情况时有发生——母女俩长得很像，你要是用眼角的余光打量，非常有可能认错人：两人都是尖下巴、高颧骨、左边一个单酒窝、削肩膀。唯独头发的颜色不同，莉迪亚的是墨黑色，她母亲的头发是蜜棕色。内斯和汉娜则长得像父亲——有一次，一个女人在杂货店拦住他们问："你们是中国人吗？"听到他们肯定的回答，女人点点头，表现出一副洞悉一切的样子。"我就知道，"她说，"从眼睛就能看出来。"说着，她用手指尖向外扳了扳外眼角。而莉迪亚却公然违抗遗传规律，不知怎么，她继承了母亲的蓝眼睛。他们知道，这是莉迪亚成为母亲宠儿的原因之一，当然，她也是父亲的宠儿。

内斯刚才恍然看到的"莉迪亚"抬起一只手，按在眉头上，又变回了他的母亲。

"车还在外面。"她说。不过，内斯早就预料到这个结果。莉迪亚不会开车，她连初学者驾照都没有。上个星期她没通过驾照考试，让全家人大吃一惊，父亲为此甚至都不让她坐在驾驶座上。内斯搅拌着麦片粥，粥里的麦片早就变成了碗底的烂泥。前厅的钟表滴答作响，然后传来七点半的报时声。大家都没动。

"我们今天还上学吗？"汉娜问。

玛丽琳犹豫了。她站起来去拿钱包，故作镇定地找出钥匙："你们两个都错过校车了。内斯，你开我的车上学，顺便把汉娜送到学校去。"然后又说，"别担心，我们会弄清楚这是怎么回事的。"她一眼都没有看他们，两个孩子也没有看她。

孩子们出门后，玛丽琳从碗柜里拿出一只马克杯。很久以前，莉迪亚还是个婴儿的时候，玛丽琳有一次在客厅里铺开一床被子，让莉迪亚在上面玩，自己则走到厨房煮茶。莉迪亚只有十一个月大，当玛丽琳把水壶从炉子上拿下来的时候，发现莉迪亚站在门口。她吓了一跳，结果手碰到了灼热的炉子，手掌立刻被烫红了，玛丽琳把红肿的手放到嘴边，眼泪汪汪地看着女儿。莉迪亚表现得十分戒备，因为她是第一次踏足厨房这片领地。玛丽琳并没想到自己错过了女儿学会走路时迈出的最初几步，也没有意识到女儿已经长大了。她脑子里旋转着的念头并非"我为什么错过了"，而是"你还有什么我不知道的本事"。内斯是在她眼皮底下摇摇晃晃学会了走路的，可她却不记得莉迪亚是什么时候学会站立的。但是，现在，莉迪亚已然赤着脚稳稳当当地站在那里，连身衣的裤筒下面露出小小的脚趾。玛丽琳经常背对着莉迪亚做家务，比如开冰箱或者翻动洗衣机里的衣服。莉迪亚可能在几周前就学会了走路，当时玛丽琳也许在忙着做饭，没有注意到。

她一把抱起莉迪亚，抚摩她的头发，夸奖她聪明，说爸爸回家的时候一定会非常自豪。但她也同时有一种"自己熟悉的房间，门却被锁住了"的感觉：乳臭未干的莉迪亚竟然有了秘密。玛丽琳依然需要喂她吃饭、给她洗澡、把她的小腿塞进睡裤，但莉迪亚生活的某些部分已经被帘幕遮挡了起来。她亲亲莉迪亚的脸，把她拉到离自己更近的地方，试图依偎着女儿的小身体取暖。

现在，端着马克杯喝茶的玛丽琳突然想起多年前的那次惊喜。

莉迪亚所在高中的联系电话就钉在冰箱旁边的记事板上，玛丽琳摘下写有号码的卡片，拨了电话，手指缠绕着电话线等待着。

"米德伍德高中，"铃声响到第四下，校务秘书接起电话，"我是多蒂。"

玛丽琳记得多蒂：身材如同沙发靠垫，褪了色的红发高耸地盘在头顶。"早上好，"她支支吾吾地问，"我女儿今天早晨去上学了吗？"

多蒂轻咳一声，礼貌地表示着不耐烦："请问你是哪位？"

玛丽琳愣了一下才想起自己的名字："玛丽琳。玛丽琳·李，我女儿是莉迪亚·李，她上十年级。"

"我查查她的课程表，上午第一节课是——"对方停顿了一阵，"十一年级物理？"

"是的，是凯利老师的课。"

"我找人去教室看看。"说完，校务秘书"砰"的一声把听筒放在桌上。

玛丽琳研究着她的马克杯，还有杯子在柜台上留下的水渍。几年前，一个小女孩爬进了储藏室，结果窒息而死。事后，警察局给每家每户发了一张传单：如果你的孩子不见了，请立刻去找。请检查洗衣机和烘干机、汽车后备箱、工具室，以及孩子可能爬进去的所有地方，如果找不到，请立刻报警。

"李太太，"秘书说，"你的女儿没去上第一节课，你要给她请假吗？"

玛丽琳没有回答就挂掉了电话。她把卡片放回原位，手指上的汗抹在了卡片上，墨迹洇开了，号码变得模糊不清，犹如被狂风吹乱，又像是掉进了水里。

她检查了每一个房间，敞开每一个橱柜，又瞥了一眼空荡荡的车库。混凝土地面上有一块油迹，空气中弥漫着淡淡的汽油味，此外别无他物。她不确定自己在找什么。可疑的脚印？零星的面包屑？玛丽琳小的时候，有个比她大一些的女同学失踪了，她叫金妮·巴伦，玛丽琳一直很羡慕金妮穿的马鞍鞋。金妮去商店给她父亲买烟，然后就不见了，两天后，人们在距离夏洛特斯维尔还有一半里程的路边发现了金妮赤裸的尸体。她是被勒死的。

这会儿，玛丽琳开始胡思乱想了。这个夏天，连环杀人狂"山姆之子"——虽然报纸上最近才开始这样称呼他——大肆作案，甚至在俄亥俄州，新闻头条刊登的也是他最新犯下的枪击案的消息。几个月之后，警方会抓住这个叫大卫·柏克维兹的家伙，美国人也会关注别的新闻：猫王去世，新一代雅达利游戏机闪亮登场，电视角色"方奇"从鲨鱼身上一跃而过，然而现在，罪犯尚未落网，所以，深色头发的纽约人仍然在争相购买浅色假发①。这让玛丽琳觉得世界是一个恐怖混乱的地方，但她也提醒自己，这样的事情不会发生在米德伍德。米德伍德虽然以"城市"自居，可实际上不过是个小小的大学城，居民只有三千人左右，从这里开车，走上一个小时才能到托莱多；周末的时候，当地人只能在溜冰场、保龄球馆或者汽车电影院消磨时光，连市中心的米德伍德湖都只能算是一方池塘。（最后一点她搞错了，实际上，米德伍德湖宽一千英尺，而且很深。）不过，她还是觉得后腰刺痛，仿佛有成群的甲虫爬过脊柱。

玛丽琳拉开浴帘，挂环摩擦着撑杆，发出刺耳的声响，映入眼帘的只有浴缸的白色曲线。她在厨房翻箱倒柜，检查了储藏室、大衣橱和炉灶，又打开冰箱朝里看：橄榄、牛奶、粉红泡沫塑料包装

---

① 因为"山姆之子"杀害的都是深色头发的女性。——译注（本书中的注释，如无特别说明，均为译注）

的鸡肉、一颗圆生菜、一串绿葡萄。她摸摸冰凉的花生酱瓶，关上冰箱门，摇了摇头，就好像莉迪亚会藏在冰箱里似的。

上午的阳光洒满房间，有着柠檬戚风蛋糕般的细腻质感，照亮了碗柜、空衣橱的内部和光洁的地板。玛丽琳低头看看自己的手，在阳光的照耀下，空空的掌心反射出柔和的光芒。她拿起电话，拨了丈夫的号码。

办公室里，詹姆斯拿着钢笔敲击着自己的牙齿，对他而言，今天不过是又一个平凡的星期二。他面前摆着一份打好的材料，其中一行字写着"塞尔维亚是波罗的海各国中最强大的国家之一"，字迹肮脏歪斜，詹姆斯用笔划掉"波罗的海"，改成"巴尔干半岛"，然后翻到下一页，念道："'黑毛党'刺杀了弗朗斯·斐迪南大公。"他想："应该是'弗朗茨'和'黑手党'。"难道这些学生从来没翻开过课本吗？他想象自己站在讲堂前面，手执教鞭，身后挂着欧洲地图。他教的是历史导论课，主题是"美国与世界大战"；他并不奢望学生拥有深奥的知识或者惊人的洞见，只要对基本史实有所了解，能够拼对"捷克斯洛伐克"这个地名便足矣。

他合上论文，在第一页打分——六十五分（满分一百分）——然后画了个圈。每到暑假临近，学生们都会匆忙准备论文，愤恨的火花于争分夺秒间迸发，在没有窗户的讲堂墙壁上砰然四射。他们的文章写得漫不经心，偷工减料，经常出现拦腰截断的句子，让人觉得他们的思维断断续续、连不成线。真是浪费，他想。他亲自提炼的课堂笔记，亲自制作的麦克阿瑟和杜鲁门的彩色幻灯片，还有瓜达尔卡纳岛的地图，全都是白费劲。对学生来说，除了嘲笑历史课本上出现过的滑稽名字比较有意思外，这门课无非是毕业之路上的绊脚石之一。还能指望什么呢？他把批好的论文和其余的摞在一起，把钢笔朝纸堆上一丢。透过窗户，他可以看到绿色的校园小院，三个穿蓝色牛仔裤的孩子正在玩飞盘。

詹姆斯年轻时已是初级教师，但经常有人把他错认成学生。不过，已经好多年没发生这种事了。明年春天他就四十六岁了。他现在已经拿到了终身教职，漆黑的头发里也混进了几根银丝。然而有些时候，人们仍然会把他当成别人。一次，教务长办公室的一位接待员以为他是前来访问的日本外交官，问他旅途是否愉快。他喜欢人们听到他说自己是美国历史教授时脸上那难以置信的表情。"我是美国人。"他这样说的时候，他们都会惊奇地眨眼睛，他的语调里不乏自我辩护的锋芒之气。

有人敲门。他的助教路易莎抱着一叠论文走了进来。

"李教授，我没想打搅你，但是，你的门是开着的。"她把论文放到他桌上，停顿了一下说道，"这些论文不怎么好。"

"嗯，我改的这些也不好，还以为高分论文都在你那里呢。"

路易莎笑了。他第一次见到她，是在上学期的毕业研讨班上，路易莎吓了他一跳，因为从背后看，她非常像他的女儿。她们的头发几乎一样长，都是深色，光滑柔亮，一直披到肩胛上，坐着的时候胳膊肘向里收，紧贴着身体。不过，当路易莎转过身，她的长相却和莉迪亚完全不同，她脸窄，莉迪亚脸宽，她的眼睛是褐色的，眼神沉稳坚定。"李教授，"路易莎伸出一只手，"我是路易莎·陈。"在米德伍德教书十八年，他想，她是自己的第一个东方学生。想到这里，他已经不自觉地微笑起来。

　　接着，一周之后，路易莎来到他的办公室。"这是你的全家福？"她凑过去看他桌上的照片，沉默地端详了一阵子。大家都会这样，这也是他愿意公开展示这张照片的原因。他看到她的目光从相片中他的脸移到了他妻子和孩子的脸上，然后又扫视回来。"噢，"过了一会，她说，他能看出，她正试图掩饰自己的疑惑，"你的妻子——不是中国人？"

　　大家都会这么说。但是，他本以为路易莎会有不一样的反应。

　　"不是，"他说，又把照片朝着她摆正了一点，相框和桌面形成了完美的四十五度角，"她不是中国人。"

　　到了秋季学期，他请路易莎为他组织的本科生演讲打分，来年四月份，他请她担任自己夏季课程的助教。

　　"希望夏天的这批学生会好一点，"路易莎说，"可是，有几个学生坚持认为，开普敦到开罗的铁路位于欧洲，身为大学生，他们明显欠缺地理知识。"

"嗯，我们学校也不是哈佛大学，没什么奇怪的。"詹姆斯说。他把两摞论文并到一起，又平均分开，像玩扑克牌那样倒扣在桌上，"有时候，我觉得自己的辛苦简直是白费。"

听到这话，路易莎有点吃惊。"是学生自己不努力，不是你的错。但他们也不是一塌糊涂，有几个人就得了A。"她的眼神一下子变得严肃起来，"你的人生没有浪费。"

詹姆斯的意思是说，他年复一年地讲授历史导论这门课，学生们却连最基本的历史年表都不屑于了解。他想，路易莎只有二十三岁，她知道什么人生，又明白什么是浪费？不过，听到她这么说，他还是觉得舒服。

"别动，"他说，"你头发上有东西。"她的头发凉凉的，又有点湿，似乎早晨淋浴后没有完全擦干。路易莎一动不动地睁大眼睛，盯着他的脸。不是花瓣，他想，是一只瓢虫，他把它摘了下来。瓢虫撑起细如丝线的小黄腿，踮着脚尖，倒挂在他的指甲上。

"今年的烦心事特别多。"一个声音从门口传来，詹姆斯抬头看到斯坦利·休伊特探进半个身子。他不喜欢斯坦[1]——这个男人面

---

① 斯坦是斯坦利的昵称。

色红润，膀阔腰圆，和他说话时嗓门很大，而且慢条斯理，好像詹姆斯的听力有问题一样。斯坦经常讲一些愚蠢的笑话，比如"乔治·华盛顿、水牛比尔和斯皮罗·阿格纽走进一个酒吧……"之类的。

"有事吗，斯坦？"詹姆斯问。他蓦然发现自己的食指和拇指无意间越过路易莎的肩膀伸了出去，比成一把手枪的形状，对准了斯坦。他连忙把手缩回来。

"我就是想问一个关于院长最新通知的问题，"斯坦举起一张油印材料说，"没想要打扰你。"

"我得走了，"路易莎说，"祝你上午有个好心情，李教授，我们明天见。你也是，休伊特教授。"路易莎从斯坦利身边挤过去，进入走廊，詹姆斯发现她脸红了，他自己的脸也很热。路易莎走掉后，斯坦利一屁股坐在詹姆斯的桌角上。

"漂亮姑娘，"他说，"她今年夏天还是你的助教，对吗？"

"是的。"詹姆斯摊开手掌，瓢虫爬上他的指尖，沿着螺旋和圆环形状的指纹散步。他很想一拳砸在斯坦利笑得咧开的嘴上，用指关节感受一下他扭曲的门牙。不过，他只是用拇指捻碎了手上的瓢虫。甲壳的碎片夹在指缝中间，触感像爆米花的皮，粉身碎骨的瓢虫变成了一小堆硫磺色的粉末。斯坦利的手指不停地在詹姆斯书本的书脊上划动，尽管再过一会儿，詹姆斯会宁愿时间停留在这个茫然无知的时刻，但是现在，最令他心烦的就是斯坦不怀好意的笑。所以，当电话铃声响起的时候，他感到如释重负，甚至连玛丽琳声音里的焦急都没有马上察觉。

"詹姆斯，"她说，"你能回家吗？"

警察告诉他们，很多青少年会毫无预兆地离家出走。他们说，女孩经常会生父母的气，父母却浑然不觉。内斯看着警察检查妹妹的房间，他希望他们能够用上滑石粉、羽毛刷、嗅探犬、放大镜等等寻找蛛丝马迹的工具，但他们只是拿眼睛看：书桌上方用图钉固定在墙上的海报、地板上的鞋、半开的书包。然后，那个年轻一点的警察把手掌放在莉迪亚的粉红色圆形香水瓶盖上，像握着一颗小孩的头一样。

年纪大一些的警察告诉他们，大部分女孩的失踪案都会在24小时内自行撤销，因为失踪的女孩会自己回家。

"这是什么意思？"内斯问，"大部分？这是什么意思？"

警察越过双光眼镜的上方瞥了他一眼。"就是说，大部分案件都是这样的。"他说。

"有百分之八十吗？"内斯说，"九十？九十五？"

"内斯，"詹姆斯说，"行了，让菲斯克警官工作吧。"

年轻些的警官在笔记本上匆匆记录案件细节：*莉迪亚·伊丽莎白·李，十六岁。最后出现时间：星期一，5月2日，身穿印花绕颈*

系带裙。**父母姓名：詹姆斯和玛丽琳·李**。菲斯克警官开始详细询问詹姆斯情况，他突然想起一件事。

"你妻子也曾经失踪过一次？"他问，"我记得那个案子，是1966年发生的，对吗？"

詹姆斯觉得脖子后方一阵温热，似乎有汗水从耳朵后面滴落。他很庆幸玛丽琳现在正待在楼下守着电话。"那是个误会，"他不自在地说，"我和我妻子出现了沟通问题，因为家务事。"

"知道了。"年纪大一些的警官拿出他自己的笔记本做起了笔录，詹姆斯曲起手指，在莉迪亚的书桌上轻轻敲击。

"还有什么问题吗？"

厨房里，警察们翻动着家庭相册，想找一张莉迪亚脸部的清晰照。"这张。"汉娜指着相册说。这张照片是去年圣诞节照的，上面的莉迪亚面有愠色。当时，端着相机的内斯想哄她笑，却没有成功。她坐在一棵树下，背靠着墙，照片里只有她一个人。她脸上的表情是赤裸裸的挑衅，目光仿佛穿透了相纸，直视着你，似乎在说："看什么看？"内斯无法从这张照片上分辨她蓝色的虹膜和黑色的瞳孔，闪光的相纸把她的眼睛变成了两个黑洞。当他从杂货店取出冲印好的照片，看到这上面妹妹的表情时，就后悔拍下了这个瞬间。但是，他现在不得不承认，汉娜手上拿的这张照片还原度非常高——至少很像他最后一次见到莉迪亚时她的模样。

"别选那张，"詹姆斯说，"莉迪亚是在做鬼脸。看了这张照片，人们会以为她总是这个样子。选一张好的。"他翻阅相册，挑出最后一张，"这张好一点。"

这是一周前莉迪亚十六岁生日时照的，她坐在桌边，涂着唇膏，面带微笑。虽然她的脸朝向镜头，但眼睛却看着取景框以外的地方。她在笑什么？是看到了什么好玩的东西吗？内斯想。可能是他或者父亲说的什么话逗乐了莉迪亚，抑或是出于什么他们不知道的原因。照片中的莉迪亚看上去像杂志广告里的模特，唇色暗沉浓艳，纤细的手掌托着一碟均匀洒满糖霜的蛋糕，她开心的样子简直不像是真的。

詹姆斯把放在桌上的生日照推到两名警察面前，年轻的那个把照片塞进一个马尼拉加厚纸质文件袋内，站起身来。

"这张就可以，"他说，"如果明天还没有找到她，我们会制作一份传单。别担心，我敢肯定，她会回来的。"他讲话时，一星唾沫飞到了相册上，汉娜用手指把它擦掉。

"她不会一声不吭就离家出走的，"玛丽琳说，"如果是疯子或者神经病把她绑架了怎么办？"她伸手去拿早晨的报纸，报纸一直就搁在桌子中央。

"尽量别去担心，夫人，"菲斯克警官说，"这样的事情不太可能发生。大部分案件里……"他看了内斯一眼，然后清清喉咙，

"失踪的女孩几乎都会回家的。"

警察走了以后，玛丽琳和詹姆斯守着一张便笺纸坐着。警察建议他们给莉迪亚所有的朋友打电话，联系可能知道她去向的每一个人。于是，两人一起列了份名单：帕姆·桑德斯、珍·皮特曼、谢莉·布莱尔利……虽然内斯没说什么，但他清楚，这些女孩从来都算不上莉迪亚的朋友。自从幼儿园开始，莉迪亚和她们就是同学，这些女孩偶尔会打来电话，和莉迪亚嬉笑一番。有时，莉迪亚会对着听筒大喊："我明白了！"有时，到了晚上，她在楼梯平台那里的窗户前一坐就是几小时，电话搁在膝盖上，肩膀和耳朵夹着听筒。每当父母经过，她就压低声音含糊地嘟囔，小指绞着电话线，直到他们走开为止。内斯觉得，父母就是根据莉迪亚的这种表现，写下了那些可能知道她去向的女孩的名字。

然而内斯知道莉迪亚在学校里的样子，见过她是如何沉默地坐在餐厅里，而其他女孩都在闲聊，见过她们抄完了莉迪亚的作业，她是如何一言不发地把本子塞回书包。放学后，她都是独自一人登上校车，安静地坐在内斯旁边。一次，他在莉迪亚接电话时经过，发现她不是在和同学八卦，而是在告诉对方当天的家庭作业——阅读《奥赛罗》第一幕，完成第五部分的奇数习题——然后就挂掉电话。第二天，当莉迪亚再次蜷缩在窗台上耳朵贴着听筒的时候，内斯在厨房里拿起分机听筒，结果只听到低沉的拨号音。莉迪亚从未真正拥有过朋友，她的父母却从不知道这个事实。如果父亲问："莉迪亚，帕姆最近怎么样？"莉迪亚会说："噢，她很好，她刚加入了拉拉队。"听到这样的回答，内斯也不会反驳她，反而惊异于她的镇静，还有说谎时连眉毛都不抬一下的高超技巧。

不过内斯现在不能告诉父母真相，他看到母亲在一张旧发票的背面潦草地涂写着一个又一个人名，然后问他和汉娜："你们还能想起谁来？"他马上想到了杰克，嘴上却回答"没有了"。

整个春天，莉迪亚都和杰克待在一起——或者说，杰克黏着她。每到傍晚，他们就会坐着杰克开的甲壳虫汽车兜风，莉迪亚直到晚饭时间才会回家，假装自己一直待在学校里。这段友谊"突如其来"——内斯拒绝用别的词来形容它。杰克上一年级的时候，他母亲带着他搬进街角那座房子里，内斯曾经觉得他们可以成为朋友，然而，结果并非如此。杰克当着其他小孩的面羞辱过他，在内斯的母亲离家出走时嘲笑他，那时，内斯还以为她再也不会回来了。就好像，内斯现在想起来，就好像没有父亲的杰克有资格就父母离家发表意见似的。伍尔夫一家搬来时，所有的邻居都在背地里谈论珍妮特·伍尔夫是怎么离婚的，还有珍妮特在医院上夜班时，杰克是怎样到处乱跑的。那年夏天，邻居们也八卦过内斯的父母——不过内斯的母亲最后回家了，杰克的母亲却仍旧是离婚状态，杰克也还是个四处乱跑的野孩子。

现在呢？就在上周，出门跑腿的内斯开车回家，看到杰克在遛狗。当时内斯正沿着湖岸前进，准备拐到他们住的那条小街上去，这时，他发现杰克从岸边的小路上走过来。杰克个子很高，身材瘦削，他的狗跑在前面，轻快地连蹦带跳朝一棵树奔去。杰克穿着一件褪了色的旧T恤，没有梳理过的浅棕色卷发向上翘着。内斯开车从他身旁经过，杰克抬头看他，几乎微不可察地点了点头，一根香烟叼在嘴角。内斯觉得，与其说是打招呼，杰克的举止更像是表示他还认得自己，仅此而已。而且，他的狗也肆无忌惮地盯着内斯的眼睛，漫不经心地抬起一条腿撒起尿来。莉迪亚就是和这么一个家伙度过了整个春天。

内斯想，要是自己供出杰克，父母会问："我们过去为什么不知道？"那么他就得告诉父母，莉迪亚和杰克曾经几乎每天下午都在一起，而且，为了给莉迪亚打掩护，他当时向父母撒了谎，说是"莉迪亚和朋友学习去了"，或者"莉迪亚放学后留在学校研究数学题"。可他应该说的实话则是"她和杰克在一起""杰克开车带她出去了"或者"她和杰克一起走了，天知道他们去了哪里"。不仅如此，即便只是说出杰克的名字，都意味着他得承认自己不愿意承认的事实：杰克根本就是莉迪亚生活的一部分，至少在过去的几个月里一直如此。

桌子对面，玛丽琳翻看着电话簿，念出上面的号码；詹姆斯负责拨号，动作小心缓慢，用一根手指拨动号码盘。随着一个个电话打出去，他的语气也越来越疑惑："是吗？她没和你说过什么计划吗？噢，我知道了。好吧，无论如何还是谢谢你。"内斯打量着厨房桌子的纹理，还有摆在面前打开着的相册。相片被抽走的那一页留下了一块空白，透过空空如也的塑料套，可以看到相册封底的白边。他们的母亲一只手在电话簿上由上到下划动，指尖都被油墨染成了灰色。汉娜伸过腿来，脚趾碰到了内斯的脚趾，这让他觉得有些安心，但他并没有抬头，而是合上相册。桌子对面的母亲又划掉了名单上的一个名字。

打完最后一串号码，詹姆斯放下电话，从玛丽琳手中接过名单，划掉"卡伦·阿德勒"这个名字，字母"K"被他划出的线拦腰截断，变成了两个工整的"V"。不过，透过这条线，他还是能看清这个名字：卡伦·阿德勒。周末的时候，除非莉迪亚已经完成所有的家庭作业，否则玛丽琳是不会允许她出去玩的——而等她完成的时候，通常已经是星期天下午了。在某些这样的星期天下午，莉迪亚会去购物中心见朋友，让父亲开车接送她，比如："我们几个人要去看电影《安妮·霍尔》，卡伦非常想看。"詹姆斯会从钱包里抽出一张十美元纸币，推到桌子对面的女儿眼前，这个动作的意思是：好的，去吧，玩得开心。现在他突然意识到，自己从未见过任何一张电影票根，他想起来，当他开车到购物中心接女儿回家时，莉迪亚是独自站在人行道上等他的。不知有多少个夜晚，他曾经微笑着在楼梯下面收住步子，听着莉迪亚打电话的声音从楼梯平台上传来："噢，天哪，我知道的，对吧？那么，她接下来怎么说的？"可是现在，他反应过来，莉迪亚已经好几年没有给卡伦、帕姆或者珍打电话了。他想起那些漫长的下午，他们还以为莉迪亚放学后留在学校学习，而实际上她可能去到任何地方，做任何事情。想到这里，詹姆斯蓦然发现，他已经用黑色墨水在卡伦·阿德勒的名字上画了无数条交叉线。

他再次拾起话筒，拨出电话。"我找菲斯克警官。是的，我是詹姆斯·李。我们联系了莉迪亚所有的……"他迟疑了一下，"她在学校里认识的所有人。不，一无所获。好的，谢谢你。是的，我们会的。"

"他们准备派一名警官去找她。"他放下听筒，"他们说，要保持电话畅通，也许她会打电话回来。"

晚餐时间来了又走，但没有一个人吃得下去，他们像电影里的人那样，只是象征性地把叉子举到嘴边，似乎进食只是一种毫无意义的仪式。电话铃却一直没有响起。半夜的时候，詹姆斯送孩子们上床睡觉，虽然孩子们并没有反对，但他还是站在楼梯下面目送他们上楼。"我赌二十美元，莉迪亚天亮之前就会往家里打电话。"他有些过于一厢情愿地说，但没有人笑他。电话依旧没有动静。

楼上，内斯关上自己房间的门，踌躇不决。他想去找杰克——他敢肯定，杰克知道莉迪亚在哪儿，但父母还没有睡觉，他无法从他们眼皮底下溜出去。他的母亲已经神经过敏，坐立不安，连听到冰箱制冷器开启或关闭的声音，她都会吓一跳。透过窗户，他能看到伍尔夫家黑漆漆的房子，车道是空的，杰克的铁灰色大众汽车一般都停在那里。像往常一样，杰克的母亲又忘记打开前门的灯了。

内斯试图思考。昨天晚上，莉迪亚有没有显得反常？他曾经整整四天不在家，这是他人生中的第一次，因为他去参观了哈佛大学——哈佛！——秋天的时候，他就要去那里读书。复习应考期——接待他的哈佛学生安迪说，所谓的复习应考期，就是在考试前有两个星期的时间死记硬背和参加派对——之前，学校开课的最后几天，校园里弥漫着一种躁动不安、近乎节日的气氛。整个周末，他都敬畏地在校园里游荡，企图把一切都印在脑子里：庞大的图书馆的凹槽支柱，浅绿色草坪对面的红砖建筑，每一座讲堂里飘溢着的甜美的粉笔灰的味道。他发现，每个人的脚步都是那么地坚定有力，目标明确，仿佛知道自己生来就注定取得伟大的成就一样。星期五晚上，内斯躺在安迪宿舍地板上的睡袋里，安迪的室友魏斯带着女朋友走进来，把他惊醒了。灯光亮起，内斯吓了一跳，眨着眼睛看向门廊，只见一个留着胡须的高个子男孩和一个女孩手拉着手，慢慢出现在耀眼的白光之中。女孩有一头红色的波浪长发。"对不起。"魏斯迅速关了灯，内斯听到他们小心翼翼地穿过公共客厅，走进魏斯的卧室。他一直睁着眼睛，好让它们重新适应黑暗。他心想：原来大学是这样的。

他的思绪又回到昨天晚上自己恰好在晚饭前赶回来的那个时刻。莉迪亚之前一直躲在她的房间里，当大家坐下来吃饭时，内斯问，他不在的这几天，她过得怎么样。她却耸耸肩，低头盯着盘子，连眼皮都没怎么抬。他猜想，这说明没发生什么新奇的事情。现在，他连莉迪亚是否跟他打过招呼都想不起来了。

汉娜的房间在阁楼。她靠在床沿上，从床围子里掏出一本书来。其实这本书是莉迪亚的——《喧嚣与骚动》，高阶英语，不适合五年级阅读。几周前，她从莉迪亚的房间偷出这本书，莉迪亚根本没发现。过去两周，她开始从头到尾地读它，每天晚上都读一点，就像含着樱桃味的"救生员"牌糖果那样津津有味地品尝里面的词语。不知怎的，今天晚上这本书似乎变得不一样了。直到她翻到前一天看到的地方，汉娜才明白原因：莉迪亚画出了书中的一些字句，有的地方还潦草地做了课堂笔记，写完"秩序与混乱，南方贵族堕落的价值观"这句话之后，她就没在后面的书页上写过字。汉娜翻了一遍这一页之后的部分——干干净净，没有笔记，没有涂鸦，没有跳出来打断黑色铅字的蓝色字迹。她翻到莉迪亚的笔迹戛然而止的地方，发现自己也不想再读下去了。

昨天晚上，汉娜躺在床上看月亮，发现它像一只热气球缓缓地从天空飘过，虽然她看不出月亮在动，但是，如果视线挪开一阵再看向窗外，就会发现它的位置变了。她甚至觉得月亮会被后院里的大云杉树绊住。过了很久，她几乎都要睡着了，忽然听到低沉的撞击声，差点以为月亮真的撞到了树上。不过，她朝外面一看，月亮躲在了一片云彩后面，屋里的夜光表显示，已经是凌晨两点钟了。

　　她安静地躺着，安静地听着，甚至都没有习惯性地摆动脚趾，那个声响听上去像是前门关闭的声音。前门不太好关，得用胯骨顶着它才能碰上门锁。有贼！她想。透过窗户，她看到一个身影穿过前院的草坪，看起来不像贼，只是一个隐没在黑暗中的瘦小身影，逐渐远去。莉迪亚？她的脑海中立刻浮现出一幅没有她姐姐出现的生活画面：汉娜可以拥有餐桌上最好的位置，坐在那里，正好可以看到窗外院子里的丁香花丛，楼下的大卧室也可以属于她。吃饭的时候，大家会首先把土豆传给她，父亲会给她讲笑话，哥哥向她倾吐秘密，她也能得到母亲最灿烂的微笑。这时，那个身影走到了街上，很快就消失了，快得汉娜甚至觉得自己从未看见过它。

　　现在，在自己的房间里，汉娜盯着书页上乱作一团的文字发呆。那是莉迪亚，她现在可以肯定了。她应该讲出来吗？如果讲出来，母亲会十分失望，因为汉娜眼睁睁看着她的心肝宝贝莉迪亚走掉了。内斯会有什么反应？她想起整个晚上内斯都紧皱眉头，使劲咬着嘴唇，连咬出血来都没有意识到。他一定也会生气的。他会说："你为什么不跑出去追她？""可是，我不知道她去哪儿了呀。"汉娜对着黑暗说，"我不知道她到底要去哪儿。"

星期三早上，詹姆斯又给警察打电话。问：有什么线索吗？答：我们检验了所有的可能性。问：无论发现什么，能否及时告知我们？答：我们仍然期待莉迪亚能自己回家，我们会跟进这件事，当然也会随时通知失踪者的家属。

詹姆斯边听边点头——尽管他知道菲斯克警官看不见他点头。挂掉电话后，他坐回桌旁，没有看玛丽琳，也没有看内斯和汉娜。他不需要多做解释，他们能从他的表情看出来，没有任何消息。

看来，最好的办法只有等待。孩子们没去上学，留在了家里。在恐惧面前，电视、杂志和广播的魅力黯然失色。户外艳阳高照，空气新鲜凉爽，但没人建议大家到门廊或者院子里坐坐，连做家务都有可能帮倒忙。如果使用吸尘器，可能会把某些蛛丝马迹吸走；把地上的书捡起来收好，可能会破坏某些可疑的线索。所以，全家人只有等待。他们围坐在桌边，不敢与任何人对视，只好盯着桌面的花纹，似乎那是能够提供解答的巨大指纹或者寻人路线图。

星期三下午，一位路人发现，湖上有一艘小船在无风的天气里漂浮。几年前，水塔还没建成的时候，这个湖曾经是米德伍德的水库。如今，湖边长起一圈青草，成为夏季的游泳池，孩子们站在木质的小码头上跳水，人们在湖边开生日派对或者野餐。这条小船的缆绳可能是某位公园管理员解开的，泊船的时候没注意，或者是一个无伤大雅的玩笑，没人会在意这些小事。有人知会了警察，也告诉了公园的管理人。直到星期三深夜接近凌晨，一位警官在察看当天巡逻记录时，才把漂浮的小船和失踪案联系起来，于是，他给李家打了电话，询问莉迪亚是否会到湖里的船上玩。

"当然不会。"詹姆斯说，莉迪亚拒绝——是拒绝——学游泳。詹姆斯十几岁时就加入了游泳队，还在内斯三岁时教会了他游泳。可对于莉迪亚，他教得太晚，女儿都五岁了，詹姆斯才第一次带她去游泳池。他站在浅水区等女儿过来，水还没有没过他的腰部。莉迪亚根本不愿往水里走，她穿着泳衣，躺在池边哭了起来，詹姆斯最后只能放弃，还得向女儿保证他不会逼她跳进水里。因为等的时间太长，他泳裤的上半部分早就干了。虽然米德伍德湖离家很近，但即使现在，到了夏天，莉迪亚也只敢走进脚踝深的水里冲洗一下脚上的尘土而已。

"当然不会，"詹姆斯又重复一遍，"莉迪亚不会游泳。"直到对着听筒讲完这些话，他才明白警察这样问的原因。他打电话的过程中，全家人都不寒而栗，似乎已经猜出来警察会发现什么。

星期四早晨天刚亮，警察抽干湖水，找到了莉迪亚。

第二章

为什么会出这样的事呢？如同任何事一样，根源在父母。因为莉迪亚的父母，因为她父母的父母。因为很久以前，她的母亲就失踪过，她父亲把她母亲找回了家。因为她的母亲最希望与众不同，她父亲却最想要融入人群，而这两件事都是不可能的。

1955年，玛丽琳在拉德克利夫学院[①]上大一，她报了"物理学导论"这门课，辅导员看了一眼她的课表，沉默了一下没说话。他是个胖男人，穿花呢套装，系深红色领结，身边的桌子上扣着一顶深灰色的帽子。"你为什么选物理课？"他问。玛丽琳腼腆地解释

[①] 拉德克利夫学院：位于美国马萨诸塞州剑桥的一个女子文理学院，创建于1879年，是美国最顶尖的七所女子文理学院"七姐妹学院"之一，现已全面整合并入了哈佛大学。

说，她想成为医生。"不想当护士吗？"他轻声笑着，从文件袋里抽出玛丽琳的高中成绩单研究起来。"嗯，"他说，"我看到你在高中物理课上取得了很高的分数。"玛丽琳拿了全班最高分，在每次考试中都名列前茅，她热爱物理。然而辅导员不可能知道这些。在成绩单上，只有一个字母"A"。玛丽琳屏息静气地等待，担心辅导员会告诉她，自然科学太难，她最好还是选些别的，比如英语或历史。她已经想好了要如何反驳。不过，辅导员最后说："好吧，你为什么不试试化学呢——要是你觉得自己能行的话。"说完就在她的课程申请上签了字，交了上去。

去化学实验室报到时，玛丽琳发现屋里有十五个男的，只有自己是女的。有时，讲师会轻蔑地咂着嘴说："沃克尔小姐，请把你金色的头发扎好。"还有人会问她："我来帮你点酒精灯吧？""我帮你打开那个罐子？"如果哪天她打碎了烧杯，第二天上课时，会有三个男生冲过来对她说："小心，最好让我们帮忙。"她很快意识到，不管说什么，他们都喜欢用"最好"这两个字起头："最好让我帮你倒掉这些酸液。""最好靠后站——它会爆掉的。"第三天上课，她决定表明自己的态度。当他们试图把试管递过来时，她说"不用，谢谢"，然后忍住笑意，在他们的注视下，用本生灯烧软玻璃试管，抻长管壁，像玩太妃糖那样把它们改造成锥形的滴瓶。当她的同学们偶尔把酸液溅到实验服上，甚至在里层的西装上烧出小洞时，她却能稳稳地拿着器具量酸液。她配出的溶液永远不会像小苏打火山爆发那样冒着泡泡流到实验台上，她的实验结果是最精确的，实验报告是最完备的。到了期中考试的时候，她已经在每次测验中取得了第一名，讲师也早就收起了嘲弄的笑容。

她一直都喜欢用这种方式让人刮目相看。高中时，她向校长提要求：把她的家政课换成手工课。当时是1952年，虽然波士顿的科研人员正准备开发一种能够永远改变女性人生的药物——但是，女孩们还是得穿裙子上学。而在弗吉尼亚，她的要求会被视为激进，因为每个高二女生都要上家政课，玛丽琳的母亲多丽丝·沃克尔还是帕特里克·亨利高中唯一的家政课教师。玛丽琳希望和高二男生一起上手工课，她指出，家政和手工课的学时是一样的，所以，她的课程计划不会被打乱。校长托利弗先生非常了解她，自六年级开始，她一直是班级尖子生——比其他男孩女孩都要优秀——而且，她母亲在这所学校任教多年。所以，当玛丽琳提出申请时，校长先是微笑着点点头，然后又摇摇头。

"抱歉，"他说，"我们不能为任何人破例，否则人人都会想搞特殊。"见到玛丽琳脸上的表情，校长伸出胳膊，越过办公桌，拍了拍她的手，"手工课上的一些工具，对你来说可能挺难用的，"他告诉她，"而且，说实话，沃克尔小姐，课堂上出现了你这样的女孩，对男孩们来说，可能会让他们分心。"她明白，他这样说好像是在夸她，但是她也知道，这实际上并不是一种夸奖。不过，她还是微笑着感谢了校长，那不是一个真心的笑，因为她的酒窝根本都没有露出来。

于是，她只好无精打采地坐在教室后排，等着听她母亲发表十二年来重复过无数次的"欢迎学习家政课"的演讲。"每一位年轻女士，都需要管理住宅。"母亲向学生们保证道。这时候的玛丽琳正在玩手指头，她心想：说得好像如果你不看着家里的房子，它就会跑掉一样。她观察着家政课上的其他女孩，有的在咬指甲，有的身上穿的毛衣起了球，有的闻起来像是在午餐时偷偷抽过烟。她能看到走廊对面的教室里，手工课老师兰蒂斯先生正在演示如何使用锤子。

管理住宅，她想。每天她都会看到同学们戴着顶针，动作笨拙地哂湿线头，眯着眼睛把它穿进针眼里去。她想起她母亲每次吃饭之前都要换衣服，尽管她无需用光鲜的皮肤和整洁的家居服取悦丈夫——她的母亲是在丈夫离开之后才开始教家政课的。那时玛丽琳才三岁，她只在触觉和嗅觉方面仍对父亲有些还算清晰的印象：父亲抱起她时，他的胡茬扎着她的脸颊，一股"老辣椒"牌须后水的浓烈味道随之钻进她的鼻孔。她不记得他是怎么离开的，但知道这件事发生了。每个人都知道。而现在，每个人又似乎或多或少地忘记了这件事，以至于新搬来学区的人会以为沃克尔夫人是寡妇。对于此事，她母亲本人则从来不提，她依旧会在做饭之后和用餐之前补妆，在下楼做早饭之前涂上唇膏。所以，所谓的"管理住宅"是有道理的，玛丽琳想，因为，有时候，房子真的会跑掉。在英文课的一次测验中，她写道："反讽——对事物的预期和现实结果之间的矛盾的嘲弄。"结果得了"A"。

后来在用缝纫机的时候，玛丽琳让线打结；她在剪纸时肆意破坏，乱剪一气；缝的拉链会从衣服上掉下来；调制的煎饼面糊里有碎鸡蛋壳；做松糕时该放糖却放了盐。一次，她把熨斗底朝下扣在熨衣板上，结果把熨衣板烧糊了，冒出来的黑烟甚至触发了火灾报警器。那天晚上吃饭时，她母亲嚼完土豆咽下去，优雅地把刀叉摆放在盘子上，开口道：

"我知道你想证明什么，但是，相信我，要是你一直这么干，我会让你失望的。"然后，她就收拾好碗碟，端着它们到水池那边去了。

玛丽琳没有像往常一样过去帮忙。她看着母亲把一条带褶边的围裙搭在腰上，手指麻利地系了一个扣。刷完盘子，她母亲冲干净手，涂了一点柜台上的护肤液，走到桌旁，拨开玛丽琳脸上的头发，亲了亲她的额头。她的手闻起来有柠檬的味道，她的嘴唇干燥温暖。

此后的余生里，每当玛丽琳想到自己的母亲，这一幕就会首先从脑海中浮现。以她的故乡夏洛特斯维尔为圆心、八十英里为半径画一个圆，她母亲从未走出过这个范围。在户外，她总是戴手套，要是不为女儿准备一顿热气腾腾的早餐，她是坚决不会让玛丽琳去学校的。玛丽琳的父亲离开后，她对丈夫绝口不提，独自把女儿养大。玛丽琳获得了拉德克利夫学院的奖学金之后，母亲拥抱了她很久，并且小声对她说："你根本想象不到，我是多么为你骄傲。"她松开胳膊，直视着女儿的眼睛，把她的头发掖到耳朵后面，说："你知道，你会遇到很多优秀的哈佛男人。"

她母亲说得没错，但这让玛丽琳在往后的日子里一直觉得困扰。她从头开始学化学，主修物理，做好了向医学院进军的准备。每天晚上，她的室友别好卷发夹涂上冷霜去睡觉时，玛丽琳却在埋头苦读。她困了就喝浓茶，或者想象自己穿着医生的白大褂，把手放在发烧的病人额头，戴着听诊器为他们诊断的样子，以此来提神。做医生是她想象得到的最能与母亲的生活方式拉开距离的职业。以家政课老师的标准，把一道褶边缝得整齐利落就是了不起的成就，洗掉衬衫上的甜菜汁也算得上值得庆祝的理由。而作为医生，她的工作是止血止痛、修皮整骨、挽救生命。不过，她母亲的预测也是正确的——她遇到了一个男人。

1957年9月，玛丽琳上大三。一天，她坐在拥挤的讲堂后排听课。剑桥的天气依旧潮湿闷热，大家对凉爽的秋天翘首以待。这堂课是当年新开的——"美国文化中的牛仔"——每个人都想选。据说，课后作业是观赏影视作品《西部独行侠》和《荒野大镖客》。玛丽琳从资料夹中拿出一张活页纸。就在她低头忙碌时，教室里突然变得像雪地一样安静，她抬眼看到这门课的教授走近讲台，立刻明白了大家安静下来的原因。

课程目录上写着授课人的名字"詹姆斯·P.李"。他看起来就像个大四学生，但没人跟他熟识。玛丽琳从小在弗吉尼亚长大，"李"这个姓会让她联想到特定类型的男人，比如理查德·亨利·李、罗伯特·E.李，所以，她意识到自己和大家一样，以为这个"詹姆斯·P.李"会身穿浅棕色夹克，操着慢条斯理的南方口音。而眼前这个把讲义放在讲台上的人，却非常青涩瘦削，不过，仅凭年龄还不至于让他们如此震惊。一个东方人，她想。她之前从未亲眼见过东方人。他打扮得像个送葬的，一身黑西装，黑领带系得很紧，衬衫白得耀眼，头发向后梳，整齐地一分为二，但后面有一撮顽强地直竖着，如同印第安酋长头上戴的羽毛。开口讲话时，他伸出一只手，想把那撮头发捋回去，下面有学生偷偷笑起来。

不知道李教授是否听到了学生的窃笑，反正他并没有被打断。"下午好。"他说。玛丽琳意识到，他在黑板上写下名字时，她不自觉地屏住了呼吸。从同学们的神情中，她能看出他们在想什么。这就是我们的教授？这个小个子，身高至多不过五英尺九英寸，甚至连美国人都不是，竟然要给他们讲牛仔的历史？不过，再次打量他的时候，玛丽琳注意到他的脖颈细长、脸颊光滑，看起来像个穿着大人衣服的小男孩。她闭上眼睛，祈祷这门课能够顺利进行。教室里的寂静还在蔓延，如同不断扩张的气泡表面，随时都会破裂。身后的人突然传给她一叠油印的讲义，她吓得跳了起来。

玛丽琳把讲义传给其他人，这时，李教授又说话了。

"牛仔的形象，"他说，"出现得比我们想象的早得多。"他的英文听不出口音，这让玛丽琳如释重负，一颗提起的心缓缓放下。她很想知道他是从哪儿来的，因为她曾经听说，中国人说英文都是这样的："so solly, no washee."他是在美国长大的吗？过了不到十分钟，学生们就开始做小动作和窃窃私语。玛丽琳瞥了一眼自己记下的要点，比如"在美国历史的各个阶段经历过多次演化""社会反叛者与典型的美国价值观之间的明显分歧"什么的。她又浏览了一遍讲义，发现要读十本书、进行一次期中考试、写三篇论文，但是，其他同学并不关心这些，坐在教室边上的一个女生把书夹在腋下，偷偷溜出门外，旁边一排的两个女生紧随其后。接着，教室里的人数逐渐在减少，每隔一两分钟都会有人离开，第一排的一个男生甚至直接穿过讲台，大摇大摆地走掉了。最后走的是后排的三个男生，他们交头接耳，一边窃笑一边贴着已经空出来的整排座位挪了出去。他们的大腿碰在扶手上，发出低沉的"砰""砰""砰"的声音。等到门一关，玛丽琳就听到外面传来"耶——耶——"的欢呼声，声音很大，盖过了讲课的声音。现在，教室里只剩下九个学生，虽然他们都专注地趴在笔记本上，但脸颊和耳廓明显发红。玛丽琳觉得自己的脸火辣辣的，她不敢看李教授，只能盯着笔记，一只手扶着额头，似乎在遮挡阳光。

当她终于再次朝讲台上窥视的时候，发现李教授神态自若地环视整个房间，似乎什么都没有发生，听到几乎空荡荡的教室传来自己讲话的回音，他看上去毫不在意。离下课还有五分钟的时候，他结束了授课，说："我在办公室待到下午三点。"然后，他直视前方，对着远处某个不存在的地平线凝视了几秒，玛丽琳在座位上不安地扭动起来，仿佛他是在直接盯着她看。

李教授收拾好讲义离开了教室，就在这时，玛丽琳感到脖子后面一阵刺痛，正是这种感觉驱使她去了李教授的办公室。历史系的办公区如同图书馆般安静，空气中透着凉意，弥漫着少量细微的尘埃。李教授坐在办公桌前，头靠在墙上，正在读当天早晨的哈佛校报《哈佛克里姆森报》。他的头路不那么明显了，后面的那一撮重又竖了起来。

"李教授，我叫玛丽琳·沃克尔，我在你的课上，就刚才……？"她不由自主地语调上扬，把最后一句话说得像个疑问句。她想，我听起来一定像个十几岁的小女孩，乏味、愚蠢、肤浅的小女孩。

"有事吗？"他没有抬头，玛丽琳摆弄着她毛衣最上面的那颗扣子。

"我只是想问一下，"她说，"你认为我是否能够跟上这门课。"

他还是没有抬头："你是历史专业的吗？"

"不，我是物理专业的。"

"大四的？"

"不，大三。我准备进医学院。所以历史——与我的专业无关。"

"好吧，"他说，"老实说，既然你选了这门课，就不会有什么问题。"他半合起报纸，露出底下的马克杯，呷了一口杯里的咖啡，又展开报纸。玛丽琳撇撇嘴，她明白对方希望结束谈话，把她赶回走廊里，别再打扰他。可是，她来这里总有目的，尽管她并不确定这个目的是什么，于是，她抬抬下巴，拉了一把椅子在他桌前坐下。

"历史是你读书时最喜欢的科目吗？"

"沃克尔小姐，"他终于抬起眼皮，"你怎么还没走？"只隔着一张桌子的距离看他，她再次发现他是那么的年轻，也许比她大不了几岁，可能连三十岁都不到，她想。他手掌挺宽，手指修长，没有戒指。

"我想替那些男生道歉。"她突然意识到自己为什么会来。他顿了顿，眉毛略微上挑，重复道："男生。"男生们都是这样。

"他们是你的朋友？"

"不，"玛丽琳局促不安地说，"不是，无非是些白痴而已。"

他笑了，她也笑了。她注意到，他的眼角出现了鱼尾纹，那些纹路舒展开以后，他的脸就不一样了，变得更加柔和，更像一张普通人的脸。她发现他的眼睛是棕色的，并非在教室里看到的那种黑色。他真瘦啊，她想，肩膀真宽啊，像游泳运动员一样，他的皮肤是茶色的，是被太阳炙烤过的秋叶的色泽，她从来没有见过像他一样的人。

"我猜，你一定经常遇到这种事。"她轻声说。

"我怎么会知道，这是我的第一堂课，系里让我试讲。"

"抱歉。"

"没关系，"他说，"你留到了最后。"他们同时低下头——他看着现在空掉了的马克杯，她看着他桌子一头的打字机和整齐捆好的复印纸。

"古生物学。"过了一会，他说。

"什么？"

"古生物学，"他重复道，"我最喜欢的科目是古生物学，我想挖掘化石。"

"那也算是历史的一种。"她说。

"我想是的。"他冲着咖啡杯咧嘴一笑，玛丽琳隔着桌子倾身吻了他。

星期四，李教授的第二堂课上，玛丽琳坐在教室边上。李教授进来的时候，她没有抬头，而是在笔记上认真地写下当天的日期，"九月"这个词里的字母"S"写得庄重娴雅，连字母"t"上的一横都完美端正。李教授一开始讲课，她的脸就发起热来，仿佛走进了夏季的烈日底下。她觉得自己的脸一定红透了，像个灯塔一样闪闪发光，但当她用眼角的余光在教室里乱瞄时，却发现大家的注意力都在课堂内容上。虽然来听课的学生少得可怜，但他们要么在笔记上奋笔疾书，要么望着讲台听课，没人注意到她。

她吻他的时候，被自己吓了一跳。那种冲动竟是如此强烈——她曾经凭着这股傻劲，追逐过风中的落叶，跳过雨天的水坑——不假思索、不加抗拒、意义不明、单纯无害。她以前没做过这种事，以后也不会，每次回想起来，她都会觉得自己很奇怪，感到有点震惊。然而在当时当刻，她清楚地知道，自己的感觉是前所未有的——那就是，她想要这个男人。她的内心深处有个声音在说："他明白什么叫作与众不同。"

他嘴唇的触感也让她觉得震撼。他尝起来像咖啡，温暖，略带苦涩，而且，他也回吻了她，似乎早有准备，似乎接吻是他的主意。两人最后分开时，她羞怯得不敢看他的眼睛，只好盯着自己的膝盖，研究裙子的法兰绒质料。汗水透过她的衬裙滴在大腿上，她鼓起一瞬间的勇气，越过挡住脸的头发迅速瞥了他一眼，发现他也在羞怯地看她，他并没有生气，脸已经变成了粉红色。"也许我们最好是到别的地方去。"他说，她点点头，拿起了自己的包。

他们沿着河岸走，一言不发地经过红砖宿舍楼。哈佛赛艇队正在河上练习，划手们身体起伏，以完美协调的动作合力摇桨，船无声地滑过水面。玛丽琳认识这帮人；他们曾经约她看电影、看橄榄球赛，外表似乎都差不多，浅棕色的头发、红润的皮肤。高中里这样的男生比比皆是，玛丽琳看了一辈子，对他们了如指掌。当她为了完成论文或者读书而拒绝他们的邀请时，他们会转而询问其他女孩。站在河岸上望过去，他们就像面目一致、表情冷漠的玩具娃娃。她和詹姆斯——她能毫不费力地想起他的脸——来到了人行天桥，她停下脚步转身看着他。他看上去不像一位教授，而像个少年，腼腆而热情地牵住了她的手。

詹姆斯呢？他是怎么想她的？他永远不会告诉她，也不会对自己承认的是，在第一节课上，他根本没有注意到她。他就罗伊·罗杰斯、吉恩·奥特利和约翰·韦恩[1]侃侃而谈的时候，曾经多次看到她，但当她来到办公室时，他却没有认出她。她不过是个漂亮白皙

---

[1] 三人都是上世纪三四十年代以西部牛仔为主角的电影中的演员，经典形象均为弹唱牛仔（the singing cowboy）。

的平凡女孩而已，缺乏明显的特色。然而，尽管他永远都不会彻底意识到这一点，这正是他爱上她的最初原因，因为她能够完美地融入人群，因为她看上去是那么的普通和自然。

整个第二堂课，玛丽琳都在回忆他皮肤的味道——干净、浓烈，像暴风雨后的空气——还有他的手放在她腰上的感觉，甚至连她的手掌也变得温暖了。她透过指缝偷看他，每翻一页讲义，他都要刻意把圆珠笔放在讲台上按一下。她意识到，他的眼神四处乱飘，就是不落在她身上。快下课时，她在座位上无所事事，慢吞吞地把活页纸放进文件夹，把铅笔塞回口袋。她的同学赶着去上别的课，从她身边挤过去，书包撞在她的身上。詹姆斯忙着在讲台旁收拾讲义，清理手上的粉笔灰，把粉笔放回黑板边缘，没有注意到她收拾好书本夹在胳膊底下，正朝门口走去。就在她的手快要触到门把手的时候，他叫道："等一下，沃克尔小姐。"她的心欢快地跳动起来。

教室已经空了，他关好手提包走下台阶时，她颤抖着靠在墙上。为了稳住身体，她抓住身后的门把手。然而，当他走过来的时候，却没有微笑。"沃克尔小姐。"他又说，做了个深呼吸，她发现自己也没有笑。

他是她的老师，他提醒她。她是他的学生。作为她的老师，如果他们——他低头摆弄手提包的把手——如果他们发展恋爱关系的话，他会觉得自己在滥用教师的权利。他没有看玛丽琳，但她并不知道，因为她一直盯着自己的脚，看着鞋面上磨损的地方。

玛丽琳极力控制自己的情绪，却没有成功。她凝视着黑色皮革上的灰色刮痕，想着自己的母亲来给自己打气：你会遇到优秀的哈佛男人。她告诉自己，但你来这里不是为了找男人，而是为了更好的东西。她没有变得如自己意料之中那样愤怒，只是觉得喉咙深处火辣辣的疼。

"我明白。"她终于抬起了头。

第二天，玛丽琳在李教授的坐班时间来到办公室，说要退出他的课。不到一周之后，他们成为了恋人。

他们一起度过了整个秋天。詹姆斯是她见过最严肃认真和保守的人，他更愿意近距离观察事物，思维更谨慎，更客观。只有当两人在他的剑桥小公寓单独相处时，他才会卸下保守，表现出令她喘不过气的狂热。事后，玛丽琳会蜷缩在他的床上，揉乱他被汗打湿而竖起来的短发。在那些下午的时光，他看上去安逸自在，只有她才会让他有这种感觉，她喜欢这样。他们会躺在一起打盹做梦，直到傍晚六点。随后，玛丽琳会套上裙子，詹姆斯则系好衬衣纽扣，重新梳理头发——尽管后面那一撮还是会竖起来，但玛丽琳不会告诉他，因为这是只有她才能看到的他的另一面。她会稍微亲一亲他，然后迅速跑回宿舍签到。詹姆斯本人已经开始忘记这一撮头发，玛丽琳离开后，他很少记得照镜子。每当她吻他，而他张开双臂迎接她投入怀抱的时候，感觉都像有奇迹发生一样。在她面前，他觉得从容自信，这似乎是他人生中从未有过的感觉。

詹姆斯虽然出生在美国本土，也没有去过别的国家，但他从不觉得自己属于这里。他父亲是顶着假名来到加州的，假装是多年前移民过来的一位邻居的儿子。美国虽被称为"大熔炉"，但是国会却害怕熔炉里的东西变得太黄，所以禁止中国人移民美国，只允许那些已经来美国的华人的子女入境。因此，詹姆斯的父亲用了他邻居儿子的名字，到旧金山与"父亲"团聚，邻居真正的儿子则在他来美国的前一年掉进水里淹死了。自切斯特·艾伦·阿瑟总统开始执政，到二战结束为止，几乎每位华人移民都有着类似的故事。当那些挤在轮船甲板上的爱尔兰、德国和瑞士移民朝着自由女神像的浅绿色火炬招手的时候，中国的"苦力"却不得不想方设法偷渡到美国——这片鼓吹人人生而平等的土地。成功偷渡的人会在适当的时机返回中国探访妻子，回到美国之后，就假装宣布妻子在中国为其生下了孩子，将孩子的名字在当局登记。他们远在中国的同乡如果想到美国发财，就会顶着虚构的孩子名字漂洋过海而来。从埃利斯岛[1]乘渡轮来到纽约曼哈顿的挪威人、意大利人和俄罗斯犹太人，

---

[1] 埃利斯岛：位于美国纽约州纽约港内的一个岛屿，与自由女神像的所在地自由岛相邻。埃利斯岛在1892年1月1日到1954年11月12日期间，是移民管理局的所在地，许多来自欧洲的移民在这里踏上美国的土地，进行身体检查并接受移民官的询问。

一般会在通往堪萨斯、内布拉斯加和明尼苏达的铁路沿线定居，而蒙混入境的中国人几乎都在加州落地生根。在唐人街，这些冒名者的身份很容易被揭穿，大家用的都是假名，都希望不被发现、不被遣返回国，所以，他们拼命融入人群，极力避免与众不同。

然而，詹姆斯的父母却没有在加州落地生根。1938年，詹姆斯六岁，他父亲收到一封信，是他名义上的"兄弟"写来的。大萧条开始的时候，这位兄弟去美国东部谋生，在爱荷华州的一所小寄宿学校找到了工作——盖房子和修房子，但现在他母亲（真正的母亲，并非虚构）生病了，他要回中国去，他的雇主希望他能介绍可靠的朋友过来接替他。信上说雇主喜欢中国人，因为他们安静，勤劳，讲卫生。那是个好职位，学校也非常高级，詹姆斯的母亲或许可以在学校厨房帮工，现在，就看詹姆斯的父亲是否感兴趣了。

詹姆斯不认识中文，但他一辈子都记得那封信的最后一段是什么样子的，那是用钢笔潦草写就的，正是这段话引起了父母的注意。那位兄弟说，对于雇员的孩子，学校有一条特殊规定，如果他们能通过入学考试，就可以免费入校念书。

工作机会固然宝贵，而且大家都在挨饿，但让詹姆斯的父母真正动心的，是最后这段话。为此，他们卖掉家具，提着两个箱子穿越美国，一路换乘了五趟"灰狗"长途车，历时四天。当他们抵达爱荷华后，詹姆斯的"叔叔"带他们去了自己的公寓。詹姆斯只记得那个人的牙齿长什么样——比他父亲的还要歪，有一颗牙是斜着长的，就像一粒等待被牙签剔出来的米饭。第二天，他父亲穿上自己最好的衬衫，扣子一直系到领口。他和这位朋友一起走进劳埃德学院。下午的时候，事情已经谈妥了：他从下周开始工作。第三天早晨，詹姆斯的母亲穿上她最好的连衣裙，和丈夫一起来到学校。当天晚上，两人各自带回一套藏蓝色的制服，上面绣着他们新起的英文名字：亨利和温蒂。

几周后，詹姆斯的父母带他到劳埃德学院参加入学考试。考官是个大块头男人，留着棉花一样的白胡子，他把詹姆斯领进一间空教室，给他一本小册子和一支黄色铅笔。看到册子上的考题，詹姆斯立刻意识到校方的狡猾之处：什么样的六岁孩子能够读懂（更不用说通过）这样的题目？也许只有教师的孩子可以——如果她一直辅导孩子功课的话。但对于锅炉工、餐厅女工或者看门人的孩子来说，几乎是不可能的。**一块正方形操场，一条边长为四十英尺，那围着它的栅栏有多长？美洲是什么时候发现的？以下单词中，哪一个是名词？以下图形中，哪一个能够拼出完整图案？** 如果工人的小孩答不出来，校长会说：很抱歉，你的孩子没通过考试，没有达到劳埃德学院的要求，所以，不能免费入学。

然而，詹姆斯却知道所有试题的答案。他读过自己能搜集到的所有报纸，读了父亲从图书馆大减价中买来的全部书籍——五美分一包。于是，他在答卷上写道：一百六十英尺；1492年；汽车；圆形。答完题，他把铅笔放进课桌顶端的凹槽里。过了二十分钟，大胡子考官才抬眼看他。"已经答完了？"他问，"你可真安静啊，小家伙。"他收走小册子和铅笔，把詹姆斯带回厨房，他母亲就在厨房工作。"我会给考卷打分，下周告诉你们成绩。"他说。但詹姆斯已经知道自己通过了。

九月份，新学期开始，父亲开着学校借给他做维修的福特卡车送詹姆斯去学校。"你是就读劳埃德的第一位东方学生。"父亲提醒他，"做个好榜样。"开学第一天早晨，詹姆斯滑进他的座位，坐他旁边的女孩问："你的眼睛怎么了？"这时，传来老师恐怖的号叫："谢莉·拜伦！"詹姆斯意识到，这种时候自己应该表现得难为情才行。因此，第二次遇到这种情况时，他吸取经验，立刻红了脸。开学第一周的每堂课上，都会有同学研究他：这个男孩是从哪儿来的？他有一个书包、一套劳埃德的校服，但他不和其他同学一样住在学校宿舍，他们从来没有见过这样的人。他父亲时常被学校叫来修窗户、换灯泡、擦地板。詹姆斯蜷在教室最后一排，看着同学们的目光在他父亲和他之间逡巡，对于同学的疑问，詹姆斯了然于心，于是他把头垂得更低，鼻尖几乎贴到了书页上，直到父亲离开教室为止。第二个月，他告诉父母说，希望能让他自己上学放学，不必接送，这样，他就可以假装普通学生，只要穿着劳埃德的校服，就很好假装。

他在劳埃德待了十二年，从来没觉得这里是自己的家。劳埃德的学生似乎都是清教徒、参议员或者石油大亨的子女，班上搞家谱调查的时候，他会假装忘记这项作业，不愿画出自己的复杂家谱。"不要问我问题。"老师在他的名字旁边记下红色的零分时，他在心中这样默祷。他自己起草了一份"美国文化学习计划"——听广播，看漫画，省下零花钱看两部连映的电影，了解新棋牌游戏的规则——以防人家问他"嘿，昨天听雷德·斯克尔顿的节目了没"或者"想玩'大富翁'吗"。不过，从没有人这么问过他。长大一点之后，他从来不去跳舞，不参加动员大会，或者低年级、高年级的舞会。运气好的话，女孩们会在走廊里朝他微笑；运气不好，她们会在他经过时盯着他，还会在他转弯的时候窃笑。詹姆斯的毕业年鉴上印了一张他和大人物的"合影"：当时他站在学生队伍中欢迎杜鲁门总统，他的头出现在生活委员和一个女孩的肩膀之间，这个女孩后来嫁给了比利时王子。虽然他的耳朵平时经常会因为害羞而变得红通通的，但从照片上看，却是不自然的灰色，他的嘴巴微微张着，一副擅闯禁地被人逮住的样子。上大学后，他希望情况能有所改善，然而，在哈佛读了七年书——四年本科、三年研究生，情况却丝毫没变。他鬼使神差地研究起了最典型的美国文化课题——牛仔——却始终没告诉父母或者亲戚。他只认识几个熟人，没有朋友，在椅子上坐不稳当的习惯依旧没改，就好像随时会有人过来撵他走一样。

所以在1957年秋天，当那个蜜黄色头发的美丽女孩玛丽琳隔着办公桌亲他、投入他的怀抱并且上了他的床之后，詹姆斯不敢相信这是真的，他始终有种如梦似幻的感觉。两人在他白色涂料粉刷的单间小公寓一起度过第一个下午后，他惊叹不已地发现，他们的身体是如此的相配。她的鼻尖恰好可以埋在他锁骨之间的小坑里，她颧骨的曲线与他脖颈侧面的线条完全契合，仿佛一个模子里压铸出来的两个半球。他以雕塑家的眼光审视她臀部和小腿的轮廓，指尖轻轻掠过她的皮肤。做爱时，她连头发似乎都是活的，会从金黄的小麦色变成深沉的琥珀色，那扭结卷曲的形状有如蕨类植物。他惊讶于自己竟然能对另一个人产生如此巨大的影响。窝在他怀里打瞌睡的时候，她的头发会慢慢放松，等她醒来，又会恢复原有的波澜起伏，然后，她活泼的笑声就会在布置简单的白色房间里回荡。她喋喋不休或者气喘吁吁的时候，双手会来回扑腾，直到他抓住它们，和她像归巢的倦鸟般安静暖和地依偎在一起时，才会消停下来。过一会儿，她会再次把他拉到怀里，让他恍然觉得，是美利坚这个国家对他敞开了怀抱，所以，他是何其有幸。他甚至害怕，有一天，宇宙之神会认为他们不应该在一起而把她夺走，抑或是她意识到爱上他是不对的，于是就像突然闯进他的生活一样突然消失。

时间一久，这种担惊受怕竟然变成了习惯。

他开始猜测她的心意，做出她可能会喜欢的改变：修剪头发；在她赞扬过某个路人身上穿的蓝色条纹牛津衬衫后，他也买了一件。（但他的那撮头发却一直顽强地挺立着，多年以后，内斯和汉娜也会继承这个特色。）一个星期六，他在玛丽琳的建议下买来两加仑浅黄色涂料，把家具推到公寓中间，拿旧衣服遮盖好镶木地板，开始粉刷墙壁。整个房间逐渐变得像阳光照耀的窗玻璃一样明亮。干完活儿，他们打开所有的窗户，躺在房间中央的床上。公寓太小了，墙壁距离他们只有几英尺，周围还环绕着桌椅橱柜和沙发，他觉得两人仿佛置身岛屿，又像漂浮在海上。玛丽琳趴在他的肩窝里任他亲吻，她的手臂绕着他的脖子，身体紧贴着他。每次这样的相聚，都不啻于小小的奇迹。

傍晚的时候，他从逐渐黯淡的天光中醒来，发现玛丽琳的脚趾上有一块黄色的斑点，他扫视了下房间，在床脚附近的墙壁上找到一点擦痕——原来，他们做爱时，玛丽琳的脚触到墙壁，蹭下一块硬币大小的涂料。他没有告诉玛丽琳。等他们把家具推回原位之后，衣柜恰好挡住了墙上的擦痕。所以，每当他看到那个衣柜，都会心情愉悦，他的目光仿佛能够穿透松木抽屉和里面叠好的衣服，看到她的身体在他的空间留下的印记。

感恩节的时候，玛丽琳决定不回弗吉尼亚。她给詹姆斯和自己的理由是，对于一个短暂的假期来说，回家的路途太远，可实际上，她是害怕母亲询问她的前途，而这一次，她不知道如何回答。于是，她选择在詹姆斯的小厨房里把一只鸡、土豆块和去皮山药放在小托盘里一起烤，做了一顿微型的感恩节大餐。詹姆斯从来没自己做过饭，吃惯了查理餐厅的汉堡和海斯-比克弗德的英式松饼的他，只能敬畏地观摩玛丽琳下厨。玛丽琳把抹好油的鸡塞进烤箱，关上门，摘下手套。

"我母亲是家政课老师，"她说，"贝蒂·克罗克①是她的女神。"这是她第一次和他谈起母亲，语气就像在说一个秘密——原本深埋已久，现在终于可以把它告诉自己信任的人了。

詹姆斯很想回报她的信任——这是一份私密的礼物。他曾经含糊地提到自己的父母在一所学校工作，希望她会觉得他们是老师。他没向玛丽琳描述过学校的厨房是什么样子的——好比走进了巨人的房子，所有东西都是庞然大物：成排的锡纸卷足有半英里长，蛋黄酱的瓶子装得下他的脑袋。他母亲的职责是把巨大的东西分成小块，比如切甜瓜，把黄油分进小碟子里等等。他也没有告诉过别人，母亲舍不得扔掉剩菜、把它们带回家的举动，遭到其他厨娘的一致嘲笑。回到家里，父母会一边等着饭菜热好，一边向他提问：

---

① 贝蒂·克罗克：即美国通用磨坊旗下的著名烘焙品牌贝蒂妙厨（Betty Crocker），产品包装上印着的女性形象即贝蒂·克罗克。

你在地理课上学了什么？数学课上学了什么？他会回答："蒙哥马利是亚拉巴马州的首府""质数只有两个因数"。虽然听不懂儿子在说什么，但父母都会点头，为儿子学到了他们不会的东西而感到高兴。趁着说话的工夫，他会把饼干压碎扔进芹菜汤，或者揭下奶酪三明治上的蜡纸，同时回想自己在学校度过的一天。五年级时，因为害怕讲英文有口音，他不再和父母说中文，而在此之前，他早就不和父母在学校里讲话了。他害怕告诉玛丽琳这些事，担心一旦和盘托出，她就会像他一直以来看待自己那样看待他——瘦骨嶙峋的弃儿，吃剩饭长大，只会背诵课文和考试，还是冒名顶替的骗子。他怕她形成了这个印象之后，就再也不会改变对他的看法。

"我父母都不在了，"他说，"我上大学后他们就过世了。"

他大二那年，母亲死于脑瘤，六个月后，父亲也去世了，医生说死因是肺炎并发症，但詹姆斯清楚事实，他的父亲只是不想独活而已。

玛丽琳什么也没说，但她伸出双手，把他的脸捧在手心，詹姆斯恍惚觉得，她柔软的手掌有着当年剩菜加热后的温度。虽然烤箱的定时器很快响起，玛丽琳不得不过去查看，但刚才的瞬间足以温暖詹姆斯的心。他想起母亲的双手——上面有蒸汽烫出的瘢痕、擦洗锅具磨出的老茧——他想要亲吻玛丽琳掌心生命线和感情线交汇处柔软的凹陷。他暗自发誓，决不会让这双手变粗变硬。玛丽琳把油光闪亮的烤鸡从炉子里拿出来的时候，他完全被她的灵巧迷住了，酱汁厚度均匀，恰到好处，土豆烹制得如同棉花般松软，这在他眼中简直像变魔术一样。几个月后两人结婚时，他们达成了一条约定：让过去的事情过去，停止问问题，向前看，决不向后看。

那年春天，玛丽琳在给她的大四生活做计划；詹姆斯完成了博士课程，期待着能被本校的历史系录用——系里有个职位空缺，他已经提出了申请。而且系主任卡尔森教授暗示过，迄今为止，詹姆斯是他班上成绩最好的学生。不过，为了以防万一，他也在到处参加面试——纽黑文、普罗维登斯。但内心深处，他坚信自己会被哈佛录用。"卡尔森几乎是明着告诉我，我一定会留在这里的。"每当谈起这个话题，他就对玛丽琳这样说，玛丽琳会点点头，亲亲他，然后拒绝去想自己明年毕业后会怎么样，谁知道她会去哪里的医学院。哈佛，她边想边用手指打着对勾。哥伦比亚。约翰·霍普金斯。斯坦福。一所比一所没有可能。

接着，四月份的时候，发生了两件出乎意料的事情。卡尔森教授告诉詹姆斯，他非常非常遗憾地通知他，系里决定录用他的同学威廉·麦克弗森。当然，他们知道詹姆斯会在其他地方找到很多机会。"他们解释原因没有？"玛丽琳问。詹姆斯回答："他们说，我不是最合适的人选。"于是，玛丽琳再也没有提起这个话题。四天后，一个更大的惊喜降临了：玛丽琳怀孕了。

所以，詹姆斯没能留在哈佛，最终收到了寒酸的米德伍德学院的聘书，但他还是如释重负地接受了聘用。俄亥俄的小镇取代了波士顿。婚礼取代了医学院。计划不如变化快。

"孩子，"玛丽琳对詹姆斯不停地重复着，"我们的孩子，真是太好了。"他们结婚的时候，胎儿只有三个月，外人不会看出来。她也安慰自己：等孩子长大一些，你可以卷土重来，完成最后一年的学业。然而玛丽琳不知道的是，几乎要到八年以后，她才会重新踏足校园。她向院长请了无限期的长假，坚信自己的人生梦想——进医学院，成为医生——都在等待着她的回归，好比一只训练有素的狗等待它的主人。然而，当玛丽琳坐在宿舍门厅的电话旁，告诉长途接线员她母亲的电话号码时，每说一个数字，她的嗓音都会颤抖。母亲的声音终于从电话那头传来，玛丽琳忘记了问好，只是含糊地说："我要结婚了。六月份。"

她母亲顿了一下，然后问："他是谁？"

"他叫詹姆斯·李。"

"是学生吗？"

玛丽琳觉得脸上有了温度。"他刚读完博士，美国历史专业。"她迟疑了一下，决定撒个小谎，"哈佛打算雇用他，秋天的时候。"

"这么说，他是个教授，"母亲的语调突然变得欢快起来，

"亲爱的，我真为你高兴，我等不及要见他了。"

玛丽琳如释重负，既然母亲都没有因为她提早离校而生气，她又为什么要介意呢？难道她不正好是满足了母亲的心愿——认识了一位优秀的哈佛男人吗？她读着备忘录上的信息：星期五、六月十三日，十一点半，由治安法官证婚，然后在帕克餐厅吃午餐。"婚礼派对不大，只有我们、你，还有我们的几个朋友。詹姆斯的父母都去世了。"

"李，"她母亲若有所思地说，"他和我们认识的人有亲戚关系吗？"

玛丽琳突然意识到母亲在想什么。当时是1958年，在弗吉尼亚的一些乡村地区，他们的婚礼是违反法律的。甚至在波士顿，有时候她也会看到路人不以为然的目光。虽然她头发的颜色比童年时代深了许多，但在电影院里、公园长椅上、沃尔多夫餐厅内和黑头发的詹姆斯坐在一起时，还是会招来别人的注意。这时，拉德克利夫学院的一帮女孩从宿舍楼上下来，其中一个等着用电话，其他人围在门厅的镜子旁边补妆。有个女孩一周前听说玛丽琳准备结婚了，甚至特地去了她的宿舍，为了"看看这件事是不是真的"。

玛丽琳一手捏着听筒，一只手按着肚子，尽量保持愉快的语调。"我不知道，妈妈，"她说，"你为什么不当面问问他呢？"

于是，她母亲从弗吉尼亚赶来，这是她第一次离开弗吉尼亚州。詹姆斯的毕业典礼才结束几个小时，玛丽琳就和他站在月台上，等待母亲的火车进站。她告诉自己：无论如何，母亲都会来的，哪怕我把所有的事都告诉她。她母亲来到站台，看到玛丽琳，脸上迅速掠过一丝笑意——同时还掺杂着骄傲——那一刻，玛丽琳觉得自己的推测完全是正确的。当然是这样的。然而，她母亲的微笑如电光火石，转瞬即逝，她的目光很快便在女儿左边的金发女人和右边瘦削的东方男人之间扫射，寻找传说中的詹姆斯，却不敢确定。终于，她明白了。几秒钟后，她就握住詹姆斯的手，告诉他，她非常非常高兴见到他，还允许他帮她拿包。

那天，玛丽琳和母亲单独吃了晚餐，直到上甜点的时候，她母亲才提起詹姆斯。她知道母亲会问什么——你为什么爱他？——她已经做好了回答的准备。然而，母亲根本没问，没有提到"爱"这个词，她只是咽下嘴里的蛋糕，打量桌子对面的女儿。"你确定，"她说，"他不只是为了绿卡？"

玛丽琳不敢直视她，只好盯着她的手和叉子看，虽然有手套和柠檬味护肤液的保护，那双手已经生了斑点，叉子尖上沾了一些面包屑。她母亲的眉毛附近有一条短短的皱纹，好像有人拿刀在她脸上划过一下。多年后，汉娜发现，当她的母亲忧心忡忡的时候，脸上也会出现相同的纹路，尽管她并不知道这条纹路是怎么来的，玛丽琳也不会承认她和母亲的这点肖似之处。"他生在加州，妈妈。"她说。她母亲不再看她,拿手绢擦了擦嘴,亚麻质料上出现两道红痕。

婚礼当天早晨,他们都在法院里等着的时候,玛丽琳的母亲一直在摆弄她提包上的扣环。他们早到了近一个小时——因为担心交通堵塞、无处停车、临时找不到治安法官等等问题。詹姆斯换上了一套崭新的藏蓝色羊毛西装,不停地拍打胸前的口袋,确保里面的两枚戒指没有丢失。他那个紧张羞怯的样子,让玛丽琳很想在众人面前吻他。再过二十五分钟,她就是他的妻子了。这时,她母亲靠过来,手像铁钳一样紧扣住玛丽琳的手肘。

"你的口红需要补一下。"她说,把玛丽琳推到了女厕所。

她应该知道这一幕迟早要来。整个上午,她母亲看什么都不顺眼——玛丽琳的裙子不是纯白,而是奶白,看着不像结婚礼服,太素,跟护士服差不多;她不明白玛丽琳为什么不在教堂举行婚礼,附近就有许多教堂;她不喜欢波士顿的天气,为什么六月份还这么阴冷?雏菊不是婚礼用的花;为什么不用玫瑰?她为什么这么赶?为什么现在就结婚,不能再等等?

如果她母亲能够当面骂出来,直接羞辱詹姆斯,挑剔他太矮、太穷、不够有本事,事情就简单了。可她只是一遍又一遍地重复:"这样不对,玛丽琳,这样不对。"却不点明"这样"指哪样,而且任由这个词在她们之间的空气中回响。

玛丽琳假装没有听到她的唠叨，从手袋里拿出口红。

"你会改变想法的，"她母亲说，"过一阵子你会后悔的。"

玛丽琳转动塑料管，弯腰照镜子。她母亲突然过来，绝望地扳着她两边的肩膀，她眼中闪现的是恐惧，仿佛玛丽琳即将冲向悬崖的边缘。

"想想你将来的孩子们，"她说，"你们要住在哪里？你们在哪里都不会合群。你会后悔一辈子的。"

"别说了，"玛丽琳喊道，拳头砸在水池边上，"这是我的人生，妈妈，我的。"她挣脱母亲的钳制，口红被甩了出去，掉在地板瓷砖上。不知怎么搞的，口红在她母亲的袖子上留下一道长长的划痕。她没有多说便推开了盥洗室的门，把母亲一个人留在里面。

站在外头的詹姆斯紧张地凝视着他的准新娘。"怎么了？"他靠过来小声问。她摇摇头，自嘲地低声回答："哦，我母亲觉得我应该嫁给一个更像我的人。"说完，她就揪着詹姆斯的衣领，把他拽过来亲吻。简直荒唐，她想，明显荒唐，根本不用我说出来。

就在几天前，数百英里之外的地方，另一对情侣也步入婚姻——一个白种男人和一个黑种女人，他们共享的是对这段婚姻来说最合适不过的姓——洛文（Loving）[1]。结婚不到四个月他们就

---

[1] 英文"Loving"原意是"爱"。

在弗吉尼亚被捕了，执法者提醒他们，全能的上帝从未打算让白种人、黑种人、黄种人以及棕色人种通婚，不应该出现混血儿，也不应该丢掉种族自尊。他们为此抗争了四年。又过了四年，法庭才承认他们的婚姻。然而，要到许多年以后，他们的关系才得到周围的人的认可。不过有些人——比如玛丽琳的母亲这样的人，是永远不会接受这种事的。

玛丽琳和詹姆斯一吻完毕，发现她母亲已经走出盥洗室，静静地站在远处看着他们。她用毛巾不知道擦了多少遍袖子都没有去掉那道看上去像血迹一样的红痕。玛丽琳抹掉詹姆斯上唇沾到的口红印子，得意地笑了起来。他又拍拍前胸口袋，检查戒指在不在。不过在她母亲看来，这个动作就好像詹姆斯在自我祝贺一样。

在玛丽琳的记忆中，后来的婚礼场面就像一帧帧的幻灯片：证婚法官的双光眼镜上那条白色的细线可能是一根白发；她的捧花里面有一束满天星；她曾经的室友桑德拉起来祝酒，高脚杯上雾蒙蒙的。桌子下面，她的手握着詹姆斯的手，结婚戒指凉凉地贴在皮肤上，感觉有点怪。桌子对面，她母亲精致的发型很是费了一番工夫打理，她脸上扑着粉，为了掩盖歪斜的门牙，只好一直闭着嘴巴。

这是玛丽琳最后一次见到她母亲。

第三章

　　直到葬礼举行之前，玛丽琳都从未想到，她竟然要这样和女儿道别。她曾经想象过类似电影中的那种临终场景：白发苍苍的她老态龙钟，别无遗憾地躺在绸缎床单上，做好了告别人世的准备；莉迪亚长成了自信稳重的成熟女人，握着母亲的手，作为医生的她，已经见惯了人类生死不息的伟大循环。虽然玛丽琳不愿承认，但是，她临死时希望看到的最后一个人，就是莉迪亚——不是内斯或者汉娜，甚至不是詹姆斯，莉迪亚一直是她最先想到并且时刻惦念的孩子。而现在，她想看莉迪亚最后一眼的机会也没有了——詹姆斯坚持要求在葬礼上盖着棺材，这令玛丽琳十分不解。过去的三天里，她反复向詹姆斯念叨同一个问题，有时候怒不可遏，有时候痛哭流涕——为什么不能最后看女儿一眼？詹姆斯却不知该如何向她说明真相。他去认领莉迪亚的尸体时，发现只剩下半张脸，虽然湖水是凉的，但没有起到保存作用，另外半张脸不知被什么东西吃掉了。他只能无视妻子的抗议，强迫自己盯着后视镜，把汽车倒进小街。

从他们的家走到墓地只需要十五分钟，但他们还是开了车。车子拐到环湖的大路上时，玛丽琳突然向左边偏过头，仿佛发现了丈夫的外套上有什么东西似的。她不想看到那个码头，那艘重新泊好的小船，还有那片绵延远去的湖水。虽然詹姆斯紧闭着车窗，但是，通过岸边摇晃的树叶，还有湖面的波纹，仍然能够感受到湖上吹来的微风。它会永远在那里，在那个湖中；他们每次出门，都会看到它。后座上的内斯和汉娜同时在想，每次经过湖边的时候，母亲会不会一辈子都偏着头不去看它。湖面反射着阳光，如同锡制的房顶，晃得内斯的眼睛开始流泪。阳光灿烂得过分，天也蓝得过分，他满意地看到一朵云从太阳面前飘过，湖水立刻从银色变成了灰色。

他们把车停到墓地的停车场。当地的"花园式"墓地颇令米德伍德人自豪——他们把墓地和植物园融合在一起，修建了蜿蜒的小道，在各种植物前面竖起写有名字和介绍的小黄铜牌。内斯记得，初中上自然课的时候，他们来这里写生和野外考察。老师宣布，收集的叶子种类最多的人，可以额外获得十个学分。那天，这里也有一个葬礼，牧师宣读悼词的时候，汤米·里德蹑手蹑脚地穿过一排排折叠椅，来到仪式现场中央的那棵檫树下，从一条低垂的树枝上摘了一片树叶。雷克斯福德老师没有看到他是怎么摘到这片叶子的，所以，他表扬了汤米，因为他是全班唯一找到檫树叶的人。在回家的巴士上，全班都在偷笑，欢呼汤米的成功。而现在，当他们鱼贯走向远处那排折叠椅的时候，内斯很想回到过去揍汤米·里德一顿。

为了悼念莉迪亚，当天学校停课一天，莉迪亚的很多同学都来了。见此情景，詹姆斯和玛丽琳意识到，他们已经有好几年没有看到这些女孩了。卡伦·阿德勒的头发长长了，帕姆·桑德斯摘掉了牙套，詹姆斯和玛丽琳差点没有认出她们来。想起那张名单上被自己划掉的名字，詹姆斯发现他正目不转睛地盯着她们看，赶紧转到一边。折叠椅上逐渐坐满了内斯的同学，有高三的，还有高一的，有些人他觉得很面熟，但并不真正认识。连鱼贯而入的邻居们都像是陌生人。他的父母从不出门交际，也不在家请客，没办过晚餐派对，没有桥牌牌友、猎友或者午餐会上认识的哥们。和莉迪亚一样，他们没有真正的朋友。汉娜和内斯看到，大学里的几个教授也来了，他们是詹姆斯的助教，但折叠椅上坐着的大都是些陌生的面孔。他们为什么会来？内斯想。等到仪式开始，他们都伸长了脖子，望向檫树下摆放的棺材时，他得出了答案：他们是被突如其来的死亡吸引而来的。过去的一个星期，自从警察抽干了湖水，米德伍德《观察报》的头条就一直是关于莉迪亚的。《东方女孩溺死在"池塘"里》。

牧师长得像福特总统，眉毛平直，牙齿洁白，轮廓鲜明，结实可靠。李家人平时不上教堂做礼拜，但殡仪馆仍然推荐了牧师主持葬礼，詹姆斯没有多问就同意了。现在，他正襟危坐，肩胛骨靠着椅背，想要聚精会神地听悼词。牧师诵读了《圣经·诗篇》第二十三章，但经过了改编，并不是原句："我必不至缺乏"改成了"我拥有一切所需"；"我虽然行过死荫的幽谷"变成"纵然我走过黑暗的幽谷"。听着像偷工减料，缺少尊重，使用这种悼词，好比用胶合板的棺材埋葬他的女儿。不过，他转念一想："在这样一个小地方，你还能期待什么呢？"玛丽琳坐在詹姆斯右边，棺材上的百合花的味道飘来，像一团温暖湿润的雾气钻进她的鼻孔，让她差点呕吐。平生第一次，她庆幸自己继承了母亲的习惯——随身携带手绢，这样她就能用手绢捂住鼻子，当作过滤器，等取下来的时候，它肯定会变成脏兮兮的粉红色，如同老旧的红砖。汉娜坐在旁边玩手指，她很想把手偷偷放到母亲的膝盖上，但是不敢。她也不敢看棺材，只好提醒自己，莉迪亚不在里面，做个深呼吸，在里面的只是她的身体——可是，既然这样，莉迪亚到底去了哪里？每个人都很安静，她想，天上盘旋的鸟儿肯定把他们当成了一群雕塑。

内斯眼角的余光瞥见杰克坐在人群边缘，靠着他的母亲。他很想揪住杰克的衣领，问问他到底知道些什么。过去的一周，他父亲每天晚上都会给警察打电话，询问是否有新进展，但菲斯克警官的回答一概是"我们还在调查"。如果现在警察在场，内斯想，他是否应该把杰克的事情告诉父亲？杰克盯着脚前的地面，似乎过于愧疚，不敢抬起头来。等内斯回过头向前看的时候，棺材已经被放到墓穴里了。那抛过光的木头，还有棺盖上的白百合——全部消失了，它曾经停放过的地方空无一物。他错过了一切。他的妹妹已经不在了。

脖子上有湿润的感觉，他伸手去擦，发现自己满脸是泪——刚才他一直在无声地哭泣。人群另一边，杰克的蓝眼睛突然盯住了内斯，看到内斯正用肘弯抹着眼泪。

悼念的人群开始散去，他们的背影排成一列，向停车场和大街移动。内斯的几个同学——比如迈尔斯·富勒，向他投去同情的目光，但大部分人因为内斯的眼泪让他们觉得尴尬，决定还是不过去和他搭话，纷纷转身离去。他们也再没有其他机会和内斯说话。鉴于内斯优异的成绩以及不幸的现状，校长批准他休假三个星期，内斯本人也不打算参加毕业典礼。一些邻居围住了李家人，抱紧他们的胳膊，说着安慰的话。其中几个拍拍汉娜的头，似乎她是个小婴儿或者小狗。但珍妮特·伍尔夫没有马上走过去，她今天换下了平时的医生白大褂，穿着整洁的黑色套装。其实今天来的大多数邻居，詹姆斯和玛丽琳都没有认出来。所以当珍妮特过去的时候，玛丽琳觉得对方的手掌沾满灰尘，衣服上全是污垢，就像被脏手拿过的抹布，即便只是被珍妮特碰了碰手肘，她也无法忍受。

杰克远远地站在墓园的另一侧，半掩在一棵榆树的阴影里等待他的母亲。内斯绕过人群和植物向他走去，把杰克堵在他的身体和树干之间。汉娜被父母和一大群成年人夹在中间无法动弹，只能紧张地望着她的哥哥。

"你在这里干什么？"内斯问。他靠近了才发现，杰克的衬衣是暗蓝色，不是黑色，而且，虽然他的裤子是正式的，但脚上却穿着他那双黑白相间的旧网球鞋，前面还有脚趾顶出的洞。

"嗨，"杰克眼睛盯着地面说，"内斯，你好吗？"

"你觉得呢？"内斯沙哑地喊道，他痛恨自己沙哑的嗓音。

"我得走了，"杰克说，"我妈妈在等我。"顿了一下，他又说，"关于你妹妹的事，我真的很遗憾。"说完他就转过身，但内斯抓住了他的胳膊。

"是吗？"他从来没有这样抓过别人，但他觉得这样做有硬汉风格，就像电影里的侦探，"你知道吧，警察想和你谈谈。"这时，人们开始朝这边看过来——詹姆斯和玛丽琳听到儿子的喊叫，正在找他。但内斯不在乎，他上前一步，几乎顶上了杰克的鼻子。

"听着，那个星期一，我知道她和你在一块儿。"

杰克终于抬起头直视内斯的脸，蓝眼睛里闪过一抹惊惶。"她告诉你了？"

内斯身子猛地向前一倾，和杰克胸膛贴着胸膛，他觉得右边太阳穴的血管不停跳动。"还用她告诉我吗，你觉得我是傻子？"

"听着，内斯，"杰克嘟囔道，"要是莉迪亚告诉你，我……"

他突然住嘴，因为内斯的父母和伍尔夫医生走近了，可能会听到他们的对话。内斯向后踉跄着退了几步，目光扫过杰克、他的父亲（等着父亲过来拉开他）和那棵榆树。

"杰克，"伍尔夫医生厉声说，"怎么了？"

"没事，"杰克看了一眼内斯，又看看几个大人，"李先生，李太太，节哀顺变。"

"谢谢你能来，"詹姆斯说，等到伍尔夫一家沿着小路走出墓地，他才抓住内斯的肩膀，"你是怎么回事？"他低声呵斥道，"在你妹妹的葬礼上打架？"

这时，走在母亲身后的杰克迅速向后看了一眼，当内斯的目光和他对上时，可以毫无疑问地看出：杰克害怕了。接着他便拐出小路走掉了。

内斯叫道："那个杂种知道一些莉迪亚的事。"

"不许你自己出去找麻烦，让警察来调查。"

"詹姆斯，"玛丽琳说，"别喊了。"她拿手指点点太阳穴，做出头疼的表情，闭上眼睛。内斯骇然发现，一滴暗黑色的血从她脸上流下来——不，不是血，而是眼泪，睫毛膏把它染成了黑色，在她的脸颊上形成一条肮脏的灰迹。见此情景，汉娜的小心脏一时间充满了同情，她去够母亲的手，玛丽琳似乎浑然无知，汉娜满足地把手搭在母亲的脖子后面表示安慰。

詹姆斯在口袋里掏钥匙。"我先送你妈妈和妹妹回家，等你冷静下来，可以走回去。"话一说出口他就后悔了，在今天这个日子，他内心深处最想做的就是安慰内斯，手按着他的肩膀，紧紧地拥抱他。然而，他已经使出全身的力气支撑着，防止自己因为精神崩溃而轰然倒地，所以无暇顾及儿子。詹姆斯转身抓住汉娜的胳膊，至少汉娜是个听话的孩子。

内斯站在榆树下，看着父母朝汽车走去，汉娜向后看了一眼，跟了上去。他父亲不知道杰克是什么样的人。杰克一家在小街那头住了十一年，自从他和内斯一起进入一年级，在内斯的父母眼里，杰克就只是个普通的邻家男孩，有点邋遢，养着一条狗，开辆二手车。然而在学校里，人人都了解杰克，他每隔几个星期就换一个女朋友。每个女孩的经历都差不多。杰克从来不约会，不和女孩出去吃饭，不送花，不送玻璃纸包着的巧克力，他只会开车载着女孩到波恩特、露天影院或者某处停车场，然后在他的汽车后座铺一张毯子。过个一两周，他就不再给女孩打电话，又去寻找下一个目标。他以擅长玷污处女闻名。在学校里，女孩们以被杰克玩弄为傲，似乎和他睡过就相当于加入了某个贵族俱乐部，她们经常凑在寄物柜附近，傻笑着低声谈论杰克的风流韵事。杰克本人并不和任何人搭腔。大家都知道，他平时都是独来独往，他母亲每周在医院值六天夜班，他不在学校食堂吃饭，他不去跳舞。上课时，他通常坐在最后一排，暗自挑选下一个带出去兜风的女孩。这个春天，他选中了莉迪亚。

内斯在墓园里待了一个小时、两个小时、三个小时，看着工人把折叠椅摞在一起，收好各种花束，清理草丛中的纸团和纸巾。他在心里不停地回想自己掌握的杰克的所有情况——每个事实和每段传言，最后连两者之间的界限都开始变得模糊不清。等到准备回家的时候，一股恐怖的狂怒已然在他的体内沸腾。他既希望又不敢去想象莉迪亚和杰克在一起的情景。杰克是否伤害了她？内斯不知道，他只知道杰克是一切问题的症结，他发誓要弄清真相。直到几个掘墓人扛起铲子，走向没有填土的墓坑，他才艰难地挪动双脚，转身离开。

他沿着湖边走到街口，发现一辆警车停在杰克家门外。"他妈的正是时候。"内斯想。他悄悄靠近那所房子，躲在窗户底下。前门是敞开的，他踮着脚尖爬上门廊台阶，紧贴着破损的墙板边缘前进，还要防止墙板发出嘎吱的响声。他暗暗告诉自己，他们在谈论我妹妹的事情，我完全有权利知道谈话的内容。他靠在纱门上，只能看见里面的走廊，但能听到杰克在起居室里慢条斯理地大声辩解的声音，警察似乎一开始不相信他的话。

"她提前选修了物理课，她妈妈希望她和十一年级的一起上课。"

"你也在上那门课，你不是毕业班的吗？"

"我说过了，"杰克不耐烦地说，"我是重修，我挂科了。"

伍尔夫开口了："他这学期的物理课得了B+。我告诉过你，只要你肯努力，就能取得好成绩，杰克。"

内斯在门口眨眨眼睛。杰克？B+？

传来一阵沙沙的声音，警察似乎在翻动笔记本，然后问："你和莉迪亚是什么关系？"听到警察用公事公办的语气说出妹妹的名字，内斯惊讶地体会到，在警方眼中，她不过是一个标签罢了。杰克好像也有些吃惊，他的声调变得前所未有地尖锐起来。

"我们是朋友。就这么简单。"

"好几个人说，他们看到你们俩放学后待在你的车上。"

"我是在教她开车。"听到这里，内斯很想看看这时杰克脸上是什么表情。他们难道听不出他是在撒谎吗？然而，警察似乎相信了他。

"你最近一次见到莉迪亚是什么时候？"警察问。

"星期一下午，她失踪之前。"

"你们当时在干什么？"

"我们坐在我的车里抽烟。"

警察做着笔记："你那天在医院，伍尔夫太太？"

"请叫我医生。"

警察清清嗓子："请原谅，伍尔夫医生，你那天在工作？"

"我一般值夜班。星期天除外。"

"星期一那天，莉迪亚是否看起来心情不好？"

杰克顿了顿才回答："莉迪亚总是心情不好。"

还不是因为你，内斯想。他的喉咙发紧，一点声音都发不出来，门框在他的眼前模糊晃动，像蒸腾的热浪折射出的幻影，他用指甲狠掐着手掌，直到走廊重新在视野里变得清晰起来。

"因为什么心情不好？"

"什么事都不让她顺心。"杰克低声说，几乎是在叹息，"她的成绩、她的父母、她哥哥要去上大学了，很多烦心事。"他沉重地叹了口气，语气又冷淡下来，"我又怎么知道具体是什么事？"

内斯向后退了几步，爬下台阶。他不需要再听下去了。他回到家，不想见任何人，躲在楼上自己的房间里反复思考听到的内容。

反正他也不用去见任何人。内斯在榆树底下烦躁不安的时候，他的家人则各怀心事。回去的车上，玛丽琳一眼都没看詹姆斯，而是专心致志地盯着她的指关节，撕指甲根部的皮，摆弄挎包带子。进屋之后，玛丽琳说她要去躺着，汉娜则一言不发地走进自己的房间。詹姆斯一开始想去卧室找玛丽琳，他很想埋进她身体里，感受她的重量和体温的包围，把他阻隔在一切之外，想紧紧靠着她，也感受她紧紧靠着自己，用身体互相安慰。但他总是觉得有东西在自己的内心抓挠，令他心神不安，最终，他拾起刚才放在厨房桌子上的钥匙。他必须到办公室去解决一件事，非常紧急，不能拖延。

警察问他是否需要验尸报告时，他把自己的办公室地址给了他们。昨天，一只厚重的马尼拉纸信封出现在他的邮件箱里，那时他才觉得自己犯了一个错误。他根本不想看到它，与此同时，又无法把它扔掉。他只好把信封塞进办公桌最底下的抽屉里，上了锁。要是我改了主意，可以过来拿，他想。他没料到自己会改变主意。

现在是午餐时间，办公室几乎没人，只有系里的秘书默娜，她正在办公桌前给打字机换色带。别的办公室的门都关着，毛玻璃窗里面黯淡无光。詹姆斯敞开抽屉，深吸一口气，撕开了信封。

他以前没见过验尸报告，以为那是一些表格和图解之类的东西，但是等打开一看，却发现跟教师的进度报告差不多。**解剖对象为一发育良好、营养良好的东方女性**。说了一些他已经知道的东西：她十六岁，身高六十五英寸；头发黑色，眼睛蓝色。还有一些他不知道的：她的头围、四肢长度，左膝上新月形的小伤疤。血液里没毒，没有遭受虐待或性创伤的痕迹，但尚不确定是否死于自杀、谋杀或意外事故。死因是"溺水窒息"。

然后，报告正文从这句话开始：采用Y形切口打开胸腔。

他了解到女儿各个器官的颜色和大小，大脑的重量，一团白色泡沫涌出她的气管，如同花边手绢一样盖住了她的鼻孔和嘴巴。她的肺泡里淤积着薄薄的一层像糖一样细的泥沙。因为缺少空气，她的肺部呈现暗红色和灰黄色；她的手指泡得像面团一样，他们取了她的指纹；拿解剖刀做切片时，水从肌肤里流了出来。她的胃里面有湖底的杂草、沙子和6盎司湖水，这是她下沉的时候吞下去的。她右侧心脏肿大，可能是不堪重负。因为她是头朝下漂在水里的，头部、颈部一直到肩部的皮肤全都是红的。由于水温低，尸体尚未腐烂，指尖的皮肤刚刚开始剥落，像摘下手套一样。

办公室的空调"咔哒"一声启动了，地板上升起一股凉气。他浑身颤抖，仿佛打了一个长长的冷战。他抬起脚尖关闭了通风孔，手还是忍不住在抖。他只好双手握拳，咬紧牙关，阻止牙齿打战。膝头放着的验尸报告如同有生命的活物一般晃动着。

他无法想象玛丽琳看到这篇描述这具他们曾经爱过的身体的报告之后，会是什么反应。他根本不想让她知道。最好还是留给警察去研究总结：溺水。任何细节都不足以弥补她心中的裂缝。空调关闭了，沉默在室内扩大，整个历史系一片死寂。他读到的每一个字都沉重地压过来，把他压倒在椅子上。太沉重了。他连头都抬不起来了。

"李教授？"

路易莎站在门口，还穿着她上午参加葬礼时那套黑色衣服。

"噢，"她说，"对不起，我不知道你会过来……"

"没关系。"他嘶哑地说。

路易莎轻轻走进来，半开着门。"你还好吧？"她看到他红了一圈的眼睛、低垂的肩膀，还有膝盖上的马尼拉纸信封，然后走过来，轻轻地把报告从他手中拿走，"你不应该来这里。"她说完，把报告放在桌上。

詹姆斯摇摇头，伸出一只手去拿报告。

路易莎低头看着那些纸，犹豫不决。

"读一下。"詹姆斯说——或者说他试图这么说。他没出声，但他觉得路易莎能听到。她点点头，靠着桌子边，俯身看那些纸。读的时候，她的表情并没有变化，但越来越沉默，读到最后，她抬起头，握住詹姆斯的手。

"你不该来这里。"路易莎重复道。这不是个问题。她的另一只手放在他的后腰上，透过衬衫，他感觉到她的温暖。然后，她说："你为什么不到我的公寓去，我给你做点午饭。"他点点头。

她的公寓在三楼，离学校只有六个街区。走到门牌号是3A的那间公寓门口，路易莎迟疑了一下，然后就打开门锁，让两人进去，她直接把他领到了卧室。

她的一切似乎都不一样了，包括四肢的曲线、肌肤的纹理。唇舌相交的时候，他发现她连气味都变得浓烈起来，像柑橘。她跪在他身上，解开他的衬衫纽扣，脸被头发挡住了。詹姆斯闭上眼睛，战栗着吐出一声叹息。后来，他睡着了，路易莎还趴在他的身上。莉迪亚已经找到了——他只敢用"找到了"这个词——终于可以休息一会儿了。最近做的那些梦里面，只有他一个人记得莉迪亚怎么了；只有他是清醒明白的，他一遍又一遍地说服玛丽琳和内斯，还有那些陌生人，告诉他们，他的女儿死了。"我看到她的尸体了。她的一只蓝眼睛不见了。"他浑身汗湿地和路易莎黏在一起，数天来第一次陷入了沉睡，无梦的睡眠，他的头脑充满了幸福的空白。

他家的卧室里，玛丽琳也企图放空大脑，却没有成功。她辗转反侧了几个小时，不停地数枕套上的花——不是中间那些大朵的红罂粟，而是边上的蓝色勿忘我，它们就像女歌手身后的伴舞。她总是忘记数到哪里，只好从八十九回到八十，而且，接缝那里的花还没有数过。等她数到两百才意识到，根本不可能睡着。她没法一直闭着眼，连眨眼都让她心神不宁。一想要静静地躺着，她的脑袋就变成了疯转的陀螺。楼上的汉娜没有动静，楼下也没有内斯的踪影。最后，当詹姆斯在镇子另一头睡着的时候，玛丽琳爬起来，来到她一直牵肠挂肚的地方：莉迪亚的房间。

那里依然有莉迪亚的味道：她用的香水的花粉味，枕头上清爽的洗发水味，还有一丝烟味。有一次，玛丽琳闻到了可疑的烟味，莉迪亚解释说："卡伦吸烟，烟味都跑到我的衣服和书上了。"玛丽琳使劲嗅嗅，隔着好几层衣服，她闻到了莉迪亚皮肤上的汗味。现在，她可以在这个房间待上几个小时，把女儿的味道收集起来，如同品尝上等红酒一样一饮而尽。

深切的疼痛将她包围，仿佛连骨骼上都有淤青。但是，这种感觉不错，因为这个房间里的一切都让她想到莉迪亚。达·芬奇的《维特鲁威人》版画和居里夫人手里拿着试管的海报仍旧骄傲地挂在墙上，这些都是玛丽琳在莉迪亚小时候买给她的。莉迪亚从小就想当医生，和她妈妈一样。去年夏天，她甚至去大学旁听了生物学的课，这样就能跳级选修物理课了。记事板上挂着她参加科学展览获得的蓝色绶带、一张图文并茂的元素周期表、一副真正的听诊器——玛丽琳特地为莉迪亚的十三岁生日订购的生日礼物。书架塞满了书，有些书横着挤在排好的书顶上。《医学简史》，这本书莉迪亚是倒着读的，还有《罗莎琳德·富兰克林与DNA》。多年来，玛丽琳给女儿买书的目的就是为了启发她，让她知道自己可以取得怎样的成就，而女儿也在各个方面证明了她的天赋和野心。这个房间里的东西上面已经积了一层灰尘。每次她拿着吸尘器进来打扫，莉迪亚都会赶她出去。"我很忙，妈妈。"她边说边拿笔尖敲敲课本，玛丽琳会点点头，亲亲女儿的前额，走出去关好门。现在，没有人赶她了。她看着斜躺在地上的一只莉迪亚的靴子，想起女儿随意把它从脚上踢下来，让它歪在地上的情景。

她相信，这个房间里的某个地方，存放着一切问题的答案。在书架底部，她看到一排根据年份顺序摆放的日记本。莉迪亚五岁那年圣诞节，玛丽琳送给她平生第一本日记，封面饰有花朵，镀着金边，还挂着一把比回形针还要轻的小钥匙。她女儿打开本子一页一页地翻动，又摸摸那个小钥匙孔，似乎不明白这个本子有什么用处。"是用来写下你的秘密的。"玛丽琳微笑着说。莉迪亚也给母亲一个微笑，说："可是，妈妈，我什么秘密都没有。"

当时玛丽琳笑了。毕竟，在母亲面前，女儿会有什么秘密呢？不过，每年她都会送莉迪亚一本日记本。她想起那张被自己划掉名字的联系人清单，上面的那些女孩说，她们和莉迪亚不熟，想起学校里的男生，想起可能突然从暗处闪出来拐走女孩的陌生人。她伸出一根手指，把最后一本日记抠出来，封面写着"1977"。它会告诉我真相，她想。告诉她莉迪亚不可能再说出来的每一件事，她见过的每一个人，她为什么对他们撒谎，以及为什么沉进湖里。

日记本的钥匙不见了，但玛丽琳把圆珠笔尖塞进锁扣，撬开了薄弱的锁片。第一页，四月十日，空白。她翻到五月二日那页，莉迪亚正是那天晚上失踪的，空白。五月一日，空白。整个四月什么都没记，三月也没有。每一页都是空白。她打开1976、1975、1974年的三本日记，空空如也。她拿出最头上的一本日记——1966年那本，发现上面一个字都没有。什么都没留下，没有她想要的解释。

镇子另一头，詹姆斯眩晕着醒来。已经快到晚上了，路易莎的公寓一片昏暗。"我得走了。"他说，模模糊糊地想起自己做过什么。路易莎裹着被单看着他穿衣服。在她的注视下，他变得笨手笨脚，两次扣错衬衣纽扣，最后终于扣对了的时候，却仍然觉得别扭。衬衣怪异地挂在他的身上，腋下夹着一团布料，肚子上凸起一块。这个样子让他有些不好意思说再见。

"晚安。"他终于说了，随后拿起了包。路易莎简单地回答："晚安。"好像他们在下班的时候道别一样，好像什么都没有发生。直到坐在车上肚子咕咕作响的时候，他才意识到自己没在路易莎公寓吃午饭，他去那里一直都不是为了吃饭的。

詹姆斯打开前灯，发动汽车，暗自感叹一天内竟能发生如此多的事情。他的儿子躲在暗处，透过他的卧室窗户凝视着杰克家的房子，杰克家门廊的灯刚刚亮起，停在那里的警车早就开走了。阁楼里，汉娜蜷缩在床上，筛选着一天的细节——她父亲紧抓着方向盘，指关节都变白了；牧师上嘴唇沾着一层小汗珠，像露水；棺材接触墓穴底部的时候，发出低沉的声响。她哥哥鬼鬼祟祟地爬到杰克家的门口——她透过卧室的西窗看到的——然后步履沉重、垂头丧气地回家。她母亲卧室传来的可疑的开门声，然后莉迪亚房间的门似乎被推开了。她在里面待了好几个小时。汉娜紧紧抱着自己的脑袋，想象着自己安慰母亲，母亲也拥抱着安慰她的情景。

玛丽琳并不知道小女儿此刻正在热切地倾听着房子里的动静，她揉揉眼睛，把日记放回书架，暗自发誓她会弄清楚莉迪亚遇到了什么事，她会找出谁该负责，她会查清哪里出现了问题。

第四章

玛丽琳送给莉迪亚第一本日记本之前，大学里举办了一年一度的圣诞派对。玛丽琳不想去。她和坏心情战斗了一个秋天。内斯刚进入一年级，莉迪亚才上幼儿园，汉娜还没出世。自从结婚以来，她头一回意识到自己没有正事可做。她二十九岁，还年轻，身材也苗条。脑子依然灵活，她想。至少有能力重返校园拿到学位，实现她童年时代的计划。然而，她现在已经想不起来怎么写论文、做笔记了，曾经写论文、做笔记的情景仿佛是在梦中。晚饭需要做，内斯需要喂饱，莉迪亚需要有人陪着玩，她哪有工夫学习？玛丽琳翻看报纸上的求助广告，发现都是招聘女服务员、会计和文案的。这些工作她都不会。她想起自己的母亲，她母亲想让她过怎样的生活，她母亲为她设计的人生轨迹：丈夫、孩子、房子。她现在仅有的工作就是管理这三样东西。这就是母亲对她的全部期望，她现在已经实现了，即便如此，她还是没有心情庆祝圣诞节。

詹姆斯却坚持认为他们应该到圣诞派对上露个脸；来年春天，他就要成为终身教授，所以，露脸是必须的。于是，他们请街对面的薇薇安·艾伦帮忙照看内斯和莉迪亚。玛丽琳换了条桃红色短裙，戴着珍珠项链，和詹姆斯来到装饰着彩色绉纸的学校体育馆，一棵圣诞树已经在中场区竖立起来。几圈寒暄过后，她端着一杯朗姆酒退到角落里，就在这时，她遇到了汤姆·劳森。

汤姆给她拿来一块水果蛋糕，开始自我介绍——他是化学系教授；他和詹姆斯负责审查一个修习双学位的学生写的关于一战中的化学武器的论文。玛丽琳立刻紧张起来，害怕听到那个问题——那么，你是做什么的，玛丽琳？——但是，汤姆并没有这样问，他们亲切友好地客套了几句孩子多大了、今年的圣诞树真漂亮。当他提到自己正在做胰腺和人工胰岛素的研究时，她打断他，问他是否需要一名研究助理。他从手中端着的印有披着毛毯的猪的碟子上移开视线，抬头盯着她看。害怕被人轻视的玛丽琳立刻长篇大论地解释：她曾在拉德克利夫学院读化学专业，她打算去医学院，她还没有拿到学位——暂时没有——现在她的孩子长大了一点……

其实，是她提问的语气让汤姆·劳森觉得意外：她是断断续续地嘟囔着提出要求的。玛丽琳抬起头来，微笑着看他，那对深刻的酒窝让她像个虔诚的小女孩。

"拜托了，"她说，一只手放在他的肘部，"我真的愿意再次从事学术工作。"

汤姆·劳森笑了。"我猜，我的确需要帮助。"他说，"如果你的丈夫不介意的话，那就可以。也许我们可以在新年之后谈谈，新学期开始的时候。"玛丽琳连连答应，表示这是再好不过的了。

詹姆斯没有她那么热情。他知道别人会怎么说：他挣得不够多——他妻子不得不出去找工作。尽管已经过去了很多年，他仍然记得他母亲每天早早起来，穿上制服去工作。一年冬天，她因为流感在家里休息了两周，他们不得不关掉暖气裹在两床毛毯里面。到了晚上，他母亲会给自己粗硬的双手涂油，想让皮肤变得柔软一些，见此情景，他父亲会愧疚地离开房间。"不，"他告诉玛丽琳，"等我成为终身教授，我们就不缺钱了。"他拉起她的手，掰开她的手指，吻她柔软的掌心。"告诉我，你不会再想着出去工作。"他说。最后她终于同意了，但是，她还是保留了汤姆·劳森的电话号码。

第二年春天，詹姆斯——新晋终身教授——开始上班，孩子们开始上学，玛丽琳待在家里折叠洗好的衣服，这时，电话响了——弗吉尼亚州圣凯瑟琳医院的一位护士告诉玛丽琳，她母亲去世了。那天是1966年4月1日，玛丽琳的第一个反应是：真是个可怕的、没有品位的笑话。

　　婚礼那天过后，她已经近八年没和母亲说话，在此期间，她母亲也没给她写过一封信。内斯出生、莉迪亚出生，玛丽琳都没有通知母亲，连孩子的照片都没给她寄过。有什么好说的？她和詹姆斯从未讨论过她母亲在婚礼那天对这场婚姻的评价：这样不对。她根本不想再去回忆。所以，当詹姆斯晚上回到家时，玛丽琳只是简短地说了句："我母亲死了。"然后她走到炉子那里，又补充道，"草坪需要修了。"他立刻明白，他们不会再讨论这件事。晚饭时，玛丽琳告诉孩子们外婆去世了，莉迪亚翘起脑袋问："你难过吗？"

　　玛丽琳看了丈夫一眼。"是的，"她说，"难过。"

　　她母亲的后事需要处理：签署文件、安排葬礼。所以，玛丽琳离开詹姆斯和孩子们，开车去了弗吉尼亚——她早已不把弗吉尼亚当作自己的家——整理母亲的遗物。出了俄亥俄，进入西弗吉尼亚，大小河流闪过车窗，女儿的问题一直在她脑中回响。她无法给出肯定的回答。

　　她难过吗？更多的是惊讶，惊讶于自己竟然还是如此熟悉母亲的房子。即使过了八年，她仍然记得怎么晃动钥匙——先向下，再向左——才能打开门锁；仍然记得纱门会自动缓缓关闭，发出嘶嘶的声音。前厅的炉火燃尽了，起居室的厚窗帘拉上了，但她能够凭直觉在黑暗中前进。她在扶手椅、搁脚凳、桌子和沙发之间灵活地穿行，一下子就准确地摸到电灯的棱纹开关。这里本可以成为她的家的。

灯光亮起，她看到自己小时候那些熟悉的破旧家具，褪色的淡紫墙纸，上面有丝绸一样的纹理。瓷器柜里装满了她母亲的玩具娃娃，它们的眼睛一眨不眨，依然让她觉得脖子后面发凉。这些东西都需要她清走。她难过吗？不，赶了一天的路，她只觉得累。"很多人都觉得难以胜任这项工作。"第二天早晨，殡仪馆的工作人员告诉她。他给了她一个公司的电话号码，他们专门帮客户打理需要卖掉的房子。食尸鬼，玛丽琳想。真是个贴心的服务，清理死者的房子，把他们的一生扔进垃圾桶，再把垃圾桶拖到马路边上。

"谢谢，"她抬起下巴，"我还是自己处理好了。"

但是，当她试图整理母亲的遗物时，却找不出自己想要留下的东西。她母亲的金戒指，她的十二件瓷器套装，玛丽琳的父亲送她母亲的珍珠手镯：这是她父母的失败婚姻的纪念物。她严肃庄重的毛衣和铅笔裙、手套和装在帽盒里的帽子。它们本来是和一套束腰的衣服搭配的，玛丽琳有些不忍心扔掉。她的母亲很喜欢那套瓷器娃娃，它们一律面无表情，头上的假发是马毛做的。一群冷眼旁观的小陌生人。玛丽琳打开相册，想找一张自己和母亲的合影，却发现没有。只有玛丽琳上幼儿园时梳着马尾辫的照片；玛丽琳参加学校派对，头上戴着纸王冠；高中的玛丽琳站在圣诞树前，这张是用珍贵的柯达彩色胶片拍的。她翻了三本相册，连她母亲的一张单人照都找不到，她母亲像根本没有存在过一样。

她难过吗？她的母亲根本无处可寻，她又怎么会难过？

随后，她在厨房里发现了母亲的《贝蒂·克罗克烹饪书》，开裂的书脊曾经修补过两次，用思高胶带粘着。在"饼干"部分的第一页，引言旁边的空白处有一条线，玛丽琳上大学的时候，会用这种线标出书上的重点。这段话并非制作饼干的说明。饼干罐里一定要有饼干！这段写着，难道除此之外，还有更能表现家庭友好气氛的东西吗？就是这些话。她母亲觉得，需要把它们当作重点划出来。玛丽琳瞥了一眼柜台上奶牛形状的饼干罐，想看看它是不是空的，结果越是打量，越不确定自己曾经见过这件东西。

她翻到其他章节，寻找更多的铅笔线。在"派"的部分，她发现了一条线：如果你想取悦男人——烤个派吧。但是，一定要做得完美。下班回家后从未吃过南瓜派或者蛋奶派的男人是多么的可怜啊！在"蛋的基本烹饪"部分划出的句子是：你嫁的男人会知道他喜欢吃什么样的蛋。他可能不喜欢你做的蛋，所以，一位好妻子，应该掌握蛋的六种基本烹饪方式。她想象着母亲咬着铅笔头读到这里，然后认真地划下来，希望能够记住的样子。

你将发现，你的色拉制作技巧，决定着全家的生活质量。

除了烤面包，还有什么能让你对自己如此满意？

贝蒂的腌菜！爱丽丝姑姑的桃子蜜饯！玛丽的薄荷酱！除了架子上盛着这些东西的闪亮的罐子和玻璃瓶，还有什么能给你更深的满足感？

烹饪书封底印着贝蒂·克罗克的照片，太阳穴那里有些浅淡的灰色条纹，前额的头发向后卷曲，仿佛是被她挑起的眉弓顶回去的。乍一看，还真有点像玛丽琳的母亲。还有什么能给你更深的满足感？她母亲当然会说：没有，没有，没有。怀着对母亲尖锐而痛苦的同情，她想。她母亲梦想着过上金光闪闪、萦绕着香草味道的生活，最后却孤独终老，像一只困在这座空荡荡的小房子里的可怜苍蝇。女儿离开了她，除了书上的铅笔划痕，她生命的印迹无处可寻。她难过吗？她愤怒。愤怒于母亲人生的渺小。"这个。"她气愤地想，摩挲着烹饪书的封面：只有这个是我需要记住的，我只需要保留这个。

第二天早晨，她给殡仪馆工作人员推荐的房屋清理公司打电话，对方派来两个穿蓝色制服的人。他们像看门人一样，胡子刮得干干净净，谦恭有礼，两人同情地看着她，但没说"节哀顺变"之类的话。他们以搬家工人的专业效率迅速把瓷娃娃、碗碟和衣服打包进纸箱，用棉衬垫裹住家具，挪到卡车上。"它们要去哪里呢？"玛丽琳怀抱着烹饪书想，"那些床垫、照片、清空了的书架？"去人死后去的地方，一切都将归向那里，远去，消失，离开你的生活。

晚餐时间之前，他们就清空了房子。其中一人朝玛丽琳抬抬帽檐，另一个冲她礼貌地点点头。然后，他们就走出门廊，发动了外面的卡车。她从一个房间走到另一个房间，胳膊下面夹着烹饪书，检查有没有落下的东西，但他们清理得很彻底。拿下了墙上的照片后，她的旧房间简直面目全非，难以辨认。她童年时代的唯一印记只剩下图钉留在墙纸上的小洞，除非你知道它们原本在哪里，否则根本找不到。顺着敞开的窗帘望出去，她什么也看不见，只有昏暗的窗玻璃和灯光照耀下她那模糊的脸。她离开时，在起居室逗留了一下，地毯上还有椅子腿压出的小坑，原本是壁炉架的地方只剩下光光的墙面上的一条直线。

她上了高速路，朝着俄亥俄州、朝家中驶去。那些空房间不停地在她脑海中冒出来。她心神不安地把这些画面甩到一边，更加用力地踩下油门。

出了夏洛特斯维尔，车窗上出现了雨点。西弗吉尼亚走到一半，雨下大了，盖住了整个挡风玻璃。玛丽琳停在路边关掉引擎，雨刷停止了清扫，玻璃上留下两条痕迹。时间是凌晨一点多，路上没有别的人。前方没有汽车尾灯，后视镜里也看不到头灯，只有成片的农田在路的一侧绵延。她关掉自己的车灯，靠在椅背上，这场雨下得真是痛快，她感觉自己好像倾尽全力地哭了一场。

她又想起了那座空房子，那些一生积攒下来的东西，现在恐怕已经进了旧货店或者垃圾场。她母亲的衣服可能穿在了陌生人身上，戒指套上了陌生人的手指。只有放在前排座位上的那本烹饪书幸存了下来。它是唯一值得保留的东西，玛丽琳提醒自己，那座房子里唯一留下母亲印迹的东西。

她如梦如醒，似乎有人在她耳边叫喊：你母亲死了，最终，唯一值得纪念的就是她烹调的食物。玛丽琳忧心忡忡地想起她自己的人生：一连几个小时准备早饭、晚饭，把午饭放进干净的纸袋。给面包片抹花生酱需要那么长时间吗？做鸡蛋需要那么长时间吗？单面煎的给詹姆斯，煮熟的给内斯，炒鸡蛋给莉迪亚。*一位好妻子，应该掌握蛋的六种基本烹饪方式*。她难过吗？是的。她难过。为鸡蛋难过。为一切难过。

她打开车门，来到马路上。

车外的噪音震耳欲聋，仿佛有几百万颗弹珠砸在锡皮屋顶上，几百万个广播电台同时发出嘶哑空白的背景音。她关上车门的时候已经全身湿透了。她掀起头发，低下头，雨水向下流在皮肤上，传来刺痛的感觉，她斜靠在冷却罩上，展开双臂，让雨滴刺遍全身。

决不，她对自己发誓，我决不能活得像她那样。

她听到脑袋下方传来水滴敲打钢板的声音，仿佛细小的掌声，几百万双手在为她鼓掌。她张开嘴，让雨水流进嘴里，睁大眼睛，直视着倾盆而下的雨帘。

她脱下上衣、裙子、长袜和鞋，湿漉漉地堆在烹饪书旁边，好似一摊融化的冰淇淋。雨势变小了，光脚踩着的油门踏板质感坚硬。她发动车子，从后视镜中看到了自己的倒影，看到自己如此赤裸和狼狈，她没有觉得尴尬，反而赞赏地审视着自己白色内衣映衬下更加苍白闪光的皮肤。

决不，她再次想到，我决不能活得像她那样。

她驱车钻进夜幕，朝着家的方向开去，贴在她脖子后面的头发缓缓地流下了眼泪。

留在家里的詹姆斯任何一种鸡蛋的烹饪方式都不会。每天早晨，他都给孩子们麦片当早餐，然后发给每人三十美分，让他们中午在学校里自己买饭。"妈妈什么时候回家？"内斯玩着他的电视餐盒上的锡纸，每天晚上都会问起。他母亲出门还不到一个星期，他又想吃水煮蛋了。"快回来了。"詹姆斯回答。玛丽琳没留下她母亲家的电话号码，而且，反正那个号码很快就要取消。"随时都会回来的。我们这个周末干点什么，嗯？"

他们决定到游泳池学蛙泳。莉迪亚还没学过游泳，所以，詹姆斯下午把她寄放在街对面的艾伦夫人家。过去的一周，他一直想和内斯度过一些父子独享的时间。他甚至想好了游泳课的开场白：胳膊一直放在水下，向外蹬腿，像这样。虽然詹姆斯本人在高中时是游泳运动员，但他没有得过奖牌；当其他人钻进获奖者的车里，去享用汉堡和奶昔以示庆贺时，他只能独自回家。现在，詹姆斯觉得内斯可能具备同样的游泳天赋，虽然他个子矮，但身体结实强壮。去年夏天的游泳课上，内斯学会了自由泳和漂浮，已经能游着从水底穿过游泳池。詹姆斯觉得，到了高中，内斯就会成为游泳队的明星、奖牌的包揽者、游泳比赛的王牌。赢得比赛之后，他将开车请大家吃饭——或者去做七十年代孩子们喜欢做的事情来庆祝。

那个星期六，他们来到泳池边，浅水区全是些玩"马可波罗"①的孩子；深水区有两个划水的大人。还没有地方练习蛙泳。詹姆斯推推儿子："先进去和大家玩，等着泳池空出来。"

"非得去吗？"内斯摆弄着毛巾的边缘。那群孩子里面，他就认识杰克。杰克家搬到街上才一个月。虽然那时内斯还没开始讨厌杰克，但已经感觉到他们不会成为朋友。七岁的杰克长得又高又瘦，满脸雀斑，胆大妄为，目空一切。詹姆斯对小孩子之间的气氛并不敏感，儿子的羞怯和迟疑激怒了他，他心目中的那个自信的年轻人一下子缩小成紧张的小男孩，瘦弱、矮小、像个驼背一样畏畏

---

① 这是一种小孩之间的捉迷藏游戏，通常在游泳池进行。扮"鬼"的人会蒙上眼睛，去抓其他人。"鬼"会先喊："马克！"躲起来的人回应："波罗！"然后根据声音来判断玩伴的位置，被提到的人就要轮换着扮"鬼"。

缩缩。尽管他不愿承认，内斯——那个扭着腿，一只脚踩在另一只脚上的小家伙——让他想起了自己这么大的时候。

"我们是来游泳的，"詹姆斯说，"艾伦夫人看着你妹妹，好让你能学习蛙泳，内斯。不要浪费大家的时间。"他用力拽掉儿子手中的毛巾，坚决地领着他走向水池边，紧逼着他，直到儿子滑进水里。他随后在池边的空地上坐下来，把别人扔在那里的脚蹼和护目镜推到一边。这对他有好处，詹姆斯想。他需要学学怎么交朋友。

内斯和其他孩子绕着一个女孩游，她正在闭着眼睛捉人。他用脚尖踩着水，以便让脑袋浮在水面之上。詹姆斯花了几分钟才认出杰克，霎时，充满嫉妒的羡慕涌上心头。杰克游得很棒，姿态从容自信，动作优美，在孩子群中非常显眼。他一定是自己走过来的，詹姆斯想；春天的时候，薇薇安·艾伦一直在八卦珍妮特·伍尔夫的琐事，比如她去医院上班，把杰克独自留在家里什么的。也许我们可以开车送他回家，詹姆斯想，他母亲下班之前，他可以在我们家玩。他将成为内斯的好朋友、理想的学习榜样。他甚至设想内斯和杰克形影不离，在后院玩轮胎秋千、到街上骑自行车的情景。詹姆斯上学的时候，根本不好意思请同学到家里玩，怕他们认出自己的母亲是食堂帮厨，或者发现他父亲是擦走廊的保洁员。而且，他们家也没有院子。也许他们可以假扮海盗，杰克是船长，内斯当大副。还可以扮演警长和副警长、蝙蝠侠与罗宾之类的。

等詹姆斯回过神来，他发现内斯成了"捉人者"。但情况有些不对劲。别的孩子都游到池边去了，他们纷纷忍着笑钻出水面，爬到岸上。内斯闭着眼睛，一个人漂浮在池水中央转着小圈，双手在水中探路。詹姆斯听到他说："马可。马可。"

"波罗。"别的孩子叫道，他们围着浅水区转来转去，把手伸进水里扑腾，循着水声，内斯从一边挪到另一边。"马可。马可。"他的声音里透出了哀怨的动静。

这不是针对儿子个人的，詹姆斯告诉自己。他们一直是这么玩的；他们只是在玩游戏。只是在胡闹而已。不关内斯什么事。

然后，一个稍大一点的女孩——也许十一二岁——喊道："中国佬找不到中国啦！"其他孩子哈哈大笑。詹姆斯的心猛地一沉。水池里的内斯不动了，胳膊漂在水面上，不知道该不该继续。他展开一只手，随后又默默握紧。

水池边，他的父亲也不知该如何是好：把孩子们赶回水里？戳穿他们的阴谋？或者告诉儿子该回家了？这样内斯就会睁开眼睛，发现水里只有他一个人。泳池里的氯气味道侵蚀着詹姆斯的鼻腔，非常难受。这时他看到，水池的另一头有个模糊的人影无声地滑进水中，游向内斯，一颗浅棕色的脑袋冒出水面：杰克。

"波罗。"杰克叫道。他的声音在瓷砖墙壁上回响："波罗。波罗。波罗。"内斯松了一口气，有点眩晕地朝声音传来的方向猛扑过去，杰克没有动，边踩水边等着，直到内斯抓住他的肩膀。那一个瞬间，詹姆斯看到儿子脸上闪现出纯粹的喜悦，懊恼的表情一扫而空。

内斯睁开眼睛，得意的神情立刻不见了，他看到其他孩子都蹲在池边笑他，水池里只有杰克在他眼前，正朝他咧着嘴笑。内斯觉得那是奚落的笑容：只是逗你玩玩而已。他把杰克推到一边，潜进水中，一口气游到池边，径直上岸向门口走去，他没抖去身上的水，连眼睛上的水也不擦，就那么让它顺着脸颊流下来，所以，詹姆斯根本看不出他哭了没有。

内斯在更衣室里一言不发，他拒绝穿衣服和鞋。詹姆斯第三次把他的裤子递过去时，内斯用力踢了更衣橱一脚，上面出现一个凹痕。詹姆斯回头看了一眼，发现杰克正从泳池区透过门缝朝里看。他觉得杰克可能想说点什么，也许是道歉，然而，那孩子只是沉默地站在那里注视着他们。内斯根本没有看到杰克，他径直走进大厅，詹姆斯卷起他们的东西跟在后面，门在身后自动关闭。

他有点想把儿子揽进怀里，告诉他，自己明白他的感受。虽然已经过去了近三十年，他依然记得劳埃德的体育课。一次换衣服的时候，等他对付好难穿的衬衣，却发现搁在长凳上的裤子不见了，其他人则早已穿好衣服，把体育课的制服和运动鞋塞回了橱柜。詹姆斯只好踮着脚尖回到体育馆，拿背包挡住裸露的双腿，寻觅体育老师蔡尔德先生。这时，铃声响了，更衣室里已经没人了。十分钟后，穿着内裤的他终于找到了蔡尔德。原来，他的裤子被人打了个结，系在洗手池下面的水管上，裤脚沾着几团灰球。"可能是和别人的东西混在一起了，"蔡尔德先生说，"快去上课吧，李，要迟到了。"詹姆斯知道，这并非偶然。自那以后，他就养成了习惯，先穿裤子，再穿衬衣。他从未对任何人提起这件事，却一直记忆深刻。

所以，他想要告诉内斯，自己理解他的心情：被戏弄的屈辱，无法合群的挫败感。同时，他还想摇晃儿子，扇他一巴掌，硬把他逼成不同的人。后来，当内斯因为"太瘦"不能参加橄榄球队，"太矮"不能打篮球，"太笨"不能打棒球，只能靠读书、研究地图、玩望远镜来交朋友的时候，詹姆斯就会想起那天下午在游泳池发生的事。这是儿子第一次失望，也是他的父亲之梦遭受的第一次和最痛苦的一次打击。

尽管如此，那天下午，他还是默许内斯跑回他的房间，用力关上门。晚饭时，他端着索尔斯伯利牛肉饼去敲门，内斯没回应。下楼后，詹姆斯同意抱着莉迪亚坐在沙发上，和她一起看《杰基·格黎森秀》。他能说些什么安慰儿子呢？"情况会好起来的？"他不想撒谎。还是把这件事忘了吧。星期天早晨，玛丽琳回到家，发现内斯闷闷不乐地坐在早餐桌前，詹姆斯摆了摆手，简短解释道："昨天一群孩子在游泳池逗他玩，他需要学会接受玩笑。"

内斯愤怒地盯着父亲，但詹姆斯一心回想着那句嘲笑"中国佬找不到中国啦"，没注意儿子的目光，玛丽琳也没看到，她正忙着把碗和麦片盒摆在桌上。愤慨的内斯终于打破了沉默，"我要水煮蛋。"他强硬地要求道。然而，出乎大家意料，听到这句话后，玛丽琳竟然哭了起来，最后，他们只得顺从地接受了麦片。

但全家人都明白，玛丽琳发生了变化，她一整天的情绪都不好。晚饭时，虽然大家都想吃烤鸡、肉糜或者炖菜——受够了加热食品的他们希望吃到真正意义的饭菜，但是，玛丽琳却打开一个鸡汤罐头和一罐圆形意面。

第二天早晨，孩子们上学后，玛丽琳从梳妆台抽屉里拿出一张字条，汤姆·劳森的电话号码还在上面，淡蓝色的大学信纸映衬着黑色的字迹，非常刺眼。

"汤姆？"对方接起电话，玛丽琳说，"劳森博士，我是玛丽琳·李。"见对方没反应，她补充道，"詹姆斯·李的妻子，我们在圣诞节派对上见过，我们谈过我去你实验室的事。"

对方沉默了一下，接着，玛丽琳惊讶地听到了笑声。"几个月前，我雇了一个本科生。"汤姆·劳森笑着说，"我不知道你是认真的，因为你还有孩子和丈夫要照顾。"

玛丽琳没再多问就挂了电话。她在电话旁站了很长时间，眼睛望着厨房窗外。外面已经没有了春天的感觉，风又干又硬，日渐升高的气温让院子里的水仙花低下了头，茎秆残破，无精打采地趴伏着，黄色的花瓣已然凋谢。玛丽琳抹了一下桌子，拿来报纸开始做填字游戏，想要忘掉汤姆·劳森忍俊不禁的语气。报纸粘在潮湿的木头桌面上，写下第一个答案时，她的笔尖穿透了纸面，在桌子上留下一个蓝色的"A"字。

她摘下挂钩上的车钥匙，拿起放在门边的挎包。起初，她告诉自己说，她只是出去透透气。尽管外面挺冷，她还是放下车窗，绕着湖边转圈，一圈，两圈，微风掀起她的头发，灌进她脖子后面。**你还有孩子和丈夫要照顾。**她茫然地开着车，横穿米德伍德，经过大学、杂货店、旱冰场，等她发现自己转进了医院的停车场，才意识到自己一直打算到这里来。

玛丽琳走进候诊室的角落里坐着。有人在粉刷房间——墙壁、天花板、门——刷成具有镇静效果的淡蓝色。白帽白裙的护士像云朵一样穿梭往来，携带着胰岛素注射器、药瓶和纱布。护工们推着午餐车走过。还有医生，他们从容不迫地大步穿过喧闹的人群，犹如喷气式飞机沉稳地划过天空。他们在哪里出现，人头就往哪个方向攒动。焦虑的丈夫们、歇斯底里的母亲们、犹豫不决的女儿们随着医生的走近纷纷起立。玛丽琳注意到，他们都是男的：肯戈尔医生、戈登医生、麦克勒纳医生、斯通医生。她是怎么会觉得自己也能成为他们的一员的呢？简直如同猫变老虎一样，门都没有。

这时，急诊室的两扇门敞开了，一个深色头发的瘦削身影出现，发髻挽在脑后。玛丽琳一时间没弄明白这个女人是干吗的。"伍尔夫医生。"一个护士叫道，举起柜台上的一个记事板。伍尔夫医生穿过候诊室，接过记事板，她的高跟鞋敲打着地毯。自从珍妮特·伍尔夫一个月前搬过来，玛丽琳只见过她一两次。她听说珍妮特·伍尔夫在医院工作——薇薇安·艾伦趴在花园的篱笆上小声告诉她，伍尔夫经常在医院值夜班，对儿子放任不管，结果，他成了野孩子。但玛丽琳以为伍尔夫是个秘书或者护士，而眼前这个优雅的女人，年龄不比她大，个子高挑，身材苗条，穿着黑色的宽松长裤，医生的白大褂，不可能是那个伍尔夫。这个**伍尔夫医生**，脖子上挂着听诊器，好似一条银光闪闪的项链，正手法娴熟地检查着一个工人青肿的手腕。只听她清晰自信地对诊室另一头说："戈登医生，我能和你谈谈你的病人的情况吗？"戈登医生放下他的记事板，走了过来。

这超乎她的想象。大家都在重复那个称呼，像念咒一样。伍尔夫医生。伍尔夫医生。伍尔夫医生。拿着青霉素的护士说："伍尔夫医生，我有个小问题。"路过的护工说："早上好，伍尔夫医生。"最不可思议的是，其他的医生也说："伍尔夫医生，我能问一下你的看法吗？""伍尔夫医生，二号房间有病人需要你。"直到这时，玛丽琳才相信眼前的一切都是真的。

这怎么可能？她怎么做到的？她想起母亲的烹饪书：想让某人开心吗——烤个蛋糕吧！烤个蛋糕——开个派对。烤个蛋糕带去派对。烤个蛋糕，只因为你今天心情好。她想起母亲搅拌奶油和糖、筛面粉、给烤盘涂油的样子。还有什么能给你更深的满足感？珍妮特·伍尔夫大步流星，穿过医院候诊室，她的外套是那么的白，白得闪闪放光。

对她来说，当然是可能的，她没有丈夫。她放任儿子成为野孩子。没有丈夫，没有孩子，也许这样就有可能了。"我原本也能做到的。"玛丽琳想，这句话像拼图一样拼凑到一起，敲打着她的神经，她认为它时态正确，并没有什么语法错误，她只是错过了机会而已。泪珠滚下她的脸庞。不，她突然想，应该是"我能做到"。

然后，令她觉得既尴尬又恐惧的是，珍妮特·伍尔夫出现在她面前，热情地朝坐在椅子上的玛丽琳弯下腰。"玛丽琳？"她说，"你是玛丽琳，对吗？李太太？"

玛丽琳不知如何回答，她机械地说："伍尔夫医生。"

"你怎么了？"伍尔夫医生问，"你病了吗？"从现在的角度看，她的脸惊人地年轻，透过粉底，还看得到她鼻子上的雀斑。她的手轻柔地搭在玛丽琳肩膀上，沉稳坚定，她的微笑亦是如此。"一切都会好起来的。"这些动作似乎在说。

玛丽琳摇摇头，"不，不，没事。"她抬头看着珍妮特·伍尔夫，"谢谢你。"她的感谢是真心的。

第二天晚上，吃完意大利饺子罐头和蔬菜汤罐头，她心中形成了一个计划。她继承了母亲的全部存款，足够支持几个月，等她母亲的房子卖掉，她会得到更多的钱，足够支持几年，至少。在一年内，她就能拿到学位。这将证明她仍然能做到。现在还不晚。然后，她就申请就读医学院。只不过比原计划晚了八年而已。

趁孩子们还没放学，她开车一个小时，来到托莱多城郊的社区大学，报了有机化学、高级统计学、解剖学三门课：这是她大学最后一个学年的课程计划。第二天，她又开车过来，在校园附近租了一套带家具的小公寓，五月一日就能搬进来。还有两周。每天晚上独自一人时，她就读那本烹饪书，回想母亲渺小、孤独的一生。"你不想要这样的生活，"她提醒自己，"你的人生不止如此。"不用担心莉迪亚和内斯，她一遍一遍地对自己说，尽量不去想别的。詹姆斯会替我分担的。她去弗吉尼亚办事时，他不是处理得很好吗，所以，她的梦想是有可能实现的。

在寂静的黑暗中，她把大学时的课本装进纸箱，把纸箱运进阁楼，做好了准备。快到五月的时候，她每天都准备丰盛的饭菜——瑞典肉丸、俄式炒牛柳丝、皇家奶油鸡——都是詹姆斯和孩子们最喜欢的，也是母亲教给她的。她给莉迪亚烤了一个粉色的生日蛋糕，允许她想吃多少就吃多少。五月的第一天，星期天的晚餐结束后，她把剩菜装进保鲜盒，放入冰箱。她烤了很多饼干。"你好像在为大饥荒做准备一样。"詹姆斯笑着说。玛丽琳也朝他微笑，不过是假笑，那些年里，她一直对母亲这么笑——对着你的耳朵，扯起你的嘴角，嘴不要张开，别人很难看出这是假笑。

那天晚上，她在床上搂着詹姆斯，亲吻他的脖颈两侧，缓缓褪下他的衣服，像他们年轻时一样。她试着记住他背部的曲线和脊柱底端的凹陷，仿佛他是一处她再也领略不到的风景，想到这里，她哭了起来——最初是沉默地哭，后来，随着身体间的不断碰撞，她哭得更加厉害。

"你怎么了？"詹姆斯小声问，摸着她的脸，"怎么回事？"玛丽琳摇摇头，他把她拉近一点，他们的身体又湿又黏。"没关系，"他亲亲她的额头，"明天一切都会好起来的。"

早晨，玛丽琳埋在被单下，听詹姆斯穿衣服。他拉上裤子拉链，扣好皮带。即便是闭着眼睛，她也能想象出他竖起衣领、徒劳地想要抚平那撮头发的样子。这么多年来，正是这撮头发让他看上去一直有点像个学生。他过来吻别她的时候，她还是闭着眼睛，因为她知道，要是睁开眼看他，眼泪就会再一次流出来。

后来，她在车站跪在人行道上，亲了内斯和莉迪亚的脸，不敢直视他们的眼睛。"要好好的，"她告诉他们，"听话，我爱你们。"

校车沿着湖岸消失后，她去了女儿的房间，又去了儿子房间。她从莉迪亚的梳妆台上拿走一只樱桃色的塑料发夹，上面有朵白花。这发夹有一对，但莉迪亚很少戴这只。她从内斯床底下的雪茄盒子里拿走一只弹珠，它并非他的最爱——他最爱的那一只弹珠深蓝色底，点缀着白斑点，好像天上的星星——这只弹珠颜色更深一点，内斯叫它们"奥利"。她还从詹姆斯在她大学时代常穿的那件旧大衣的翻领下面剪下一颗备用纽扣。玛丽琳把这三样纪念品塞进衣袋——后来，她最小的孩子也继承了她的这个习惯，但玛丽琳从未向汉娜或者任何人提起过今天的举动。这些东西都算不上珍贵，并非主人的最爱，找不到它们的话，主人会怅然若失，但不会难过。玛丽琳随后从阁楼拿出她藏起来的纸箱，坐下给詹姆斯写信。不过，这样的信该怎么写呢？不能用她自己的信纸，好像把他当成了陌生人，更不能写在厨房的便笺本上，像写购物清单一样随便。最后，她从打字机上扯下一张白纸，拿着笔坐下来。

　　我意识到，我现在的生活并不快乐。我头脑里总是憧憬着另一种生活，但实际情况却事与愿违。玛丽琳颤抖着呼出一口气，我的这些感受在心底压抑了很久，但是现在，重新造访我母亲的屋子之后，我想到了她，意识到我再也不能继续压抑下去了。我知道，没有我，你也可以过得很好。她顿了一下，想说服自己这些字句都是真的。

我希望你能够理解我为什么不得不离开。希望你能原谅我。

　　玛丽琳拿着圆珠笔坐了很长时间，不知道该怎么收尾。最后，她把这张纸撕成碎片，扔进废纸篓，决定还是直接走人为好，消失在他们的生活中，假装从未出现过。

　　下午放学后，内斯和莉迪亚发现母亲没来车站接他们，他们回到家，发现门没锁，房子里没人。两小时后，他们的父亲回到家，发现孩子们坐在前门台阶上，似乎害怕独自待在房子里。他问内斯："你说的'走了'是什么意思？"因为内斯只会重复这两个字："走了。"这是他唯一知道的答案。

　　莉迪亚倒是什么也没说，父亲给警察和所有邻居打了电话，但忘记了做晚饭和送孩子上床睡觉。警察来做笔录的时候，她和内斯已经在起居室地板上睡着了。半夜时，莉迪亚在自己的床上醒来——是父亲把她放上去的——脚上还穿着鞋。她起身去摸索母亲在圣诞节时送给她的日记本。终于发生了重要的事情，值得她记录的事情。但她不知道该怎么解释这件事，为什么短短一天之内一切都变了样，为什么她如此珍爱的人前一分钟还在那里，下一分钟就"走了"。

第五章

对于那个夏天母亲的失踪，汉娜一无所知。因为，她出生之后，家里人从未提过这件事，即便说了，也于事无补。所以，莉迪亚失踪之后，汉娜非常生气和不解，认为莉迪亚抛弃了他们，这种认识又加深了她的愤怒和困惑。"你怎么能这样，"她想，"明知道被家人抛弃的感觉，还要离开？"现在，得知姐姐沉进了湖底，她能想到的只有："怎么会这样？"还有："那是什么感觉？"

今晚，她要弄明白。她的夜光表显示是凌晨两点，她一直耐心地躺着，看着表盘上的数字跳动。今天，六月一日，是她最后一天上学。明天，内斯应该穿上他的蓝袍子，戴上学位帽，领取毕业证书。但是他们不会参加内斯的毕业典礼；自从那件事之后，他们再也没去过学校——她压制住没再继续思考。

她蹑手蹑脚地走下六级吱呀作响的楼梯来到前厅，像猫一样绕到门口，没敢去踩门口的玫瑰花地毯，因为底下的地板会发出响声。虽然楼上的玛丽琳、詹姆斯和内斯都没有睡着，但他们丝毫没察觉：汉娜懂得如何控制肢体保持安静。黑暗中，她的手指拉开门闩，抓住安全链，悄无声息地解开它，这是家里设置的新玩意，葬礼之前，还没有安全链。

她已经演习了三个星期，母亲不注意的时候，她就抓起门锁研究摆弄。汉娜慢慢溜出门去，赤着脚踏上草坪，莉迪亚生命里的最后一晚也来过这里。月亮挂在树梢后面，院子、走道和邻居家的房子缓缓消失在模糊的黑影里。那天晚上，她姐姐看到的就是这些。艾伦夫人的窗玻璃反射着点点月光，街角处的路灯昏暗朦胧，那里是环绕湖岸的大路起始的地方。

汉娜在草坪边缘停住脚步，脚趾踩在人行道上，脚跟还在草地上，想起那天晚上那个消失在黑暗中的瘦小身影——她看上去并不害怕。所以，汉娜也像她一样，直接走在路中间，如果这条小街足够拥挤，人们一定会在中间这里划上一条黄线。那些昏暗的窗户后面透出窗帘的模糊轮廓，小街上没有灯，只有艾伦夫人家的前门灯亮着——她总是开着这盏灯，大白天都不关。汉娜更小一些的时候，曾经以为大人每天晚上都会熬夜，直到两三点钟才睡觉。现在她知道，这种揣测并不属实。

她又在街角停下来，路的两个方向都黑漆漆的，没有车。她的眼睛现在已经适应了黑暗，她迅速越过大路，来到青草覆盖的湖岸，但眼睛看不到湖面，唯有脚下倾斜的地势说明她已经接近了湖水。她经过几棵桦树，它们把僵硬的胳膊伸过头顶，摆出投降一样的姿势。接着，突然之间，她的脚趾触到了水。这时，她听到有架飞机从头顶飞过，湖水拍打着她的脚踝，像舌头舔舐自己的嘴唇一样轻柔。如果非常仔细地观察，能看到水面黯淡的微光，如同一层银纱。除此之外，她不会知道这是水。

　　"一个美丽的地方。"詹姆斯和玛丽琳刚搬到米德伍德时，房地产经纪人这样对他们说。这段往事汉娜听过很多次。"五分钟就能走到湖岸，去杂货店也同样只需五分钟。想想吧，这个湖基本上就在你家门口。"他看了一眼玛丽琳浑圆的肚子，"整个夏天，你和孩子们都可以在里面游泳，好像拥有自己的私人海滩一样。"詹姆斯向往不已，欣然同意。汉娜一直爱这个湖，现在，它却变成了一个完全不同的地方。

　　经年使用使得码头表面已经变得非常光滑，月光也给它笼上了一层银辉。码头一端的木桩上面有一盏灯，在水面上投射出一个光圈。她要到船上去，像莉迪亚那样。她会划着船到湖中央，她姐姐就是在那里终结生命的。她要凝视湖水深处，也许这样试试，她就能够明白一切。

然而小船不见了。这个城市的反应虽然迟钝，但人们还是把它挪走了。

汉娜跪坐在脚跟上，想象着姐姐跪下来解开缆绳，然后把船推离岸边，推出很远很远，以至于根本看不清小船周围黑暗的水面。最后，她躺在码头上，轻轻地摇晃着身子，望着头顶的夜空。那天晚上，这片夜幕和她姐姐的距离应该也是如此接近。

如果放在过去的夏天，这个湖将是一如既往的可爱。内斯和莉迪亚会穿上泳衣，在草地上铺上毛巾，身上涂着婴儿护肤油的莉迪亚会躺在上面晒太阳。如果汉娜非常幸运的话，莉迪亚会允许她在自己的胳膊上也涂一些油，等莉迪亚把脊背晒黑以后，让自己帮她重新系好比基尼的带子。内斯会从码头上发射"炮弹"，溅起一片水雾，让珍珠般的水滴砸在她们的皮肤上。在最晴朗的天气——尽管这样的机会非常非常罕见，他们的父母也会来。父亲会在湖里练习蛙泳和澳大利亚式爬泳，要是他心情好，还会教汉娜游泳，在她乱踢的时候稳住她的身体。他们的母亲，戴着一顶巨大的太阳帽，当汉娜回到毛巾这儿时，她会从《纽约客》上抬起头来，让汉娜安静地靠着她的肩膀，看杂志里的漫画。这些场景只会在湖边发生。

今年夏天他们不会来湖边了，而且永远都不会来了——不用问她也知道。尽管大学已经找人代替詹姆斯完成这学期的工作，但是过去三周，她父亲天天都在办公室。她母亲在莉迪亚房间里一待就是好几个小时，盯着每一样东西看，却什么都不碰。内斯在房子里踱来踱去，仿佛笼中的困兽，他打开碗橱再猛地关上，拿起一本本的书，再把它们扔到地上。对于这些，汉娜一言不发。虽然没人刻意制定规矩，但她已经知道，家里的新规矩是：别提莉迪亚，别提那个湖，别问问题。

她静静地躺了很长时间，想象着姐姐躺在湖底。姐姐会像她一样脸朝上，研究着水面之下的样子。她的胳膊伸开，像这样，似乎在拥抱全世界。她会一直听着动静，等待他们来找她。我们不知道，汉娜心想，我们应该来的。

看来这个办法没有用，她还是弄不明白。

回到家，汉娜踮着脚走进莉迪亚房间，关上门。她掀起床围子，从床底拖出一只细长的丝绒盒子，然后用莉迪亚的毯子支了个帐篷，躲在里面打开盒子，拿出一个银挂坠，这是父亲送给莉迪亚的生日礼物，但她把它塞到了床底下，丝绒盒子上逐渐落满了灰尘。

与挂坠相连的项链已经脱落了，但汉娜答应过莉迪亚，她不会把它再接回挂坠上，她从来信守对自己爱的人许下的承诺，即使他们已经不在世上。她摩挲着精细的链子，仿佛那是一条玫瑰念珠。床上的味道和她姐姐睡着了的时候一样，暖烘烘的麝香味——犹如野生动物——只在熟睡时散发出来。她几乎能够感觉到莉迪亚的身体在床垫上压出的凹陷，像是在拥抱她。早晨，阳光从窗户照射进来，她整理了床铺，把挂坠放回原处，返回自己房间。她想也没想就明白，今天晚上自己还要再试一次，还有明晚、明晚的明晚。她睁开眼睛，把毯子推到一边，小心地越过散落在地上的鞋子和衣服，向门口走去。

早餐时间，内斯来到楼下，听到父母在争执着什么，就站在厨房外面的过道里。"一晚上没锁门，"他母亲说，"你竟然都不在意。"

"不是没锁，门闩还上着。"他父亲有些急切地说。内斯清楚，这段对话已经持续了一段时间。

"别人可能进来，我选择那条链子不是没有道理的。"内斯小心翼翼地走进去，但他父母——玛丽琳趴在水池边，詹姆斯缩在椅子里——没有抬头看。桌子那头，汉娜不安地对着她的烤面包和牛奶扭动着。对不起，她恳切地想，我忘记了链子，对不起，对不起。父母却没有注意她的异常，实际上，他们对她视若无睹。

一阵长久的静默过后，詹姆斯开腔道："你真的觉得在门上加条链子就能改变一切？"

玛丽琳把手里的茶杯往柜台上重重一扣。"她不会一个人出去的，我知道她不会。半夜溜出门？我的莉迪亚？绝对不可能。"她双手紧掐着瓷质的茶杯，"有人把她带出去的，大概是疯子。"

詹姆斯叹息一声，这叹息发自内心深处，带着颤抖，好像在拼命摆脱压迫他的巨大负重。过去三个星期，玛丽琳一直念叨这样的话。葬礼之后的第二天早晨，太阳一出他就醒了，一切仿佛历历在目——光滑的棺木，路易莎的肌肤在他身上摩擦，他爬到她身上时她的柔声呻吟——他突然觉得自己脏，身上像是沾满了厚厚的污泥。他调高淋浴的温度，水很热，他无法在喷头下站定，只好不停地转圈，好像喷枪下的肉块，烤熟了一面再翻转到另一面。不过这样也无济于事。出了浴室，一阵若有若无的刮擦声把他引到楼下，他发现玛丽琳正把链子安回前门上。

他很想讲出这些天来脑子里萌生的那个看法：莉迪亚的事情，靠锁门和恐吓是避免不了的。接着，玛丽琳脸上的表情阻止了他，悲伤、恐惧和愤怒，似乎他也难辞其咎。那个瞬间，她看上去像另外一个人，一个陌生人。他只得硬下心，整整衣领，系上脖颈那里的扣子。"好吧，"他说，"我去学校了，暑期班。"他靠过去吻她时，玛丽琳向后一缩，仿佛被他烫了一下。送报的男孩在门廊里扔下一份报纸，今天的新闻是《本市居民安葬女儿》。

验尸报告依旧锁在他的办公桌抽屉里。她是就读米德伍德高中的两位东方学生之一——另一位是她哥哥，内森①——李在学校里非

---

① 内斯全名内森，内斯是昵称。

常显眼，然而，似乎很少有人了解她。从那天开始，报纸上出现了更多的文章。在小地方，任何死亡都是热门话题，而年轻女孩的逝去更是新闻业的金矿。警察仍然在寻找女孩死亡的线索。存在自杀的可能。调查人员表示。每当看到这种报道，他就赶紧把报纸卷起来，不让玛丽琳和孩子们看到，好像那是腐烂的垃圾。只有在办公室这种安全的环境里，他才会摊开报纸，仔细阅读。读完之后，他会把它放在抽屉里逐渐升高的报纸堆上，然后上锁。

他低下头说："我不认为这是事实。"

玛丽琳怒道："你这是什么意思？"

詹姆斯还没来得及回答，门铃响了。是警察。两位警官走进厨房，内斯和汉娜同时松了一口气，父母终于可以停止争吵了。

"我们只是来告诉你们新进展的。"年纪大些的警官说——菲斯克警官，内斯认得他。菲斯克从口袋里掏出一个笔记本，伸出一根粗短的手指推推眼镜。"所有同事都为你们的遭遇感到遗憾。我们希望查清楚发生了什么。"

"当然，警官。"詹姆斯小声说。

"我们和你们提供的名单上的人谈过了。"菲斯克警官翻了翻笔记本，"卡伦·阿德勒、帕姆·桑德斯、谢莉·布莱尔利——她们都说和莉迪亚不熟。"

汉娜看到父亲的脸一下子红起来，犹如皮疹大爆发。

"我们和莉迪亚的一些同学和老师谈过，据我们观察，她的朋友不多。"菲斯克警官抬起头，"你们觉得莉迪亚是个孤独的孩子吗？"

"孤独？"詹姆斯看了妻子一眼，然后——这是今天早晨的第一次——看了儿子一眼。她是就读米德伍德高中的两位东方学生之一——另一位是她哥哥，内森——李在学校里非常显眼。他知道那种感觉：那些苍白的面孔静静地盯着他。他想要告诉自己，莉迪亚和他不一样，她有朋友，她只是人群中的普通一员。"孤独，"他慢慢地重复了一遍，"她确实经常独处。"

"她很忙，"玛丽琳打断道，"她在班上非常努力，有很多功课要做，要学很多东西。"她热切地望着两位警官，好像怕他们不相信自己，"她非常聪明。"

"最近几个星期，她看起来心情不好吗？"年轻警官问，"她曾经表现出想要伤害自己的迹象吗？或者……"

玛丽琳没等他说完就开口了。"莉迪亚非常快乐，她爱学校，她很有前途，她绝对不会自己跑到那条船上去的。"她的双手开始发抖，她紧紧抓住茶杯，想把它端稳——汉娜觉得她都要把杯子捏成碎片了，"你们为什么不去查查是谁把她带走的？"

"没有证据表明船上除了她还有过别的人，"菲斯克警官说，"码头上也没有。"

"你们是怎么知道的？"玛丽琳坚持道，"我的莉迪亚绝对不会自己一个人跑到船上去。"她手中的茶泼在了柜台上，"这年头，谁知道会不会有罪犯在半路上等着绑架她。"

"玛丽琳。"詹姆斯说。

"读读报纸吧，这年头，精神病到处都有，他们绑架，开枪，强奸，什么都干，警察为什么不去抓他们？"

"玛丽琳。"詹姆斯提高了声音。

"我们不会遗漏任何一个可能性。"菲斯克警官温和地说。

"我们知道，"詹姆斯说，"你们会尽力的，谢谢。"他看看玛丽琳，"除此之外，我们没有别的要求。"玛丽琳张嘴想说点什么，但没有说。

两位警察互相看了一眼，年轻的那个说："如果可以，我们想再问内斯几个问题，单独问。"

五张脸都转向了内斯，他觉得脸颊火辣辣的。"我？"

"就是做点跟进调查。"菲斯克说着，把手放在内斯肩膀上，"或许我们可以到门廊上谈谈。"

菲斯克警官一关上前门，内斯就靠到栏杆上。他的手掌碰到了栏杆上开裂的油漆，油漆碎屑纷纷落到门廊的地上。他一直在纠结要不要主动给警察打电话，告诉他们杰克有嫌疑，以及他为什么有嫌疑。如果换了别的地方的警察，或者换了别的时代，或者，如果莉迪亚是谢莉·布莱尔利、帕姆·桑德斯、卡伦·阿德勒这样的普通女孩，不被别人视为异类的女孩，警方可能早就像内斯一样盯上了杰克，去调查他那些不光彩的历史：老师抱怨他在课桌上胡涂乱画、侮辱同学，其他女生的哥哥控诉杰克骚扰他们的妹妹。他们也会重视内斯提供的信息——杰克和他妹妹厮混了一整个春天——然后得出相似的结论：一个女孩和一个男孩，单独待在一起这么长时间——所以，不难理解内斯对杰克怒目相向的原因。警察也会和内斯一样，在杰克的言行中发现可疑的蛛丝马迹。

但他们不会这样做，这样只会使简单的事实复杂化，根据老师和学生所说的，可以得出非常明显的结论：莉迪亚安静孤僻，缺少朋友，她最近的成绩直线下降。她的家庭也很奇怪，没有朋友，与环境格格不入。这些金光闪闪的事实蒙蔽了警察的眼睛，让他们看不到阴影中的杰克。他们觉得，她那样一个女孩，他这样一个男孩，怎么可能在一起？他想要什么样的女孩会没有？所以，警察根本没有顺着内斯的思路去想的必要，更何况，那些只是他的想象，没有证据。菲斯克警官经常对下属说："如果你听到蹄子响，要想到马，而不是斑马。"所以，他们只会觉得内斯得了臆想症，以为斑马到处都有。现在，面对警察，内斯发现根本没有必要提到杰克，警察已经决定了谁该负责。

菲斯克也靠到栏杆上。"我们只是想和你聊聊，内斯，私下聊。也许你会想起什么事情来。有时候，兄弟姐妹之间知道的东西，父母是不知道的，对吧？"

内斯想要表示同意，但是他什么都没说，只是点点头。今天，他突然想起来，本来是他毕业的日子。

"莉迪亚有独自偷跑出去的习惯吗？"菲斯克警官问，"不用担心，你没有麻烦，你只需要告诉我们你知道什么。"他一直在说"你只需要"，好像是请别人帮个小忙，实际上却是在说"和我们谈谈，告诉我们她的秘密，告诉我们一切"。内斯开始发抖。他敢肯定，警察能够看出他在颤抖。

"她以前晚上偷着跑出去过吗？"年轻的警官问。内斯压抑着自己，尽量保持不动。

"没有，"他低哑地说，"没有，从来没有。"

两个警察对视一眼，然后，年轻的那个坐在内斯旁边的栏杆上，像围着更衣橱聊天的学生，似乎他们是朋友一样。这就是他的用处，内斯意识到，扮演自己的好哥们，套他的话。他的皮鞋擦得很亮，反射着阳光，大脚趾位置的鞋尖出现两个耀眼的光晕。

"莉迪亚平时和你父母关系好吗？"警察换了个姿势，栏杆吱嘎作响。

你也许应该加入几个俱乐部，亲爱的，认识些新人。你想参加暑假班吗？会很有趣的。

"我们的父母？"内斯说，他惊讶地发现，自己讲话的声音完全变了，"当然好了。"

"你见过父母打她吗？"

"打她？"莉迪亚，父母眼中的一朵娇花、掌上明珠、心肝宝贝，母亲心中永恒的唯一。玛丽琳在阅读时，都会随时寻找莉迪亚可能喜欢看的文章。每天晚上父亲回家时，都会首先亲吻莉迪亚。"我父母从来没有打过莉迪亚，他们爱她。"

"她说没说过自己被打？"

眼前的栏杆模糊起来，内斯能做的只有拼命摇头，没有，没有，没有。

"失踪的前一晚，她看上去心情不好吗？"

内斯试图回想。那天晚上，他打算和妹妹聊聊大学：绿树掩映的红砖楼，多么令人憧憬，他平生第一次站得笔直，从那个角度看，整个世界都变得更大，更开阔，更明亮。然而，晚饭时她一直很安静，吃完就回到自己房间。他以为她是累了，心想：我明天再告诉她。

突然，内斯开始哭起来，把他自己都吓了一跳。湿答答的泪水顺着他的鼻子流下来，钻进衬衣领口。

两个警察都转过身去。菲斯克警官合上笔记本，从口袋里掏出一块手绢。"拿着吧。"他说完，把它递给内斯，在他肩膀上用力握了一下，然后两人就走了。

房子里，玛丽琳对詹姆斯说："看来，现在我说话得征求你的许可，和你一唱一和？"

"我不是那个意思。"詹姆斯胳膊肘撑着桌面，双手托着前额，"你不能胡乱猜疑，指责警察是没有道理的。"

"谁指责了？我只是在问问题。"玛丽琳把茶杯扔进水池，打开水龙头，水池里立刻涌起狂暴的泡沫，"调查每一种可能性？他连我说的陌生人绑架的可能性都不去考虑。"

"因为你表现得歇斯底里。你只是看了一条新闻报道，就觉得自己的遭遇也符合。别去想了。"詹姆斯扶着脑袋说，"玛丽琳，别想了。"

接下来的短暂沉默里，汉娜钻到桌子底下蜷缩起来，膝盖抱在胸前。桌布在地毯上投下半月形的影子。她觉得，只要自己待在这里，不要把脚伸出去，父母就会忘记她的存在。过去，她从未听过父母吵架。有时候，他们会为了争论谁忘记把牙膏的盖子拧回去、谁一晚上没有关厨房的灯而发生口角，但总是以母亲握着父亲的手，或者父亲亲吻母亲的脸而告终，两人再次重归于好。然而这次，一切都不一样了。

"这么说，我只是个歇斯底里的家庭主妇？"玛丽琳语气变冷，声音变尖，像无情的钢刃，桌子底下的汉娜屏住了呼吸，"总得有人负责，如果我发现这件事情自己也有责任，我会承担的。"她拿刷碗布抹了一下柜台，扔到一边，"我还以为你也想弄清真相，可是，听听你是怎么说的，'当然，警官。谢谢，警官。我们没有别的要求，警官。'"水池里的泡沫聚集在下水口，"我知道怎样独立思考，你知道，不像某些人，我不会对着警察叩头。"

在愤怒的眩晕中，玛丽琳无心注意自己的措辞。在詹姆斯听来，妻子的话就像子弹一样打进他的胸膛。叩头——他仿佛看到一群头戴尖顶帽、留着大辫子的苦力趴在地上。唯唯诺诺，奴性十足。他一直怀疑别人都是这么看他的——斯坦利·休伊特、那些警察、杂货店的收银女孩。但他没想到这个"别人"还包括玛丽琳。

他把弄皱的餐巾纸扔到桌上，把椅子向后一推，椅子腿在地上拖曳，发出刺耳的声音。"我十点有课。"他说。桌布的褶边下，汉娜看到她父亲穿着袜子的脚——每只袜子的脚后跟上都有一个小洞——朝着通往车库的台阶移动。那双脚滑进鞋子里，停顿了一下，然后，车库门隆隆地打开了。汽车发动了。玛丽琳把茶杯从水池里捞上来，用力丢到地板上。瓷器的碎片布满了地毯。一动不动的汉娜听见母亲跑上楼去，猛地一摔卧室门，她父亲把车倒出车道，汽车发出轻声的哀鸣，低吼着开走了。直到这时，一切才重新安静下来，她才敢从桌布下面爬出来，从地上的泡沫水坑里捡拾碎瓷片。

前门嘎吱一声开了，内斯再次出现在厨房里，眼睛和鼻子红红的。汉娜知道他哭过了，但她假装没注意，一直低着头，把手中的瓷片摞起来。

"发生什么事了？"

"妈妈和爸爸吵架了。"她把碎片扔进车库里的垃圾桶中，在她喇叭裤的大腿上把湿手蹭干。至于地上的水，她决定让它们自行蒸发。

"吵架？为什么吵？"

汉娜压低声音："我不知道。"虽然头顶父母的卧室里面并没有传出声音，但她还是烦躁不安："我们出去吧。"

到了外面，汉娜和内斯不约而同地朝着一个地方走去：湖边。她边走边警惕地扫视着小街，仿佛他们的父亲可能会从哪个角落出现，不再生气，愿意回家。但她什么也没发现，只看到几辆停着的汽车。

然而汉娜的直觉总是准确的。开出车道以后，詹姆斯也被那个湖吸引了过去。他围着它转了好几圈，玛丽琳的话言犹在耳。对着警察呷头。这句话在他的脑子里不断回响，他听得出她语气里不加掩饰的厌恶和貌视。但他不能怪她。莉迪亚怎么会快乐？李在学校里非常显眼，然而，似乎很少有人了解她。不排除自杀的可能。他经过那个码头——莉迪亚可能就是从那里爬上了船——经过他家所在的那条小街，街那头是死胡同，又经过码头……这个圈中间的某个地方，站着他的女儿，没有朋友，形单影只，她一定是绝望地跳进了水里。"莉迪亚很快乐，"玛丽琳说，"总得有人负责。"总得有人，詹姆斯想，他觉得喉咙里仿佛楔进了一根木桩，再也不想看到那个湖，然后，他才想起自己要去哪里。

他想起今天早晨自己多次练习过的那套说辞，他醒来的时候，这些话就在嘴边，他要对路易莎说："这是个错误。我爱我的妻子。这件事不能再继续了。"然而，等路易莎打开门，从他嘴里跑出来的却是："求求你。"路易莎温柔地、慷慨地、奇迹般地张开了双臂。

在路易莎的床上，他无法不想到莉迪亚——想到那些新闻标题，那个湖，玛丽琳在家做什么，谁又该负责。他试图把注意力放在路易莎肩背的曲线、苍白光滑的大腿和乌黑的头发上，她的头发不停地扫着他的脸。事后，路易莎从后面拥抱着他，把他当成孩子一样，说："留下。"他同意了。

玛丽琳在家做的是在莉迪亚房间里愤怒地走来走去。警察显然是这样想的："没有证据说明船上除了她还有过别的人""你们觉得莉迪亚是个孤独的孩子吗？"这很明显，詹姆斯也同意。但是，她女儿或许没有那么不快乐。她的莉迪亚总是面带微笑，总是热切地想要取悦她。当然，妈妈。我愿意，妈妈。至于说她会自己做出那样的事——不，她太爱他们了，不可能那样做。每天晚上，莉迪亚上床之前都会先去找玛丽琳，无论她在哪里——厨房、书房、洗衣间——然后看着她的脸说："我爱你，妈妈。明天见。"连最后那天晚上，她也说了——"明天见"——玛丽琳迅速拥抱了她一下，拍拍她的肩："快睡吧，不早了。"想到这些，玛丽琳瘫倒在地毯上。要是她知道，她会多拥抱莉迪亚一会儿。她会亲吻她，胳膊搂着她，永远不放她走。

莉迪亚的书包依旧摊放在桌子上，警察调查完情况后，把它原封不动留在了那里。玛丽琳把书包拿到自己膝盖上，它有一股橡皮擦、铅笔屑和薄荷口香糖的味道——可爱的女学生的味道。在玛丽琳的怀抱中，帆布包里的书本和活页夹仿佛变成皮肤下的骨骼血肉，她摇晃着书包，把包带缠在肩膀上，让它的重量紧紧拥抱着自己。

这时，她在书包前面那个拉链半开的口袋里看到了什么东西，一道红白相间的闪光。莉迪亚的铅笔盒和一捆索引卡下面，书包的衬里出现了一道裂口。这条裂缝很小，足以逃过警察的眼睛，但躲不过母亲的审视。玛丽琳把手伸进去，掏出一包开了封的万宝路香烟，烟盒下面还有其他东西：一盒打开过的安全套。

她把两样东西一丢，仿佛它们是可怕的毒蛇，把书包猛地推到一边。它们一定是别人的东西，她想；它们不可能是莉迪亚的。她的莉迪亚不抽烟。至于安全套……

　　玛丽琳无法说服自己相信。出事后的第一天下午，警察问："莉迪亚有男朋友吗？"她毫不迟疑地回答："她才十六岁。"现在，看着兜在她裙子里的两只小盒子，玛丽琳原本对莉迪亚的生活的印象——曾经是那么的清晰明朗——变得模糊起来。她头昏脑涨地趴在莉迪亚的桌子上。她一定要弄清楚自己不知道的事情。她要一直调查下去，直到水落石出，直到她完全了解自己的女儿为止。

　　湖边，内斯和汉娜坐在草地上，沉默地凝视着水面，希望得到同样的启示。平时到了夏季，几乎每天这个时候都会有一群小孩在码头边玩水，然而今天，这里空寂无人。也许他们不敢来游泳了，内斯想。尸体在水里会变成什么样？它们会像药片一样溶解吗？他不知道。他考虑着各种可能性，庆幸父亲没有让除他自己以外的任何人看到莉迪亚的尸体。

　　他盯着湖水发呆，任时间流逝。突然，汉娜坐直身体，朝着什么人招招手，他才回过神来缓缓向街道看去。杰克，穿着褪色的蓝色T恤和牛仔裤——他刚从毕业典礼上回来，长袍早已脱下，搭在了胳膊上，仿佛这是平常的一天。葬礼之后内斯就再没见过他，尽管他每天会向杰克家的房子里窥视两三次。杰克也看到了内斯，他的表情变了，迅速转过脸去，加快了脚步，假装没有看到那对兄妹中的任何一个。内斯猛地跳了起来。

"你要去哪儿？"

"去和杰克谈谈。"实际上，他不确定自己会做什么。他从未打过架——他比班上的大部分男孩都要矮小——但他一直觉得，如果自己揪住杰克T恤的前襟，把他推到一面墙上，他就会突然认罪。"是我的错，我诱惑了她，我说服了她，我蒙骗了她，我辜负了她。"这时，汉娜向前一扑，抓住了他的手腕。

"别去。"

"都是因为他，"内斯说，"如果没有他，她不会半夜的时候在外面乱跑。"

汉娜使劲一拽他的胳膊，内斯向后退去，膝盖着地。杰克现在几乎跑了起来，蓝色的长袍在身后飞舞，抵达小街的时候，他回头看了一眼。毫无疑问，看到内斯时，他的眼神里充满了恐惧，但那种神情一闪而过，然后他就拐进街角消失了。内斯知道，杰克会连滚带爬地窜进家门躲藏起来。他想要挣开，但是汉娜的指甲掐进了他的肉里，他没有想到一个小孩会如此强壮。

"放开我——"

两人一起跌进草丛，最后，汉娜终于松开手。内斯缓缓坐起，气喘吁吁。他想，现在，杰克已经安全地待在家里了。就算他去按门铃，甚至踹门，他也不会出来。

"你为什么拦着我？"

汉娜摘掉头发上的一片枯叶："别和他打架，求你了。"

"你疯了，"内斯揉着手腕，她的指甲在上面掐出五道红痕，其中一道开始流血了，"老天。我只是想和他谈谈。"

"你为什么这么生他的气？"

内斯叹息道："你看到他在葬礼上表现得多么奇怪了吧，还有刚才，他好像害怕我发现什么似的。"他压低声音，"我知道他跟这件事有关。我能感觉到。"他拿拳头按摩着胸口，就是喉咙下面那个位置，突然，他不假思索地说出了一些话，"你知道吗，莉迪亚曾经有一次掉进湖里，就在我们小的时候。"他说，他的指尖开始颤抖，似乎刚刚说出了一个禁忌的话题。

"我不记得了。"汉娜说。

"那时你还没出生。我才七岁。"

出乎他意料的是，汉娜靠过来坐在他身边，轻轻地把手放在他的胳膊上——刚才她还抓伤了这条胳膊——把头搁在他身上。过去，她从来不敢坐得离内斯这么近。每当汉娜靠近，内斯和莉迪亚，还有他们的母亲和父亲，会迅速把她从身上抖下来，或者把她哄走："汉娜，我很忙。我有事。让我一个人待着。"这一次——她连大气都不敢喘——内斯让她待在了身边，没有赶走她。虽然他没有再多说什么，但是，她的沉默告诉他，她已经做好了倾听的准备。

第六章

莉迪亚小时候掉进湖里的那年夏天，正是玛丽琳失踪的时候。大家都想忘记这两件事，他们从不讨论，从不提起，但这两件事的阴影犹如难闻的味道，始终徘徊不去，时间一长，就再也无法冲刷干净。

每天早晨，詹姆斯都会打电话询问警察，是否需要更多玛丽琳的照片？他还可以提供哪些信息？还需要给谁打电话？五月中旬，玛丽琳已经失踪了两个星期，负责此案的警官礼貌地告诉詹姆斯："李先生，感谢你提供的所有帮助。我们一直在寻找你妻子的汽车，但我无法保证我们一定能有所发现。你的妻子带走了她的衣服，打包在手提箱里，她还拿走了钥匙。"即便在那时，菲斯克警官也不愿给人虚假的希望，"这种事情时有发生，有的人就是这么特立独行。"他没说"不合群"，更没有断言这是"种族差异"或者"婚姻不合"的结果，而且，他也没有必要提及这些。不过，詹姆斯还是听出了他的言外之意，所以，即使过了十年，他依然对菲斯克警官印象深刻。

他对孩子们说："警察正在找。他们会找到她的，她很快就能回家。"

莉迪亚和内斯的记忆是这样的：几周过去了，母亲依旧杳无音讯。课间休息时，别的孩子在一旁窃窃私语，老师们向他俩投去同情的目光，直到暑假来临，他们才得以放松。暑假期间，父亲自己每天待在书房，让他们在外面看电视，从早晨的《太空飞鼠》和《超狗任务》一直看到深夜播出的《我有一个秘密》，一看就是一整天。有一次，莉迪亚问父亲在书房干什么。他叹息一声，说："噢，闲荡。"她仿佛听到父亲穿着软橡胶底鞋在光滑的地板上溜达的声音，啪嗒、啪嗒、啪嗒。"闲荡的意思是读读书什么的，蠢货。"内斯说。于是，莉迪亚想象中的软橡胶底鞋变成了父亲的棕色平纹鞋，配着灰色的鞋带。

那么，詹姆斯到底在做什么呢？每天早晨，他都要从前胸口袋里拿出一个小信封。玛丽琳失踪当晚，警察拿走了她的一张照片，承诺说他们会尽力寻找，然后，詹姆斯把孩子们赶上楼去睡觉——连衣服都忘了让他们脱。接着，他发现卧室的废纸篓里有一些撕碎的纸片，他从棉花球、旧报纸和玛丽琳擦拭唇膏的纸巾里面，把碎纸片全都挑拣出来，拼在一起。*我头脑里总是憧憬着另一种生活，但实际情况却事与愿违。*那张字条的下半部分是空白的，但詹姆斯也把这部分拼好了，他发现她甚至都没有署名。

他把字条读了一遍又一遍，对着纸片拼缝间露出的桌面木纹发呆，直到天色从藏蓝变为深灰。然后，他把这堆纸片塞进一个信封。每天——虽然他总是向自己保证说，这是最后一次了——他都会把内斯和莉迪亚放在电视机前，关上书房的门，拿出那堆纸片。孩子们看动画片、肥皂剧和竞技节目的时候，他就闷在那里读字条。内斯和莉迪亚无精打采、面无表情地看着《家有仙妻》《交易》和《真相》——妙语如珠的约翰尼·卡森也没法让他们振作——逐渐陷入沉睡。

结婚的时候，詹姆斯和玛丽琳曾经约定，忘记过去，共同开启新的生活，别再回头看。而玛丽琳离家出走期间，詹姆斯却一再毁约。每当他拿起字条，就会想起玛丽琳的母亲——她从没叫过他的名字，只是间接地对玛丽琳称呼他"你的未婚夫"。婚礼那天，她母亲的声音在法院大楼的大理石前厅回响，如公众广播一样清晰可闻："这样不对，玛丽琳。你知道这样不对。"她希望玛丽琳和一个"更像她"的人结婚。婚礼之后，她母亲就再没有给他们打过电话。詹姆斯想，当玛丽琳回到母亲家，在她的桌边吃饭、在她的床上睡觉时，她一定觉得后悔了：她犯了多么大的一个错误，嫁给了他，而她母亲一直是对的。我的这些感受在心底压抑了很久，但是现在，重新造访我母亲的屋子之后，我想到了她，意识到我再也不能继续压抑下去了。上幼儿园的时候，他就学会了如何让挫伤的地方不再疼痛：用拇指不断按压。第一次按下去，你能疼出眼泪。第二次，疼痛略有减轻。第十次，就几乎感觉不到疼了。因此，他不停地读这张字条，竭力回想过往的种种：玛丽琳跪在地上给内斯系鞋带；玛丽琳翻起他的衣领，插入领撑；玛丽琳第一次走进他的办公室，柔弱，严肃，神情专注，当时的他甚至不敢直视她的眼睛。

然而，疼痛并没有消失，他的眼睛也没有停止流泪。

深夜，当他听到电台播音结束，开始放送国歌的时候，就会把玛丽琳的字条碎片塞回信封，放进衬衫口袋，然后蹑手蹑脚走进客厅。孩子们蜷缩在沙发旁的地板上熟睡，他们的身体被电视屏幕上的测试图案照亮。在屏幕上方的印第安人的凝视下，詹姆斯先后把莉迪亚和内斯抱到床上。然后——因为玛丽琳不在，床显得很空，犹如一片荒原——他返回客厅，裹着一件旧羊皮大衣躺在沙发上，盯着电视上的圆形图案直到信号切断为止。第二天早晨，一切又重新开始。

每天清早，莉迪亚和内斯都会发现他们回到了自己的床上，恍然觉得世界被扶正了，重归正轨。好像只要走进厨房，就能看到母亲站在炉子旁边，用爱、亲吻和煮鸡蛋欢迎他们。然而每天早晨，厨房里只有他们的父亲，他穿着皱巴巴的睡衣，在桌上摆下两只空碗。两个孩子面面相觑——她还是没有回来。

他们试图逃避到游戏之中，尽可能地延长早餐的时间——比如交换麦片里掺的棉花糖，一颗粉色的换一颗橙色的，两颗黄色的换一颗绿色的。吃午饭时，他们的父亲会做三明治，但永远做得不好——要么是花生酱没有抹足，要么是果酱不够，或者切成四个方形，而不是像他们的母亲那样切成三角形。虽然如此，莉迪亚和内斯却一下子变得狡猾起来，他们什么都不说，甚至当晚餐桌上再次出现花生酱和果酱时，也听不到他们的抱怨。

他们出门的唯一目的是去杂货店。"求你了，"某天回家路上，看到波光粼粼的湖水在车窗外闪过，内斯哀求道，"我们能去游泳吗，就游一个小时……就五分钟……就十秒钟。"詹姆斯望着后视镜，并没有减慢车速。"你知道，莉迪亚还不会游泳，"他说，"而且我今天也没有心情做救生员。"他转弯进了小街，内斯蹭到座位另一头，掐掐莉迪亚的胳膊。

"宝贝儿，"他低声说，"因为你，我们不能游泳了。"

街对面，艾伦夫人正在给花园除草，车门一开，她就向他们招手。"詹姆斯，"她说，"詹姆斯，有段时间没见到你了。"她拿着一把小耙子，戴着粉紫相间的手套，然而，当她靠在花园门内侧摘下手套时，眼尖的莉迪亚还是发现了她指甲缝里的半月形污渍。

"玛丽琳怎么样了？"艾伦夫人问，"她离开好几天了，对吗？我希望一切还好。"她眼中闪耀着兴奋的光芒，好像——内斯想——有人要送她礼物似的。

"我们能挺得住。"詹姆斯说。

"她要离开多久？"

詹姆斯瞥了一眼孩子们，迟疑片刻。"不确定。"他说。站在他旁边的内斯用帆布鞋的鞋尖对准艾伦夫人的花园门踢了一脚。"别这样，内斯。会把鞋踢坏的。"

艾伦夫人凝视着他们，但两个孩子不约而同地扭过头，不去看她。她的嘴唇太薄，牙齿太白。莉迪亚的鞋后跟上粘着一块泡泡糖，像胶水一样把鞋底牢牢黏在地面上。就算得到允许，她想，自己也跑不了。

"你们两个要听话，妈妈很快就回家了，不是吗？"艾伦夫人说。她张着薄薄的嘴唇，微笑着看向詹姆斯，詹姆斯没有迎接她的目光。"我们买的吃的一定化冻了。"詹姆斯说。但他和两个孩子都知道，他们的购物袋里，除了一夸脱牛奶、两瓶花生酱和一条面包之外，别无他物。"很高兴见到你，薇薇安。"他把袋子夹在胳膊底下，拉着孩子们的手转身走开，莉迪亚鞋底的口香糖被扯了起来，又猛然断掉，在人行道上留下一条又长又干的印痕。

晚饭时，内斯问："'不确定'是什么意思？"

他们的父亲突然望向天花板，似乎内斯说的是"天花板上有虫子"，而他要在虫子逃走之前找到它。莉迪亚觉得眼睛一热，仿佛面前有座火炉。内斯懊悔地屈起指头，戳戳他的三明治，结果把里面的花生酱挤到了桌布上，但他们的父亲并未察觉。

"我希望你们忘记艾伦夫人说的每一句话。"詹姆斯最后说，"她是个傻女人，她根本不了解你们的母亲。我希望你们假装我们根本没有和她说过话。"他拍拍孩子们的手，挤出一个微笑，"这不是任何人的错，尤其与你们无关。"

莉迪亚和内斯都知道他在说谎，但他们理解，一直以来，事情都是这样的。

天气变得温暖而潮湿。每天早晨，内斯都会数数母亲离家后又过了多少天。二十七。二十八。二十九。他厌倦了待在空气污浊的室内，厌倦了电视，厌倦了他的妹妹——她沉默地盯着电视的眼神越来越呆滞。还有什么可说的呢？母亲的失踪无声地噬咬着他们的心，那是一种四处蔓延的钝痛。六月初的一个早晨，莉迪亚正在电视广告的间隙打盹，内斯踮着脚朝前门走去。虽然父亲告诉他们不要离开家，但他认为前廊下的台阶仍然属于家的范围。

在小街的那一头，杰克坐在自己家的门廊上，蜷起膝盖支着下巴。自从在游泳池遭到取笑那天开始，内斯就没和杰克说过话，连招呼都没打过。如果他们恰好一同走下校车，内斯会抓紧书包带子，以最快的速度走回家。课间休息时，如果看到杰克朝自己走来，他会跑到操场的另一头。对杰克的厌恶已经开始形成习惯。然而现在，当看到杰克先是跑到街上，接着又转过头来发现自己的时候，内斯却留在了原地。他想，无论是和谁聊聊天——甚至杰克——都比沉默好得多。

"来一块？"杰克走过来问。他摊开的掌心里有五六块红色的糖果，鱼的形状，像他的拇指那么大，它们首尾相衔，仿佛一串闪闪发光的手链。杰克咧开嘴笑起来，连他的耳朵尖似乎都在动："在小卖部买的，十美分一大把。"

内斯瞬间对小卖部充满了强烈的向往，那里的货架上摆着剪刀、胶水和蜡笔，罐子里装着弹力球、"蜡唇"牌糖果和橡皮老鼠，前台上排列着锡纸包装的巧克力条，收银台旁边的大玻璃罐里盛满了红宝石色的糖果，掀起盖子就会飘出樱桃的味道。

内斯咬掉一块鱼形糖果的头部，再次向杰克伸出手，顺便评价道："这种糖很好吃。"他发现，靠近了看，杰克的睫毛和他的头发一样都是浅棕色，发梢一接触阳光，就变成了金色。内斯把一块糖塞进嘴巴，让甜味渗进舌面。他数了数杰克脸上的雀斑：九颗。

"你们会没事的。"杰克突然说。他朝内斯斜靠过来，摆出讲述秘密一样的姿势，"我妈说，小孩只需要一个父母。她说，要是我爸不愿意见我，那是他的损失，不是我的。"

内斯的舌头一僵，变得像一块肉那样厚重笨拙，他突然无法吞咽了，差点被嘴里的糖浆呛到，他连忙把融化了一半的糖果吐在草丛中。

"闭嘴，"他咬牙切齿地说，"你——你闭嘴。"他又使劲啐了一口，试图清除口腔里的樱桃味。然后，他跌跌撞撞地跑回家，用力甩上门，连门上的隔板都跟着震动起来。杰克站在台阶下面，怅然地看着困在他手中的"小鱼"。后来，内斯忘记了当时杰克说了什么令他火冒三丈的话，他只记得那种愤怒本身——不疾不徐却余温犹在。

几天后，电视观众们迎来了一项奇妙的消遣——至少对内斯而言是这样。一天上午，内斯打开电视，发现没播动画片。这时，沃尔特·克朗凯特出现在屏幕上，他沉静地坐在桌边，像是在主持晚间新闻——然而当时还不到上午八点，而且，他的桌子摆在室外，肯尼迪角的风吹乱了桌上的文件和他的头发。他身后的发射架上竖立着一枚火箭，电视屏幕的顶端，有一只倒计时的钟表。等待发射的是"双子座九号"。如果当时内斯知道"超现实"这个词，肯定会用它来形容这些电视画面给他的感觉。看到火箭向上发射时喷出的硫黄色巨大烟尘，他缓缓爬到电视旁，鼻子几乎贴在了屏幕上。屏幕底部的计数器变换跳跃，显示出一串匪夷所思的数字：七千英里每小时、九千英里每小时、一万英里每小时。他根本想象不出什么东西会飞得如此之高。

整个上午，内斯全神贯注在火箭发射的新闻报道上，犹如吸吮糖果一般品味着每一个新名词：会合对接、轨道图。下午，莉迪亚蜷在沙发上睡觉，内斯则不停地念叨着"双子座"、"双子座"、"双——子——座"。好像这是一句魔咒。火箭在蓝天中消失了很久之后，摄像镜头依然对着天空深处——那里有火箭留下的白色航迹。一个月来，内斯第一次暂时忘记了他的母亲。在上面——高度八十五英里、九十英里、九十五英里，计数器上显示——地球上的一切都会隐去，包括那些离家出走的母亲、不爱你的父亲和嘲笑你的小孩——所有东西都会收缩成针尖大小，然后完全消失。在上面，除却星辰之外，别无他物。

接下来的一天半里，无视莉迪亚的抱怨，内斯拒绝换台，不许她看《我爱露西》的重播或者《爸爸最明白》。他开始直呼宇航员们的名字，托马斯·斯塔福德、尤金·塞尔南，把他们当成多年好友。宇航员对地球的第一次通话开启后，莉迪亚觉得她听到的只是一串混乱、沙哑的胡言乱语，宇航员的声音像是在研磨机里粉碎过一样难听。然而内斯却毫不费力地听懂了。尤金激动地小声说："伙计，外面真美。"NASA没有传回在轨人员的电视信号，所以，电视台播出的是太空舱的模拟场景：由一位吊着钢丝的演员在密苏里州的摄影棚里对着专业仪器进行表演。当那个身穿宇航服的家伙步出舱室，优雅地飘浮，毫不费力地升高——两脚朝上，根本看不出他身上拴着的钢丝——的时候，内斯忘记了这不是真的。他忘记了一切，甚至忘记了呼吸。

午饭时，他们吃的是花生酱三明治。内斯在餐桌前说："宇航员吃的是鲜虾盅和炖牛肉，还有菠萝蛋糕。"晚饭时，他说："尤金是有史以来进入太空的最年轻的宇航员，他们准备完成距离最长的一次太空行走。"翌日早晨，他父亲冲麦片时，内斯激动得顾不上吃，他说："宇航员穿着铁皮裤子，保护他们的腿不被助推器伤害。"

理应热爱宇航员的詹姆斯——因为，除了在太空这片全新的领地开疆拓土的宇航员，还有什么人当得起"现代牛仔"的称号呢？——却对航天知识一无所知。他正纠缠在纷乱的思绪之中，玛丽琳的字条碎片压在心头，他仿佛端着一台望远镜，冷眼旁观儿子的痴迷。他想，天穹深处的宇航员不过是些微尘，两个小人，挤在沙丁鱼罐头大小的空间里，鼓捣着各种螺母螺栓。在那里，看不到地球上的人，那些艰难挣扎的灵魂对他们来说与死者无异。这些宇航员毫无价值，荒谬可笑，是些盛装打扮的演员，吊着钢丝，故作勇敢，四脚朝天地跳舞。而内斯被他们施了催眠术，他终日凝视屏幕，嘴角挂着平和安宁的微笑，见此情景，詹姆斯只觉胸中涌起一股狂暴的厌憎之火。

星期天早晨，内斯说："爸爸，你相信吗，人类能登上月球，然后再回来？"詹姆斯用力扇了儿子一巴掌，把他打得牙齿都咯咯作响。"不准胡说八道。"他说，"你怎么能琢磨这些事，现在这个时……"

他以前从未打过内斯，以后也不会打。但是，他们之间的某种纽带已经破裂了。内斯捂着腮帮子，箭一般冲出房间，莉迪亚紧随其后。詹姆斯独自留在客厅，脑子里印着儿子因震惊和愤怒而泛红的双眼，他一脚把电视机踢倒在地，顿时，玻璃碴儿和火花四溅。虽然他星期一就带着孩子们特地到德克尔百货商店买了一台新电视，但詹姆斯再也没有想起什么宇航员和太空，那些尖锐的玻璃碴儿似乎永远地蒙住了他的眼睛。

内斯则拾起《大不列颠百科全书》读了起来：引力、火箭、推进。他研究着报纸上各种关于宇航员和航天任务的文章，偷偷把它们剪下来，藏进文件夹。晚上因为梦到母亲而惊醒后，他就把文件夹里面的剪报倒出来，蒙着毯子，从枕头下拿出手电筒，按照顺序重读那些文章，记住每一个细节。他知道了每一次发射任务的代号：自由、极光、西格玛。他吟诵着每位宇航员的名字：卡朋特、库珀、格里索姆、格伦。读完最后一篇文章后，他便又获得了沉入睡眠的能力。

莉迪亚却没有任何消遣来帮助自己忽视她的世界中那个"母亲"形状的黑洞，内斯与"对接适配器""溅落""远地点"等等术语做伴时，她注意到了一些事，这个没有母亲的家，发出了异样的味道。一旦发觉到这一点，就再也无法忽略。莉迪亚开始做噩梦，梦见她和蜘蛛一起爬行，她和蛇绑在一起，她淹死在茶杯里。有时，当她在黑暗中醒来，能听到楼下的沙发咯吱作响——那是她父亲在辗转反侧。在这样的夜晚，她永远无法再次睡着，日子变得粘稠沉闷，犹如糖浆。

　　家里只有一样东西能让莉迪亚想起母亲：那本红色封面的大烹饪书。她父亲把自己锁在书房里，内斯埋首于百科全书的时候，她就钻进厨房，从柜台上把书取下。虽然只有五岁，她已经认得一些字了——当然不像内斯读得那么流畅——她念叨着食品的名字：巧克力欢乐蛋糕、橄榄面包、洋葱奶酪羹。每次打开这本烹饪书，扉页上的女人都更像一点她的母亲——微笑的样子，向后翻的衣领，不直接看你而是望着你身后的眼神。她母亲从弗吉尼亚回来以后，每天都会读这本书，下午莉迪亚放学回家的时候，晚上莉迪亚睡觉之前。有时候，到了早晨这本书还搁在桌上，似乎她母亲通宵都在读它。这本烹饪书，莉迪亚知道，是母亲最喜欢的读物，她会像信徒抚摩《圣经》一样翻阅它。

　　七月的第三天，她母亲已经失踪两个月了。莉迪亚窝在餐桌底下她最喜欢的角落，再次捧起烹饪书。那天早晨，她和内斯要父亲买热狗和国庆焰火。詹姆斯只说了一句："再说吧。"他们知道，这话的意思是"不"。母亲不在，这个国庆日不再有烧烤和柠檬汁，他们也不会去湖边看烟花了。只有花生酱和果酱，而家里的窗帘依旧紧闭。她翻动书页，看着上面的奶油派、姜饼屋和牛排大餐的照片，发现其中一页的侧面画着一条线。她念出画线的字句：

什么样的母亲不喜欢和女儿一起做菜呢？

下面一句是：

什么样的女儿不愿意和妈妈一起学做菜呢？

整页纸坑坑洼洼，似乎被雨水打湿过。莉迪亚像读盲文那样用指尖抚摸着纸面上的凸起。起先，她不明白这一页为什么会变成这样，直到一滴泪水溅落在纸面上，她用手一擦，书页上留下一个凸起的斑点。

这样的痕迹比比皆是，她母亲一定也是边哭边读这一页的。

这不是你们的错，她父亲说过，然而，莉迪亚知道，这是他们的错。他们做错了事，她和内斯。不知怎么，他们惹她生气了。他们没有满足她的期待。

如果她母亲能回家，让她喝完自己的牛奶——莉迪亚想，书页模糊起来——她一定会喝完。她会自觉刷牙，医生给她打针的时候也不哭。母亲一关灯，她就睡觉。她再也不会生病。母亲说什么，她就做什么。她要实现母亲的每一个意愿。

　　远在托莱多的玛丽琳并没有听到她幼小的女儿无声的许诺。七月份的第三天，莉迪亚蜷在餐桌底下的时候，玛丽琳正趴在一本新书上，《高等有机化学》。期中考试就在两天后，她已经复习了一上午。玛丽琳捧着笔记本，觉得自己又回到了本科时代，连签名也恢复了结婚以前的柔和圆润——结婚后，她写出的字都变得刚硬紧绷。她的同学都是些大学生，有的勤恳用功，盼望拔得头筹，有的勉力维持，以及格为最高目标。出乎她意料的是，他们并没有视她为异类，而是像对待别人一样，表现得安静、礼貌、专注。在凉爽的讲堂里，他们共同观察分子结构，打上"乙基、甲基、丙基、丁基"等一干标签；课程结束时，他们切磋笔记，交流心得，她依然能像从前那样画出优美简洁的分子链。她告诉自己，这证明我和其他人一样聪明。我属于这里。

　　然而，当玛丽琳打开书本，她时常会觉得头晕眼花。各种反应式上蹿下跳，最枯燥的字眼也会让她浮想联翩：氢氧化钠（$NaOH$）变成了内斯（Nath），让她想起他的小脸、睁大的眼睛和哀怨的表情。一天早晨，查阅元素周期表的时候，她把"氦"（helium）看成了"他"（he），眼前立刻出现了詹姆斯的脸。有时候，她还会捕捉到更加敏感的信息，比如，看到课本上的这种印刷错误——"常见的酸，蛋①，硝酸、醋酸……"，都能让她泪流满面，想起煮鸡蛋、单面煎的荷包蛋和炒鸡蛋。每逢这些时候，玛丽琳会把手伸进口袋，抚摸里面的纪念物——发夹、弹珠和纽扣，一遍又一遍地翻动它们，直到心绪平静下来为止。

然而有的时候，连这些护身符都会失去魔力。离家两周后，她在自己租赁的双人间中醒来，感到体内有一种尖锐的疼痛。她突然觉得自己犯了天大的错误，不应该远离家人跑到这里来。终于，她披着毯子挪到厨房的电话旁。当时是早晨六点四十一分，但电话只响了两声就通了。"喂？"詹姆斯说。长时间的静默。"喂？"她什么都没说，她不敢说，只能让声音淹没在心里。他的嗓子似乎哑了——可能是电话线路的干扰，她告诉自己，但并不真的相信这个理由。最后，她伸出一根手指按下叉簧，停在那里，过了很长时间才把听筒放回原位。詹姆斯沙哑的声音一整天都在她的脑中回响，仿佛一首熟悉可爱的催眠曲。

从那时开始，每隔几天，想家想得厉害时，她就会打个电话。无论当时是几点钟，詹姆斯都会及时接起电话，所以，她觉得他晚上可能是趴在厨房的桌子上睡觉，或者是在书房里的分机旁边过夜。然而有一次，电话没有打通——詹姆斯和孩子们出门采购食物

---

① 玛丽琳的课本里，"例如"（e.g.）错印成了"蛋"（egg）。

了，如果不去杂货店，就有断粮的危险——她惊慌起来，担心家里着了火，或者遇到了地震，甚至陨石袭击。于是她无数次拨打电话，先是每隔五分钟，后来每隔两分钟，直到听筒中终于传来詹姆斯的声音。还有一次，她大清早就打了电话，疲累不堪的詹姆斯在办公桌上睡着了，电话是内斯接的。"这里是李的家。"他一本正经地说，和她教得一字不差。玛丽琳想说"你还好吗，听没听话"，却发现自己激动得根本发不出声音。出乎她意料的是，内斯没有因为她的沉默挂掉电话。当时，他正跪在厨房椅子上听话筒里的动静——为了够到电话，他是爬上去的。过了一会，莉迪亚从过道里轻轻走进来，趴在内斯身边，两个人用各自的耳朵把听筒夹在中间。两分钟过去了，三分钟，四分钟，透过线路中低沉的嘶嘶声，他们似乎听到了母亲的所思所想。最后，两个孩子率先挂掉电话，玛丽琳捧着话筒愣了很久，手一直在抖。

内斯和莉迪亚从来没跟父亲提起过这事，詹姆斯也没把这些奇怪的电话报告给警方。他已经开始怀疑——对于帮助自己，警察并不热心，而且，他的内心深处仍然盘踞着旧时的恐惧，他认为自己理解警察的逻辑——玛丽琳这样的妻子抛弃他这样的丈夫，是早晚的事。菲斯克警官的态度一直温和有礼，然而这让詹姆斯更加厌烦，礼貌令他更难忍受。至于玛丽琳，每当放下话筒，她都会对自己说，这是最后一次，她再也不会往家里打电话，刚才的电话已经证明家人过得还不错，而她已经开始了新的生活。她坚定地告诫自己——她对此深信不疑，直到下一次不由自主地拿起话筒，她的信心才又开始动摇。

她告诉自己，在眼下的新生活中，一切皆有可能。现在，她主要靠大街那头的比萨餐厅里出售的麦片粥、三明治和意大利面充饥；她原本不知道一个人可以在没有炊具的情况下生活。她计算着，还有八个学分自己就能完成学位。她想要忘记所有与此无关的事情。她一面研究医学院的考题，一面转动着内斯的弹珠。她一只手扳动莉迪亚的发夹——打开、合拢，打开、合拢——另一只手在课本的空白处写下密密麻麻的笔记。她拼命集中精力，以至于头都疼了起来。

七月份的第三天，玛丽琳翻开课本，眼睛却被一层黑云遮挡，只觉得头重脚轻、双腿发软，身体有瘫到地板上的趋势。然而，转瞬之间，她的视野就恢复了清明，意识也清晰起来。她发现桌上倒掉一杯水，几本笔记散落在地，她的衬衫湿乎乎的。她盯着笔记上的字迹，慢慢地站了起来。

她以前没有晕倒过，连接近晕倒的时候都没有，即使在最炎热的夏天也从未中过暑。现在，她累了，几乎累到无法站立。躺在沙发垫上，玛丽琳想，也许我病了，也许别人传染给了我。接着，另一个念头冒了出来，令她全身发冷——她怀上了第三个孩子。关于这点，她确信无疑；为了这次考试，她一直倒数着日子。她掰了掰手指，顿时呆若木鸡，仿佛被冰水兜头浇过：这意味着她的经期推迟了三个星期。不。她回想着，离家已经近九个星期了。她没有意识到过去了这么长时间。

她在牛仔裤上擦干手，试图保持冷静。毕竟，她的经期以前也曾推迟过，尤其是在遇到压力或者生病的时候，身体似乎无法保持各项机能的正常运转，而以她现在拼命努力的程度，她的身体可能再次没能跟上紧张的节奏。"你只是饿了。"玛丽琳告诉自己。她一天没吃东西，现在已经快两点了，碗橱里什么都没有，但她可以去商店买些食物然后吃掉，那样感觉就会好多了，然后她就能接着用功。

但最后，她还是没有参加考试。她在商店里选了奶酪、腊肠、芥末酱和汽水放进购物车，又从架子上拿起面包。"没关系，"她又告诉自己，"你很好。"腋下夹着杂货店的袋子，手里提着六瓶汽水，她朝自己的汽车走去，突然觉得一阵天旋地转，膝盖、手肘先后磕在了柏油地面上，纸袋也滚了出去，汽水瓶砸在人行道上，变成一摊嘶叫着的液体和碎玻璃。

玛丽琳缓缓坐起来，周身围着一圈食物，面包泡在一个水坑里，芥末酱的瓶子正朝着不远处的一辆绿色大众货车慢慢滚去。她的小腿上奔流着可乐。她把一只手举起来看了看，灯光照射下，皮肤的层次如同砂岩，现出西瓜一般的暗粉色，手掌底部，一股鲜红色的液体正汩汩流淌。

她从皮包里掏出一条手绢，用手绢的一个角擦了擦伤口，血瞬间被吸干了，布料上出现大片红色的污渍。她惊异于这只手的美，颜色纯粹，清晰透明，肌肉上纹理纵横。她想触碰它，舔它，尝尝自己是什么味道。这时，伤口开始刺痛，血又涌出来，在掌心形成一个水潭。她意识到自己必须去医院了。

急诊室几乎空无一人。等到第二天，这里将忙于处理国庆日的各种事故，食用变质鸡蛋色拉导致的食物中毒、烧烤引起的手部灼伤、被烟花烧糊的眉毛。那个下午，玛丽琳走到前台伸出她的手。几分钟后，她来到一间诊室，一位穿白衣服的金发年轻女人检查了她的脉搏和手掌，说："你需要缝针。"随后从柜子里拿出一瓶麻醉剂。玛丽琳不假思索地问："难道不应该医生来做吗？"

金发女人笑了。"我是格林医生。"她说。发现玛丽琳盯着她看，她补充道，"你想看我的工作证吗？"

年轻女人用黑线整齐地缝合了伤口。玛丽琳的手疼了起来，她咬紧牙关，但是疼痛蔓延到手腕，一直上升到肩膀，又沿着脊柱下降。疼痛并非手术引起，而是因为失望，跟其他人一样，当她听到"医生"这个称呼，仍然会想到——永远会想到——男人。她的眼眶开始发热。缝完最后一针，格林医生打了个结，微笑道："你感觉怎么样？"玛丽琳再次脱口而出："我觉得我怀孕了。"然后就哭了起来。

接下来，就是她身不由己的开端。先是一系列的检查和抽血化验，玛丽琳不太确定这些检查化验的原理，但她记得，这样的检查需要在兔子身上做实验。但年轻美丽的女医生笑了，她把针头推进玛丽琳柔软的肘窝："我们现在用青蛙，比兔子更快，更简单。现代科学是多么的奇妙呀。"有人给玛丽琳拿来一只靠垫和一张毛毯，让她披在身上；有人询问她丈夫的电话号码，玛丽琳茫然地背了出来；有人给她端来一杯水。她手上的伤口已经没了感觉，黑色的缝线合拢了外翻的皮肉。几个小时过去了，等詹姆斯赶来，却像是只过了几分钟。他惊愕地握着玛丽琳的另一只手。年轻的医生说："我们星期二会打电话告知你们检查结果，李先生和李太太，不过，我想你的预产期应该在一月份。"然后，没等玛丽琳开口，她就步入长长的白色走廊，消失了。

"玛丽琳，"医生走后，詹姆斯对她耳语道，他的语气让她无言以对，"我们非常想你。"

玛丽琳把没受伤的那只手放在肚子上，犹豫了很长时间。她没法怀着孕去上课，没法进入医学院，能做的只有回家。一旦回了家，她就能看到孩子们，还会迎来新生命，而且——她终于承认，自己没有勇气再撇下他们不管。詹姆斯跪在她椅子旁边的地板上，那姿势像是在祷告。她的旧生活——舒适温暖，但压抑憋闷——正试图把她重新拉回它的怀抱。九个星期。她的宏伟计划只持续了九个星期。她的毕生追求黯然消散，犹如微风吹拂下的薄雾。她现在甚至不记得自己当初为什么会觉得这个计划有可能实现。

就这样吧，玛丽琳告诉自己。放弃吧。你只能接受现实。

"我太傻了，"她说，"我犯下如此可怕的错误。"她靠在詹姆斯身上，呼吸着他脖颈周围甜美的空气，那是家的味道，"原谅我。"她小声说。

詹姆斯领着玛丽琳来到汽车——他的车——旁边，一只胳膊搂着她的腰，协助她在前排坐好，仿佛她是个小孩。第二天，他需要从米德伍德乘出租车返回托莱多，把玛丽琳的车开回米德伍德。他到家时，他的妻子会容光焕发地迎接他。但是现在，他开车时必须小心谨慎，严格遵守限速规定，每隔几英里都要拍拍玛丽琳的膝盖，好像在确认她没有消失。"你冷吗？你热吗？你渴吗？"他问了一遍又一遍。"我又不是残废。"玛丽琳想说，但她的思维和舌头仿佛进入了慢动作模式。他们回到家里，他给她端来冷饮，还拿来一个枕头给她垫腰。他很高兴，她想。看看他那轻快的步子，他用毯子给她裹脚的时候是多么的小心翼翼。等他回来，她只说了一句："孩子们呢？"詹姆斯说，他把孩子们放在街对面的薇薇安·艾伦家了，别担心，他会处理每一件事。

倚着沙发靠垫的玛丽琳被门铃声惊醒。现在差不多到了晚餐时间，詹姆斯去艾伦夫人家接孩子了；一个送比萨的站在门口，托着一叠纸盒。玛丽琳揉着眼睛，发现詹姆斯已经付过小费，他端着盒子走进来，关上了门。她头晕眼花地跟在丈夫身后进了厨房，他把比萨放在桌子中央——莉迪亚和内斯的中间。

"你们的妈妈回来了。"他说。好像他们看不到她站在他身后的走廊里似的。玛丽琳一只手摸着头发上卷曲的地方——她没扎辫子，赤着脚。厨房里过于暖和，过于明亮，她就像个睡过了头的孩子，等到晃晃悠悠地下了楼，才发现错过了一切。莉迪亚和内斯小心地越过桌子看着她，好像她会做出什么出其不意的举动，比如尖叫或者发火。内斯瘪着嘴巴，似乎在咀嚼某种非常酸的东西。玛丽琳很想摸摸他的头发，告诉他，对于眼前的这一幕，她完全没有准备。她看得出他们眼神里的疑问。

"我回家了。"她重复道，点点头。然后，他们就跑过去拥抱她，温暖而坚实的拥抱，身体撞在她的腿上，脸埋进她的裙子。内斯流下一行眼泪，莉迪亚的泪水挂在鼻子上，淌进嘴里。玛丽琳的手又热又疼，犹如捧着一颗炙热的小心脏。

"我不在家的时候，你们表现得好不好？"她蹲在地毯上问，"听没听话？"

在莉迪亚看来，母亲的回归无异于奇迹。她许了一个愿，她母亲听到了，就回家了。她会遵守诺言。那天下午，父亲放下电话，说了一句惊人的话：你们的妈妈要回家了。那时，她就做了一个决定，她母亲不必再去读那本令人伤怀的烹饪书。在艾伦夫人家的时候，她就定下计划，等父亲把他们接回家之后——"嘘，别出声，妈妈在睡觉"——她就悄悄过去，把它拿走。"妈妈，"她对着母亲的腰说，"你不在家的时候，你的烹饪书，"她硬下心，"我——我给扔了。"

"你扔了？"令玛丽琳惊奇的是，她竟然没有生气。不，她反而觉得骄傲。她仿佛看到女儿把书丢在草地上，抬起穿着亮闪闪的玛丽珍皮鞋的脚，把它踩进泥里，然后扬长而去。无论是把书扔进湖里，还是火堆，她都无所谓。她惊讶地发现，自己笑了。"是你干的吗？"她伸出胳膊搂着幼小的女儿，莉迪亚先是犹豫了一下，然后点点头。

这是一个征兆，玛丽琳认为。她虽然赶不上了，但莉迪亚还来得及。玛丽琳不会与她的母亲一样，把女儿限制在丈夫和家庭的禁锢之内，过一辈子平淡麻木的生活。她会帮助莉迪亚实现她力所能及的目标，她将倾尽余生指引莉迪亚，庇护她，像培育观赏玫瑰一样，帮助它成长，用木棍支撑它，把它的茎秆塑造成完美的形状。玛丽琳的肚子里，汉娜已经开始烦躁地踢打，但她母亲还感觉不到。她把鼻子埋进莉迪亚的头发间，暗自许诺，决不过分纠正她的坐姿、逼她寻找丈夫、打理家务；决不建议女儿从事不适合她的工作，过不属于她的生活；决不让她在听到"医生"的称呼时，只想到男人。她要在余生中一直鼓励女儿，让她做出超越母亲的成就。

"好了，"她终于松开女儿，"都有谁饿了？"

詹姆斯已经从碗橱里拿出盘子，开始分配餐巾，他掀起比萨饼盒的盖子，肉香飘溢。玛丽琳在每一个盘子里都放了一块意大利辣香肠比萨，内斯心满意足地深深叹了一口气，吃了起来。他母亲回来了，明天早晨又有煮鸡蛋吃了，晚饭桌上又会出现汉堡和热狗，还有草莓脆饼做甜点。饭桌对面，莉迪亚沉默地注视着自己的那一份食物，研究上面的香肠切片和那些极力想要缩回盒子里的粘连的奶酪丝。

内斯只猜对了一半。第二天，他确实吃到了热狗和汉堡，然而没有鸡蛋，也没有脆饼。詹姆斯亲自烤了肉，虽然烤得稍微有点焦，但大家还是怀着庆祝节日的心情吃掉了。玛丽琳回家之后，其实想要拒绝做饭的，她准备每天早晨用烤箱把冷冻的华夫饼翻热，每天晚上热一热冷冻肉馅饼，或者开一罐圆形意面——因为她有别的事情要忙。数学，七月四日那天，她想到了这门课程；我的女儿需要数学。"袋子里有多少个小面包？"她问。莉迪亚伸出手指数了一下。"烤炉上有几根香肠？有多少是没有夹在面包里的？"女儿每答对一次，母亲就摸一下她的头发，让她靠在自己大腿上。

莉迪亚一整天都在做算术。如果今天每人吃一只热狗，明天还剩几只？如果她和内斯每人得到五支焰火，加起来一共有多少支？天黑之后，当烟花在空中绽放时，莉迪亚算了算，今天母亲一共给了她十个吻、五个拥抱，叫了她三次"我的聪明女儿"。每当她答对一个问题，母亲的脸上就会出现一个酒窝，像一只小小的指纹。"再问一个，"母亲的提问一停，她就这样恳求，"妈妈，再问我一个问题。""如果你真的愿意回答的话。"她母亲说，莉迪亚连忙点头。"明天吧，"玛丽琳说，"我会给你买一本书，我们一起读。"

不止一本书，玛丽琳买了一摞书：《空气的科学》《天气的成因》和《趣味化学》。晚上，把内斯塞进被窝之后，她就坐在莉迪亚的床边，从最上面捡起一本书。莉迪亚挤在她身边，倾听母亲深沉如鼓的心跳，跟随她一同呼吸，母亲的声音似乎来自她自己的脑袋。"空气无所不在，"她母亲读道，"盘旋萦绕在你的周围。尽管你看不见它，它还是在那里。无论你去哪里，都有空气。"莉迪亚又往母亲怀里钻了钻，等她读完最后一页，她几乎都要睡着了。"再给我读一本。"她咕哝道。玛丽琳高兴极了，她小声说："明天，好吗？"莉迪亚使劲点头，连耳朵都跟着响了起来。

那个最重要的词——明天，每天都得到了莉迪亚的珍惜。明天，我带你去博物馆看恐龙化石。明天，我们学习树木的知识。明天，我们研究月亮。每天晚上，母亲都会给她一个小承诺：明天，她会陪在她身边。

作为报答，莉迪亚也许下自己的承诺：做到母亲吩咐的每一件事。她学会了写加号，写得有点像矮小的字母"t"。她每天早晨都会数指头，计算粥碗的数量，四加二、三加三、七加十。每当母亲停止提问，她就会要求她继续，这让玛丽琳激动不已——莉迪亚仿佛启动了她身上的电源。莉迪亚踩着小凳趴在水池边，过大的围裙从脖颈一直拖到脚踝，看着玛丽琳把一些小苏打放进一杯醋里面。"这是一种化学反应。"她母亲说。看到杯子里溢出的泡沫流进下水道，莉迪亚点点头。她和母亲一起玩模拟商店的游戏，用一美分和五美分的硬币练习算术：两美分换一个拥抱，四美分换一个亲吻。这时，内斯扔下一个二十五美分硬币，说："你肯定算不出这个能换什么。"他们的母亲立刻把他撵走了。

内心深处，莉迪亚感觉得到，一切该来的都会来。总有一天，她读的书上不会再有插图；她要解决的题目会越来越长，越来越难；算术里会出现分数、小数和指数；游戏会变得更加复杂。看到肉糜卷，她母亲会说："莉迪亚，我想起一个数字。如果你用它乘以二，再加一，会得到七。"她倒着往回算，直至得出正确答案，随后她母亲会微笑着端来甜点。总有一天，玛丽琳会给她一副真正的听诊器，她会解开衬衫最上面的两颗纽扣，把听头放在皮肤上，让莉迪亚直接听她的心跳。"医生们都用这个。"她母亲会说。不过,现在为时尚早,但莉迪亚已经知道这些事会发生。各种知识在她周围盘旋萦绕,紧抓着她,每天只增不减。无论她去哪里,它们都在那里。然而,每当母亲吩咐下来,她只会答应"是的,是的,是的"。

两星期后,玛丽琳和詹姆斯开车到托莱多拿她的衣服和书。"我可以自己去。"玛丽琳坚持道。她把弹珠、发夹和纽扣忘在了衣柜某件衣服的口袋里,那件衣服穿起来已经变紧了,不久,玛丽琳就把它捐献给慈善机构,那三件被遗忘的纪念品还留在衣服的口袋里。不过,当她看到搬空了的小公寓时,还是忍不住眼睛酸涩。她默默地把书本封入纸箱,把写得半满的笔记本丢进垃圾堆。她希望一个人操办这场小小的葬礼。"真的,"她说,"你没有必要来。"詹姆斯却坚持要来。"我不会让你在目前的情况下搬运任何重物。"他说,"我会请薇薇安·艾伦下午过来照看孩子。"

詹姆斯和玛丽琳一出发,艾伦夫人就把电视频道切换到肥皂剧,在沙发上坐了下来。莉迪亚抱着膝盖坐在餐桌下,手里却没了烹饪书;内斯拽着地毯上的线头,愤愤不平。刚才,他母亲叫醒他,把他塞到餐桌底下,但莉迪亚却已然占用了这里的大部分空间。他知道母亲提问的每一个答案,但每当他想在莉迪亚数指头的时候插嘴回答时，母亲就会让他别出声。在博物馆，他想去天文馆看模拟星空展览，但他们一整天都在观察骨骼、消化系统的模型等等莉迪亚想看的东西。那天早晨，他拿着剪报夹早早来到厨房，他母亲还穿着浴袍。她越过茶杯边缘，给了他一个睡眼惺忪的微笑。自从回家以来，这是她第一次真正地看着他，他的心高兴得像鸟儿一样，差点从喉咙里飞出来。"我能吃一个煮鸡蛋吗？"他问。奇迹般地，她回答："好的。"那个瞬间，他彻底原谅了她。他决定给她看自己收集的宇航员图片，还有每次发射活动的介绍。她能看懂的。她会印象深刻的。

然后，他还没来得及说话，莉迪亚就走下楼梯，他母亲的注意力一下子被吸引过去，落在了莉迪亚的肩膀上。内斯在角落里噘着嘴，翻动剪报夹的边缘，但没人注意他，直到他父亲走进厨房。"还在想着那些宇航员？"他说完，从柜台上的水果碗里挑出一只苹果咬了一口，径自笑起来。尽管隔着整间厨房，内斯仍然听得到那有力的咀嚼声和牙齿穿透果皮的脆响。他母亲只顾听莉迪亚讲她昨晚做了什么梦，对父子俩的存在浑然不觉，也完全忘记了煮鸡蛋这码事。内斯的心一沉，压得他无法呼吸。

沙发上，艾伦夫人打起了小呼噜，下巴上挂着一丝口水。内斯从桌子底下爬出来，半敞开前门，跳进门廊里。地面拍打着他的脚跟，仿佛带着电流，头顶是铁灰色的天空，苍白而辽远。

"你去哪儿？"莉迪亚朝门外看。

"不关你的事。"内斯担心艾伦夫人会听到动静，醒过来喊他回家，但什么都没有发生。他头也没回就知道，莉迪亚在后面望着他。他大步迈下台阶走到街上，看她敢不敢跟着，不一会儿，她就跟了上来。

莉迪亚一路跟着内斯来到湖边，踏上小码头。湖对面的房子看上去像做工精美的玩具屋，里面的母亲们一定在煮鸡蛋、烤蛋糕或者炖肉，父亲们也许正在烤肉，他们用叉子翻动热狗，烤网在肉块上烙下完美的黑线。那些母亲从来没有抛下孩子远走高飞，那些父亲从来没打过孩子耳光，或者踢倒电视和嘲笑他们。

"你想游泳吗？"莉迪亚剥掉袜子，分别塞进每只鞋子，然后和他并肩坐在码头，两脚耷拉在水面上。有人在沙子里扔下一个芭比娃娃：没穿衣服，浑身是泥，一条胳膊没有了。内斯把它的另一条胳膊也扯下来，扔进水里，然后又扯下一条腿——腿比较难扯。莉迪亚觉得烦躁起来。

"我们还是回家吧。"

"一会儿就走。"他把芭比娃娃的头一扭，让它的脸冲着脖子后面。

"我们会惹麻烦的。"莉迪亚伸手够袜子。

另一条腿怎么扯都扯不下来，内斯扭过身子看着他妹妹，突然，他觉得自己失去了平衡，歪向一边。他不知道这是怎么回事，但是眼前的所有景物都倾斜起来，像是配重不均的跷跷板，他们生活中的每个人——母亲、父亲，甚至他自己——都在滑动，滑向莉迪亚，在她的引力的作用下，谁也难以抗拒，一切都围着她转。

后来，内斯根本不记得他当时说了什么、想了什么、有什么感觉，甚至忘记了自己究竟说没说话，他只知道一件事，他把莉迪亚推进了水里。

每当他想起这一刻，都觉得漫长得无止无尽。莉迪亚消失在水下，和他彻底分离，他趴在码头上，似乎瞥见了未来。没有她，他就是一个人了，接着他就意识到，即使这样，事情也不会有起色。即使没有了莉迪亚，世界也还是不公平的。他和他的父母，还有他们的生活，会围着莉迪亚曾经存在过的空间旋转，最终卷入她留下的真空之中。

不仅如此，当他碰到她的那一刻，他便意识到自己错怪了她。当他的手拍在她肩膀上的时候，当水面在她头顶闭合的时候，莉迪亚感到极大的解脱，她在呛咳中满足地叹息着，从容地挣扎着，她迫切地体会到，自己和内斯的感受是一致的，那些倾斜挤压在她身上的东西，她也不想要，它们太沉重了。

实际上，只过了几秒钟，内斯就跳进了水里。他潜入水下，抓住莉迪亚的胳膊把她拉向水面，发狂地踩着水。

踢水，他喘着气，踢水，踢水。

他们朝着岸边扑腾，缓慢地向那里的浅滩移动，脚触到沙地之后，他们就地瘫倒。内斯抹掉眼睛里的泥巴，莉迪亚对着草丛吐出一大口湖水。一分钟、两分钟、三分钟过去了，两人依旧脸朝下趴着，上气不接下气。然后，内斯摇晃着站起来，令他惊讶的是，莉迪亚伸出手来，抓住他的手。她的意思是"别松手"，在感激带来的眩晕之中，内斯握住了她的手。

他们踉跄着朝家里走去，一言不发，在人行道上留下潮湿的脚印。除了艾伦夫人的鼾声，房间里只有水从他们的衣服落到地毯上的声音。他们只离开了二十分钟，但感觉好像过去了好几个世纪。他们蹑手蹑脚地上了楼，把湿衣服藏进洗衣篮，换上干衣服，他们的父母拖着手提箱和装书的纸盒返回之后，他们什么都没说。母亲抱怨地板上的水渍时，内斯说，是他打翻了饮料。上床睡觉之前，内斯和莉迪亚一起在水池边刷牙，彬彬有礼地轮流漱口，像平时一样互道晚安。这件事太严重，不能说出来，好比某处他们无法一眼看清的风景，好比夜晚的天空，漫无边际，总是让人觉得太大。他把她推下去，然后又把她拉上来。在莉迪亚的一生中，她将会记住一件事。在内斯的一生中，他也会记住另一件事。

每年暑假结束，重新开学的时候，米德伍德小学都会举行欢迎野餐会。玛丽琳手按着肚子，汉娜一天比一天重了；他们的父亲用肩膀扛着莉迪亚，穿过停车场。午饭后还有几个比赛，看谁扔空心威浮球扔得最远，谁能把最多的沙袋投进咖啡罐，谁能猜出一加仑玻璃瓶里的糖豆数量。内斯和詹姆斯参加了"父子鸡蛋赛跑"——每人头顶一个生鸡蛋向前跑，鸡蛋装在茶匙里，像上菜一样。他们一路领先，然而在快冲线时，内斯绊了一下，鸡蛋掉了。迈尔斯·富勒和他父亲得了第一名，校长哈格德夫人颁发给他们蓝绶带。

"没关系。"詹姆斯说。听到这话，内斯感觉好了一点，但是，他的父亲又补充道："要是他们比赛读一整天书……"一个月来，他总是重复类似的话，听着像开玩笑，其实却不是。每当发觉自己脱口而出的时候，詹姆斯都会下意识地咬住舌尖，但是已经太迟了。他不理解为什么他会对内斯说这些话，这样只会揭示更多的痛苦事实：内斯越来越让他想起自己，想起他试图忘记的童年往事。他知道儿子成了他当年的缩影，让他感到难过和羞愧，想到这里，他的目光飘到了一边。内斯看着地上摔碎的鸡蛋，蛋黄在草叶上流淌，蛋清渗进土壤，莉迪亚对他微微笑了一下，他用穿着帆布鞋的脚把蛋壳碾碎。詹姆斯转过身去，内斯朝着他脚边啐了一口。

接下来是"三条腿赛跑"。一位老师用一条手绢把莉迪亚和内斯的脚踝绑在一起，他们蹒跚着来到起跑线上。那些参加比赛的孩子和他们的父母、兄弟姐妹相互绑在一起。还没开始跑，莉迪亚就被内斯的鞋帮绊了一下，身体摇晃起来，内斯伸出一只胳膊保持平衡。他想跟上莉迪亚的步伐，但莉迪亚朝前迈腿的时候，内斯无意中向后一拉。手绢捆得很紧，把两人的脚踝勒得难受，像一条套住了两头并不匹配的牲口的轭，连他们各自朝着相反方向仰面朝天地摔倒在柔软湿滑的草地上时，都没有松开。

第七章

　　十年后，那种羁绊仍旧没有丝毫放松的迹象。这些年来，青年们上了战场，人类登上了月球，总统们上任的上任，辞职的辞职，遇刺的遇刺。放眼美国，无论是底特律、华盛顿还是纽约，都有人群涌上街头，任何事情都能让他们怒不可遏。世界上的一批国家竞相分裂或崩溃：北越、东柏林、孟加拉。毁灭与消融无处不在。然而，对于李家人而言，他们之间的连结却越来越紧密，是莉迪亚把他们捆在了一起。

　　詹姆斯每天从大学开车回家——他年复一年地教着美国牛仔课，讲义上的每个词都烂熟于心——顺便回想一天中的琐事：两个小女孩在街角跳房子，看到他的车在红灯前停下来，就朝车上扔鹅卵石；斯坦利·休伊特问他春卷和蛋卷的区别；他经过艾伦夫人家门口，她冲他露出假笑。只有回到家看到莉迪亚的时候，他心头的那点苦涩才能消散。因为有了她，他想，一切才变得不同。换作莉迪亚，她会对朋友说："别傻了，斯坦，我又怎么知道？"她既沉着又自信。她会说："下午好，薇薇安。"然后用她大大的蓝眼睛直视着她的邻居。这些幻想越来越让他难以自拔。

每天，当玛丽琳打开速冻派的包装或者给索尔斯伯利牛排解冻——她拒绝做饭，全家人默默地接受了这一点，这是换来她重新出现所付出的代价——的时候，她都会暗自筹划，再给莉迪亚买些什么书，科学展览，暑假辅导班。"只要你感兴趣，"她每次都这样告诉莉迪亚，"只要你愿意。"她每次都是真心征求女儿的意见，但是她没有意识到，自己在开口的时候紧张地屏住了呼吸。而莉迪亚注意到了。"是的。"她说，而且，她每一次都会说"是的，是的"。听到这两个字，她母亲的呼吸才会恢复正常。洗衣服的间隙，玛丽琳会把当天的报纸从头到尾读一遍，一栏接着一栏——她看到了希望之光：耶鲁大学收女生了，然后，哈佛大学也收了。美国人逐渐学到了几个新词：*反歧视行动*；*平权修正案*；*女士*。玛丽琳在心中用金线为莉迪亚编织了一个华丽的未来，她相信女儿也希望拥有这样的未来：莉迪亚穿着高跟鞋和白大褂，脖子上挂着听诊器；莉迪亚站在手术台前，周围的一圈男人敬畏地观摩她娴熟的技术。对玛丽琳而言，每过一天，这个未来仿佛都变得更加真实了一些。

　　每天内斯都会安静地坐在晚餐桌前，他父亲和莉迪亚谈论她的朋友，她母亲则询问莉迪亚当天的学习情况。等到他们转过头，履行责任般问起他的时候，他的舌头已经打了结，因为他父亲——他想起了被父亲踢坏的电视，还有自己挨的那一巴掌——不会想听他讲什么宇宙空间之类的东西，而这些是内斯阅读和思考的全部。一有时间，他就在学校图书馆寻找相关的书籍：空间飞行，天文动力学，燃烧，推进，卫星。听儿子结结巴巴地回答几句之后，他父母的聚光灯重又打回到莉迪亚身上，这时，内斯就顺势退回自己的房间，继续看他的航空杂志，他像偷藏色情读物一样把它们储存在床底下。他不介意这种持久不变的"日食"状态。每天晚上，莉迪亚都会去敲他房间的门，显得既安静又可怜。他知道她没有说出口的话是什么，它们的核心内容是：别松手。莉迪亚走开之后——去苦思冥想家庭作业或者准备科学展览——他会把望远镜筒伸出窗外，遥望夜空中的群星，探寻那些他将来有一天可能会独自前往冒险的地方。

　　莉迪亚自己——她是全家人的宇宙中心，尽管她不愿意成为这个中心——每天都担负着团结全家的重任，被迫承载父母的梦想，压抑着心底不断涌起的苦涩泡沫。就这样过了一年又一年，约翰逊、尼克松和福特上台又卸任。莉迪亚的身材变得苗条修长；内斯个子长高了。玛丽琳的眼角出现了皱纹；詹姆斯的两鬓挂上了银霜。莉迪亚知道她父母不顾一切地想要得到什么——尽管他们并没有说出来。她发现，似乎只要微不足道的小事就能换取他们的快乐。因此，她利用暑假学习代数，穿上连衣裙参加初级舞蹈班，报名旁听大学的生物课，星期一、星期三、星期五都有课。整个夏天忙个不停。"是的，是的，是的"。

（那么，汉娜呢？他们把汉娜的摇篮搬进阁楼上的卧室，那里堆放着他们不再想要的东西，甚至等汉娜长大一点之后，他们也会时常忘记她的存在——比如有天晚上，玛丽琳在餐桌上摆了四个盘子，直到汉娜来到桌边，她才意识到少拿了一个。汉娜也仿佛明白她在家庭这个宇宙中的位置，她从安静的婴儿成长为善于察言观色的小孩：她喜欢躲在角落和柜子里，还有沙发后面、桌布底下，退出家人的视野和脑海，从而确保家中的领土划分不会出现丝毫的变动。）

现在，距离那可怕的一年，已经过去了十年，一切都发生了翻天覆地的变化。对其他人而言，1976年也并非寻常的一年，这种反常在那个出奇寒冷的冬天达到了顶峰——报纸的头版赫然印着《迈阿密下雪了》这种标题。十五岁半的莉迪亚刚开始放寒假，再过五个月，她就死了。那年十二月，她独自待在屋里打开书包，捜出一张物理试卷，卷子顶端用红笔写着"55"。

生物课一上来就非常难，不过，通过死记硬背"界""门""类"这些概念，她通过了最初的几次测验。接着，课程变得更难，但她还算幸运，坐在她右边的男孩学习努力，字写得很大，而且从来不遮挡试卷上的答案。"我女儿，"那年秋天，玛丽琳对伍尔夫太太——也就是伍尔夫医生——说，"是个天才，在一门大学课程的考试中得了A，她也是那个班里唯一的女孩。"正因如此，莉迪亚从未告诉母亲，她并不明白什么是克雷伯氏循环，也无法解释有丝分裂的原理。当母亲把大学发来的成绩单装进相框里的时候，莉迪亚把它挂在自己房间的墙上，假装在微笑。

　　生物课之后，玛丽琳又提出了新的建议。"今年秋天，我们直接让你选修自然科学。"她说，"搞定了大学生物课，我相信高中物理也不在话下。"莉迪亚知道，这是母亲最喜欢讨论的话题，她只能点头称是。"你会遇到年纪大的学生，"她父亲说，"认识一些新的朋友。"他眨眨眼，想起在劳埃德学院，"年纪大"意味着"更优秀"。然而，高二的学生们只和他们自己的同学说话——要么对法语翻译作业的答案，要么背诵当天下午将要测验的莎士比亚剧本。他们对莉迪亚仅仅是以礼相待，脸上带着本地人漠然的和蔼，把莉迪亚当成外国人一样。至于那些物理应用题——两车相撞、打出的炮弹、冰面上侧滑的卡车什么的——她绞尽脑汁也想不出答案。转弯中的卡车上装载的赛车、旋转的过山车、钟摆和砝码……这些东西如影随形地跟着她，她越想越觉得它们没有意义。为什么赛车会掉下来？为什么过山车会脱轨？当她试图搞清楚为什么的时候，仿佛看到地心引力窜了出来，把所有的车一连串地拽下去，仿佛扯着一条带子。晚上读书的时候，那些方程式——掺杂着小写的k和大写的M，还有希腊字母Θ——似乎变成了长满尖刺、密密麻麻的荆棘。书桌上方，母亲送给她的明信片上，爱因斯坦朝她吐着舌头。

她的测验得分越来越低，看上去就像一张诡异的天气预报图表：九月份90，十月份85，十一月不到75，圣诞节前60左右。上一次考试，她得了62分，算是及格，但是差点不及格。下课后，她把卷子撕成小块丢进三楼厕所，然后才回家。现在，她考了55分，尽管凯利老师没在卷子上写"F"，但她还是不敢正眼去看那触目惊心的红色分数。她把这张卷子塞进储物柜藏了两周，放在一摞教科书下面，仿佛代数、历史和地理课本的重量合起来会把它压死一样。凯利老师向她提过她成绩下降的事，暗示说，他可能会亲自给她父母打电话——如果有必要的话。最后莉迪亚保证，过了圣诞节假期，她就把母亲签过字的卷子拿回学校。

终其一生，她都能听到母亲的心跳坚定有力地叫嚣：医生、医生、医生。她母亲是如此渴望实现这个梦想，莉迪亚明白，她根本不需要说出来，她的心愿一直摆在那里。除了当医生，莉迪亚无法想象自己能够拥有别样的未来和不同的人生，那好比企图设想太阳围着月亮转、自然界没有空气这种东西一样荒唐。她曾经想过伪造母亲的签名，但她的字体过于圆胖，一看就出自小女孩之手，骗不了任何人。

最后一周，甚至发生了更可怕的事情。莉迪亚从她的床垫下拽出一个白信封，她有点希望里面的东西会有所变化——过去的八天里，上面的字或许已经烂掉了，所以她可以像吹灰尘那样把它们吹跑，只留下一张白纸。但是，无论她怎么吹，那些字依旧岿然不动。*亲爱的李先生：感谢你参加了我校的提前录取环节，我们非常高兴地欢迎你进入哈佛大学1981届学习。*

过去的几周，内斯每天下午都会打开信箱检查邮件，有时都忘记和母亲打招呼，甚至来不及穿上他的鞋。莉迪亚能够体会到他忧心如焚的感觉。上个星期在早餐桌前，玛丽琳把她帮莉迪亚改好的数学作业放在麦片盒子上。"昨晚你睡觉后，我检查了一下，"她说，"第二十三题有个错误，亲爱的。"五年、一年，甚至是六个月前，莉迪亚还会在她哥哥的眼里找到同情。"我理解。我理解。"他只要对她眨眨眼，她就能接收到他的同情和安慰。而这一次，内斯却埋头看他借来的书，没注意到莉迪亚紧握的手指和瞬间变红的眼圈。内斯忙于幻想自己的未来，没有再听见莉迪亚没说出口的话。

只有他一直在倾听莉迪亚的心声。自从玛丽琳消失又出现开始，莉迪亚就没有了朋友。那一年秋天，每当课间休息的时候，她就躲到一边，盯着远处第一联邦银行的钟楼。表针每走一分钟，她就闭上眼睛，想象母亲可能在做什么——擦柜台、给水壶装水、剥橘子——仿佛这些细节的重量能够把母亲留在家里，不让她离开。后来，她觉得可能是这些发呆的时光让她失去了交朋友的机会，也可能无论如何她都没有这样的机会。一天，她睁开眼睛，发现斯泰茜·舍温站在自己面前。那个金发及腰的斯泰茜·舍温，她周围还有几个女孩。在米德伍德幼儿园，斯泰茜·舍温一手遮天，能够娴熟地运用驭人之术。前几天，她刚一宣布"简宁·柯林斯像废水一样臭"，简宁·柯林斯就立刻被踢出了她所在的小团体，她的眼镜也被夺了下来，眼泪糊了一脸，跟斯泰茜一伙的其他女孩则在一旁窃笑。莉迪亚惊惧地远远观望这一变故。幼儿园开学的第一天，斯泰茜曾经问她："中国人庆祝感恩节吗？"还有："中国人有肚脐眼吗？"

"放学后，大家都去我家。"站在她面前的斯泰茜说，她略微朝莉迪亚眨了眨眼，"你也可以来。"

莉迪亚满腹狐疑。她真的被斯泰茜·舍温选中了吗？斯泰茜一直看着地面，手指上缠绕着一根发带，莉迪亚盯着她看，仿佛这样就能读懂她的想法。她的样子是害羞还是狡猾？她分辨不出。接着，她想起了母亲，想起她趴在厨房窗口向外看，等着她回家。

"我不能去。"她终于说，"我妈妈说，放学后我必须马上回家。"

斯泰茜耸耸肩走开了，其他女孩尾随着她。突然，她们爆发出一阵笑声，莉迪亚不知道她们笑的是不是自己。

如果她去了斯泰茜家，她们会对她友善还是嘲弄她？她永远都不会知道。她只能对各种生日聚会、去休闲中心溜冰或游泳等等邀请说不。每天下午，她都会匆忙赶回家，急于看到母亲的脸，让她高兴。到了二年级，其他女孩已经不会再问她了。她告诉自己：她不在乎，因为妈妈会永远等着她，而这是唯一重要的事情。未来的日子里，莉迪亚看着斯泰茜·舍温——她先是编起了金色的发辫，然后又拉直，后来戴上了发饰——朝她的朋友们招手，把她们拉到身边，就像一颗聚光的宝石。她看到珍·皮特曼给帕姆·桑德斯递了一张纸条，帕姆·桑德斯在桌子底下打开纸条，偷偷地笑起来；她看到谢莉·布莱尔利分掉一包绿箭口香糖，当锡纸包着的口香糖跳过她传给别人的时候，她闻到了清甜的薄荷味道。

只有内斯是她生活的调剂，让她能够忍受下去。从上幼儿园开始，每一天，内斯都会帮她留出一个座位——在餐厅，他会让她坐在他对面；在校车上，他把书放在自己旁边的绿色塑胶座位上为她占座。如果莉迪亚先到，也会帮内斯占座。因为有内斯，她永远都不会独自坐车回家，听车里的其他人三三两两地凑在一起闲聊；

她永远不用一面怯生生地问"我能坐在这里吗",一面担心被人拒绝。他们心照不宣地约定,他会一直帮她留出位置。正因如此,她也总能够对自己说:"有人会来坐这个位置,我不是一个人。"

现在内斯要走了。哈佛还会寄来更多的信。*几天后,我们将寄出一些资料和表格,供你在选择专业时参考。*莉迪亚忍不住幻想:只要她从邮件堆里拿出哈佛寄来的所有信件,一封接一封地塞到床垫底下,不让内斯找到它们,他就别无选择,只能留在家里了。

楼下,内斯翻看着一堆邮件:杂货店的宣传单、电费账单——没有他要的信。那年秋天,当辅导员问起内斯有什么职业计划时,他压低了声音,好像在告诉她一个肮脏的秘密似的。"宇宙,"他说,"外太空。"海因里希夫人连按两下钢笔,他觉得她快要笑出来了。距离人类最后一次登月已经过去了五年,美国在这方面已经打败了苏联,所以,他们把注意力转到了别处。海因里希夫人告诉他,有两条路:成为飞行员或者成为科学家。她打开文件袋,翻出他的成绩单——体育,B-;三角学、微积分、生物、物理,都是A-。虽然内斯想去麻省理工学院、卡耐基梅隆大学,或者加州理工学院——他甚至都写了申请——但他知道,他父亲只会同意他去一个地方:哈佛。詹姆斯认为,去了其他学校等同于失败。内斯告诉自己,等进了大学,他就选修高等物理、材料科学和空气动力学。大学是他探索自己没有去过的地方的跳板,是他飞向太空的中转站。他会把所有人和所有事都甩在身后——虽然他并未承认，但这个"所有人"也包括莉迪亚。

莉迪亚已经十五岁了，又长高了一些，当她在学校扎起头发、涂上唇膏，看上去就像成年人。而在家里，她看起来还是当年那个胆怯的五岁女孩——抓着哥哥的手，缓缓爬回岸边。当她坐在内斯旁边的时候，他能闻到一阵小女孩用的护肤品的味道，它的名字也很幼稚："柔宝宝"。从那个夏天开始，他就觉得，有个东西一直在绑着他们的脚踝，牵引着他，让他失去平衡，承担着她的重量。十年来，它不但没有松动，反而勒得更紧。这些年，作为莉迪亚之外唯一了解他们父母的人，内斯对她的痛苦感同身受，他默默地同情她，偶尔会捏捏她的肩膀，或者苦笑一下。他会说："妈妈总是在伍尔夫医生面前吹嘘你。我化学得了A-的那次，她根本都没注意。"或者："还记得九年级集会的时候，我没有去吗？爸爸说：'好了，我猜你是找不到约会对象了……'"为了安慰她，他竭力让她相信，太多的爱总比太少的爱好。而现在，内斯只有一个念头："等我上了大学……"他没有想完这个句子，但是，在他设想中的未来，他可以自由自在地飘浮，像宇航员那样，毫无羁绊。

现在几乎已经到了圣诞节，可他依然没有见到哈佛大学的录取信。这天，内斯没有开灯就走进客厅，让亮着彩灯的圣诞树指引他前进。每一扇黑漆漆的窗玻璃都反射着圣诞树的倒影。他可能得准备材料，申请第二、第三甚至第四所学校，甚至不得不永远待在家里。父亲的声音从厨房传来："我想她会喜欢的，我一看见就想到了她。"无需推理，在他们家，"她"总是指莉迪亚。在圣诞彩灯的闪烁中，客厅时隐时现。灯亮时，内斯闭上眼睛，灯灭时再睁开，所以，他看到的是一成不变的黑暗。过了一会儿，门铃响了。

是杰克——那时，内斯看他的眼神里还没有怀疑，只有长久以来积累的不信任和厌恶。虽然气温已经降到零下，但杰克只穿了一件带兜帽的运动衫，拉链拉了一半，露出里面的T恤，内斯看不清上面写的什么。杰克牛仔裤的褶边被雪打湿了，他从运动衫口袋里抽出手，向前一伸。那个瞬间，内斯不知道是否该上前和他握手。紧接着，他看到杰克两根手指中间夹着一个信封。

"这封信寄到了我们家。"杰克说，"我刚回家看到的。"他用拇指戳戳信封一角的红色校徽，"我猜，你要去哈佛了。"

信封又厚又沉，似乎塞满了好消息。"谁知道，"内斯说，"也可能是拒信，对吗？"

杰克没有笑。"当然，"他耸耸肩说，"管它呢。"他没说再见就回家了，在白雪覆盖的李家院子里踩出一行脚印。

内斯关上门，打开客厅的灯，用两只手分别掂了掂信封的分量，突然觉得屋里热得难以忍受。他撕开封口，抽出信瓤，揉了揉它的边缘。*亲爱的李先生：让我们再次祝贺你被1981届提前录取。*

他只觉得全身的关节都宽慰地松弛了下来。

"什么事呀？"一直躲在门廊里观察动静的汉娜越过门框问。

"一封信，"内斯平复着激动的情绪，"哈佛寄来的。"连说出这个名字都让他觉得口干舌燥。他想读完后面的话，但眼前一片模糊。*祝贺*。*再次*。邮递员一定把第一封信弄丢了，他想，不过无所谓。*你被录取了*。他放弃读信，朝汉娜笑起来，汉娜轻轻地走进来，倚在沙发上。"我被录取了。"

"被哈佛？"詹姆斯问，他从厨房走进来。

内斯点头。

"这封信给寄到伍尔夫家去了。"他举起信。但詹姆斯一眼都没看它，他只是盯着内斯，而且破天荒地没有皱眉头。内斯蓦然意识到，他长得和父亲一样高了，他们现在可以自然地平视对方。

"不错。"詹姆斯说完微笑起来，似乎还有些尴尬。他把手放在内斯肩膀上，透过衬衣，内斯觉得这只手又厚重又温暖。"玛丽琳，你猜怎么了？"

他母亲的鞋跟敲打着地面，从厨房进来。"内斯，"她使劲亲了一下他的脸颊，"内斯，真的吗？"她抽出他手中的信，"我的天，1981届。"她说，"看到这个你不觉得自己老了吗，詹姆斯？"内斯没在听，他想：终于实现了。我做到了，我做到了，我要走了。

楼梯顶端，莉迪亚看着父亲的手握住内斯的肩膀，她已经不记得父亲上次对内斯这样笑是什么时候了。她母亲把信拿到灯下，仿佛那是一份宝贵的文件。汉娜的胳膊勾着沙发扶手，高兴地晃着脚。她哥哥静静地站在那里，眼中充满敬畏和感激，"1981"这几个数字像美丽而遥远的星星一样，在他面前闪闪发光。有什么东西在莉迪亚的身体里摇摇欲坠，随后便轰然倒塌——像是听到了倒塌的声音，他们抬起头，望着莉迪亚。内斯刚要把他的好消息大声告诉她，她就叫起来："妈妈，我的物理考试不及格，我应该告诉你来着。"

　　那天晚上，内斯刷牙的时候，浴室的门开了，莉迪亚靠在门框上，面色苍白——几乎是灰色的。看到她的那一瞬，他感到非常难过。晚饭时，玛丽琳的嘴就没有停下来过——"你怎么能考不及格？""等你长大了，发现找不到工作怎么办？想想吧。"莉迪亚没有还嘴，面对沉默的女儿，玛丽琳一遍一遍地重复着各种可怕的警告——"你觉得找个男人结婚就可以了吗？这就是你全部的人生计划？"莉迪亚能做的只有忍着，不在饭桌上哭出来。半小时后，詹姆斯说："玛丽琳——"但她凶狠地瞪了他一眼，他退缩了，默然搅动起自己的那份洋葱肉汁。大家都忘了哈佛的事情，忘了内斯收到的信，还有内斯这个人。

晚饭后，莉迪亚在客厅里找到了内斯。哈佛的来信躺在咖啡桌上，她摸了摸上面的校徽，校徽上用拉丁文写着"真理"。

"祝贺你，"她轻声说，"我就知道你会成功的。"内斯很生气，不想和她说话，眼睛一直盯着电视。屏幕上，唐尼和玛丽正在完美地表演合唱，歌曲结束之前，莉迪亚就跑回楼上她的房间，猛地关上门。现在，她又过来找内斯，面色灰败，赤着脚站在浴室的地砖上。

他知道莉迪亚现在想要什么：他的安慰或者他的羞辱，总之是能让她感觉好一些的东西。他可以说："妈妈会消气的。没事的。还记得……"然而，他现在不愿回想那些不愉快的事情。父亲平时溺爱莉迪亚，却总是失望地看着他；母亲总是表扬莉迪亚，对他却视而不见，好像他是空气做的。他只想仔细读读那封苦等已久的录取信，那是能让他获得自由的承诺，一个像粉笔一样雪白光洁的新世界正在恭候他的光临。

他猛地一拍水池边缘，没有看莉迪亚，用手指把池底的最后一点泡沫推到下水口。

他正准备离开，"内斯。"莉迪亚小声说。听到她颤抖的声音，他知道她哭了。她又要开始了。

"晚安。"他说完，关上了身后的门。

第二天早晨，玛丽琳把莉迪亚不及格的考卷用图钉钉在厨房的墙上，正对着莉迪亚的座位。接下来的三天里，早饭到晚饭之间的时段，她会把物理书猛然丢在女儿面前，然后在一旁坐下。她想，莉迪亚需要的只是一点点鼓励。动量与惯性、动能与势能——她仍然没有忘记这些概念。她在莉迪亚耳边大声读道："对于每一个作用力，都有一个大小相等、方向相反的反作用力。"她和莉迪亚反复研究那张考卷，直到莉迪亚能够答对每一道题目才肯罢休。

莉迪亚没有告诉母亲的是，研究到第三遍的时候，她已经背过了所有的正确答案。她趴在物理书上苦读了一整天，等着父亲前来解围："够了，玛丽琳，现在是圣诞节假期，看在上帝的份上。"但是，他什么都没说。自那天晚上开始，莉迪亚就拒绝和内斯说话，因为她怀疑——这是正确的——内斯也在生她的气；除了吃饭之外，他都会绕着厨房走。莉迪亚觉得，现在甚至连汉娜都能给自己带来一点默默的安慰。然而，汉娜一如往常，躲到了他们看不见的地方：她正藏在走廊的小桌子底下——从厨房是看不到这里的。她抱着膝盖，听着莉迪亚的铅笔在纸面上划动的声音，以这种形式表示她对姐姐的关心，而莉迪亚当然不会知道。圣诞节那天早晨，莉迪亚对家里的每一个人都心怀不满，连玛丽琳最终把考卷从墙上摘下来这件事都没能取悦她。

围坐在圣诞树下拆礼物也无法改善莉迪亚的心情。詹姆斯把缠着彩带的包裹接连分发给大家，但莉迪亚害怕看到母亲给她的礼物：玛丽琳通常会送她书。实际上——虽然母女俩都没有完全意识到——是玛丽琳自己想读这些书，因为圣诞节过后，她有时会从莉迪亚那里把书借走。对莉迪亚而言，无论她年龄多大，这些书都太难懂。这不像是礼物，更像某种笨拙的暗示。去年，母亲送的是《人体解剖学彩色图集》，开本很大，没法垂直插进书架；前年，莉迪亚收到的是《著名的科学女性》，厚厚一本。那些著名的女性令她厌烦。她们的故事大同小异：别人说她们做不到，但她们还是决心去做。莉迪亚想，这是因为她们真心想做，还是因为别人不赞成？人体解剖图令她作呕——男人和女人被剥掉了皮、揭开了肌肉，只剩下光溜溜的骨架。她胡乱翻了几页就合上书，在座位上不安分地扭动，就像狗抖掉身上的雨水一样，想把恶心的感觉甩掉。

内斯看着他妹妹眨着眼睛，眼圈变红，顿时从愤怒中生出一丝怜悯。他已经把哈佛的来信读了十一遍，终于说服自己这是真的，他们真的录取了他。再过九个月，他就可以走了，这个消息驱散了他的所有不快。不过，要是比起他的成功，父母更关心莉迪亚的失败呢？反正他要走了，他要上大学了——而莉迪亚不得不留在家里。他现在的感觉，用四个字来形容，就是"苦乐参半"。这时，他父亲递给他一个用红色锡纸包着的礼物，内斯试探地向莉迪亚微笑了一下，她假装没看见。度过了不自由的三天，她还没做好原谅他的准备，但内斯的态度温暖了她，如同在寒冷的冬日咽下一大口热茶。

要是她没有接着望向天花板，莉迪亚可能很快就会原谅她哥哥。一样东西——他们头顶的白色斑块——吸引了她的视线，触发了她的一段回忆。他们很小的时候，有一次玛丽琳带着汉娜去看医生，只有莉迪亚和内斯在家，他们看到一只大蜘蛛在窗框上爬，内斯踩着沙发，用父亲的鞋拍死了蜘蛛，在天花板上留下一块黑斑和半只鞋底的印迹。"就说是你干的。"内斯恳求道，但莉迪亚有个更好的主意。她从詹姆斯的打字机旁边拿来修正液，一点一点地把黑色印痕涂成白色，父母根本没注意到奶油色天花板上的白点。此后的几个月，她和内斯一抬头看到那块白斑，就会相视而笑。

莉迪亚发现，如果仔细看，还能看出父亲鞋底的纹路，至于那个较大的斑点，它曾经是一只蜘蛛。他们曾经是一伙的，整天混在一起，连这种小事傻事都同甘共苦。她从未想到他们会像现在这样。晨曦穿过窗户洒在墙壁上，形成明暗不一的光点，她斜眼瞥去，想要分辨出白色和米白色的不同。

"莉迪亚。"她循声望去，其他人都在忙着拆礼物。内斯正把一卷新胶片装进相机；她母亲戴着一条金链子，链坠是红宝石的，在睡袍的映衬下闪闪发光。站在她面前的父亲递过来一小只包裹，看上去很结实，边角锐利，像是一只珠宝盒。"这是我的礼物。我自己挑的。"他笑容满面。詹姆斯通常会把圣诞采购的任务交给玛丽琳，让她在礼品卡上签名：*爱你的妈妈和爸爸*。但这一次，他特地为莉迪亚挑选了礼物，而且迫不及待地交给了她。

他亲自选的礼物，莉迪亚想，一定是什么特别的东西。她立刻就原谅了父亲那天没有帮自己说情的事。包装纸下面似乎是一样精美而珍贵的东西。她觉得可能是金项链，就像学校里的一些女孩戴的那种，她们一戴上就从未摘下来过。有的项链上拴着金色的小十字架，是坚振礼①上得到的信物；有的挂着漂亮的小装饰品，恰好贴在她们的锁骨之间。来自她父亲的项链一定也是那样的，是对母亲送她的书以及过去这三天的补偿，是为了让她知道："我爱你，你一直都是那么的完美。"

她用手指划开礼物底部的包装纸，一本金黑相间的书掉到膝盖上：*《如何赢得朋友和影响他人》*，一条亮黄色的线把书的封面一分为二。*处理人际关系的基本技巧。讨人喜欢的六种方法。*顶端还有一行深红色的字：*阅读本书的心得，与您的人生收获成正比。*见女儿拆开包裹，詹姆斯面露喜色。

"我觉得你可能需要它。"他说，"它能——呃，帮你赢得朋友，变得受欢迎。"他用手指点着书名。

---

① 坚振礼是基督教的礼仪，象征人通过洗礼与上主建立的关系获得巩固。

莉迪亚觉得她的心仿佛掉进了冰窟窿，而且，它在逐渐离她远去。"我有朋友，爸爸。"她说，虽然明知这是一句谎言。

她父亲微笑道："当然。我只是想——你知道，你长大了，上高中了——交际技巧很重要。它会教给你如何和每一个人相处。"他的视线从女儿的脸上移到书上，"三十年代这类书就很流行了，属于畅销主题。"

莉迪亚拼命压抑着情绪。

"太棒了，"她说，"谢谢，爸爸。"

其他人的礼物应该更没有什么可看的了，但莉迪亚还是拆了开来。内斯送她一条毛茸茸的腈纶围巾；汉娜送的是一张西蒙和加芬克尔的唱片；母亲还是送的书：《科学界的女先驱者》和《基础生理学》。"我觉得你可能对这些感兴趣，"玛丽琳说，"既然你生物学得那么好。"她抿了一口茶水，发出的响动让莉迪亚觉得脊柱发寒。当圣诞树下没有别的东西，只剩下成团的包装纸和彩带的碎片时，莉迪亚小心地把她收到的礼物堆在一起，父亲送的书在最上面。这时，一个阴影落到封面上——父亲出现在她身后。

"你不喜欢这本书吗？"

"当然喜欢。"

"我只是觉得它可能有用。"他说，"但是你可能已经非常了解应该怎么做了。"他捏捏她的脸颊，"如何赢得朋友。我希望……"他蓦然停住,把想说的话咽回肚子里:我希望我在你的年纪读到这本书。他想,如果是那样,一切都会不同;如果他知道怎么"处理人际关系",如何让别人喜欢他,也许他就能适应劳埃德,就能取悦玛丽琳的母亲,哈佛大学也会雇用他。他就能得到更多的"人生收获"。"我觉得你会喜欢它的。"他笨拙地总结道。

尽管她父亲没有提起过他的学生时代,她也没有听说过父母是怎么结婚、怎么搬到米德伍德的,莉迪亚依然感受得到,其中的痛楚像轮船上的雾笛,深深穿透她的心。她父亲最担心的是她遭人排斥,无法适应环境。她打开膝头的书,翻到第一部分:**原则1. 避免批评、谴责或者抱怨。**

"我喜欢的。"她说,"谢谢,爸爸。"

詹姆斯无法忽略她生硬的语调,然而,他还是决定无视它。她当然不会喜欢,他想,目前她又不需要。莉迪亚总是拥有很多朋友;几乎每天晚上,完成所有家庭作业之后,她都会和别人通电话。他竟然会买这本书,真是愚蠢。他暗下决心,下次一定要送她好一点的礼物。

事实是这样的。莉迪亚十三岁的时候,在她父亲的催促下给帕姆·桑德斯打了个电话。她连帕姆的电话号码都不知道,是从电话薄里现查的,她把电话薄放在腿上,挨个拨号。除了厨房和她父亲的书房里各有一部电话之外,家里的最后一部电话就在楼梯转角处的平台上，她母亲在这儿的飘窗窗台上放了几个靠枕和一盆非洲董，非洲董已经枯萎了。所以，无论是谁，只要从楼梯下经过，都会听到她打电话的声音。莉迪亚等到父亲走进客厅，才拨出最后一个数字。

"帕姆，"她说，"我是莉迪亚。"

短暂的沉默。她几乎能听出帕姆皱起了眉头。"莉迪亚？"

"莉迪亚·李。学校的。"

"哦，"又一阵沉默，"嗨。"

莉迪亚用手指缠绕着电话线，试图说点什么。"那么——你今天的地理测验怎么样？"

"还行，我猜。"帕姆嚼着口香糖，发出轻微的"啧啧"声，"我讨厌学校。"

"我也是，"莉迪亚说，她第一次意识到这是真话，把它说出来更是增加了她的胆量，"嘿，你星期六想去滑旱冰吗？我爸爸会开车送我们去的。"她和帕姆在旱冰场里急速旋转，咯咯傻笑，坐在看台上的父亲高兴极了——这幅景象一下子出现在她脑海里。

"星期六？"一阵诧异的沉默，"哦，对不起，我不能去。也许下次？"背景音里传来小声的嘟囔，"嘿，我得挂了，我姐姐要用电话。再见，莉迪亚。"随后传来听筒放回叉簧的声音。

帕姆突然挂断电话，让莉迪亚措手不及，她父亲出现在楼梯脚下的时候，她的耳朵依然贴着听筒。看到女儿在打电话，詹姆斯的眼神亮起来，仿佛云层被强风吹散。她现在看到的他，一定非常接近他年轻时——许多年后她才出生——的样子，稚气、乐观，只要希望尚存，他的眼里就能射出明亮的星光。他朝她咧嘴一笑，然后做出夸张的蹑手蹑脚的动作，走进了客厅。

莉迪亚手中的听筒仍然贴在脸上，她简直不敢相信可以如此轻易就让父亲精神焕发。打个电话而已，这难道不是微不足道的小事吗？自此以后，她会故意把听筒贴在耳朵上，小声说："嗯——哼，嗯哼——真的吗？"一直等到她父亲从楼下经过，停住脚步，微微一笑，然后走开。后来，她会远远地看着校园里的女孩，想象着如果她们真的是自己的朋友，她们会说些什么。"谢莉，你昨天晚上看没看《最佳拍档》？""哦，我的老天，帕姆，你相信吗，英语论文——十页纸？格雷森夫人觉得我们没有更好的事可干了吗？""斯泰茜，你的新发型让你看上去和法拉·福赛特一模一样。我也想做个这样的发型。"这样做没什么大不了的，无非是把电话里的拨号音当成她的朋友，然而，现在父亲竟然送她一本书——交朋友俨然成了大事。

早饭后，莉迪亚盘腿坐在圣诞树旁边的角落里，再次打开书。善于倾听。鼓励别人谈论他们自己。她又翻了几页。请记住，与你交谈的人，更关心他们自己、他们的期望和问题，而不是你和你的问题。

客厅对面,内斯正在观察他新相机的取景器,他把镜头对准了莉迪亚,不停地调整焦距。他这是在向她道歉——因为他曾对她冷眼相待,在她需要安慰的时候把门关上。莉迪亚明白这一点,但是,她现在没有心情和好,再过几个月他就走了,把她一个人留在家里赢得朋友、影响他人和成为科学先驱。没等内斯按下快门,她就收回目光继续看书,用头发挡住自己的脸。微笑的意思是:"我喜欢你。你让我快乐。很高兴见到你。"这也是狗获得人类喜爱的原因。它们非常愿意见到我们,以至于激动得不能自己。狗,莉迪亚想。她把自己想作是一条狗,温驯而友好,比如金毛寻回犬,天生一张笑脸,还有一条毛茸茸的尾巴。但她给人的印象并不是友好、血统纯正、拥有金色的毛发,而是不善交际、猜忌多疑,就像伍尔夫家的那条杂种狗,对别人充满敌意。

"莉兹[1]," 内斯锲而不舍地叫道, "莉迪亚,莉迪——亚。"透过头发帘子,莉迪亚看到相机的变焦镜头像一支巨大的显微镜筒一样对准了她。"笑一个。"

你不想微笑?怎么办?逼自己笑。假装很开心,最后你会真的开心起来。

---

[1] 莉迪亚的昵称。

莉迪亚把头发拢起来扭成一股，搭在肩膀后面，然后直视黑洞洞的镜头，拒绝微笑——哪怕是轻微地弯弯嘴角，甚至在听到快门声之后，她仍然保持着这副表情。

学校重新开学的时候，尽管需要面对物理课的折磨，莉迪亚反而觉得释然，因为，她可以暂时逃离这座房子。她把不及格的卷子——她母亲已经签了名——倒扣在凯利先生的桌子上。凯利先生已经来到黑板前，正在画图。"第二单元：电和磁"，他在图的上方写道。莉迪亚滑进座位，脸贴在桌面上。不知道是谁用图钉在课桌上刻了一句硬币大小的脏话"操你"，她把拇指按在刻痕上，当她抬起手，一个反过来的"操"字就出现在了她的手上，宛如一道烙印。

"假期过得不错？"问话的是杰克。他懒洋洋地坐到莉迪亚旁边，一条胳膊搭在椅背上，好像那是女孩的肩膀。这时候，莉迪亚根本不怎么了解杰克，虽然他就住在街角，但她已经很多年没和他说过话了。他的头发已经变成了浅棕色，她记得他小时候脸上有雀斑，现在雀斑已经变浅，但没有完全消失。她知道内斯一点都不喜欢杰克，从未喜欢过他，光是出于这个原因，她也愿意见到杰克。

"你在这干什么？"

杰克看了一眼黑板。"电和磁。"

莉迪亚脸红了。"我的意思是，"她说，"这是高二的课。"

杰克从背包里拿出一支没有笔帽的圆珠笔，把脚架在膝盖上。"你知道吗，李小姐，物理需要考及格才能毕业？去年物理第二单元考试，我挂科了，所以，我来了。这是我的最后一次机会。"他开始用笔画网球鞋的鞋底。莉迪亚坐直了身子。

"你不及格？"

"不及格。"他说，"五十二分。低于平均水平。我知道这很难理解，李小姐，因为你从不挂科。"

莉迪亚一僵。"实际上，"她说，"我的物理也不及格。"

杰克没有转头，但她看到他的一边眉毛扬了起来。然后，令她惊讶的是，他越过走道，伸手在她牛仔裤的膝盖部分画了一个小小的"0"。

"这是我们的秘密会员标记。"他说。这时，铃声响起。他深蓝灰色的眼睛对上了莉迪亚的视线，"欢迎加入俱乐部，李小姐。"

莉迪亚一上午都在用手指摩挲那个"0"，同时拿眼角的余光打量杰克。他正埋头忙碌着什么——虽然凯利先生一直在絮絮叨叨地讲课，周围的同学都在奋笔疾书，但杰克却浑然不觉。莉迪亚用拇指敲着桌子。"杰克·伍尔夫想和我做朋友吗？"她想，"内斯会杀了他的。或者杀了我。"但是这天以后，杰克再没和她说话。有时候他来得晚些，就在桌子上趴一节课；有时则根本不来。牛仔裤上的"0"已经被洗掉了。莉迪亚看看笔记，她已经记下了凯利老师写在黑板上的所有内容，她的课本也由于频繁的翻动而出现了磨损的痕迹。

然后就到了一月底，一次晚餐时，她母亲端给莉迪亚一碟色拉和一盘通心粉，然后满怀期待地看着她，摇晃着脑袋，好像顶着一根寻找信号的电视天线。最后，玛丽琳开口了："莉迪亚，物理学得怎么样？"

"还不错，"莉迪亚叉起一片胡萝卜，"好多了，变得好多了。"

"有多好？"她母亲问，声音有些急促。

莉迪亚嚼烂胡萝卜。"我们现在还没有测验，但是，我家庭作业做得不错。"这话只有一半是撒谎：下周才会进行第一次测验，但是，她家庭作业完成得并不顺利，遇到奇数编号的题目，她会直接去抄书后面的答案，对于偶数编号的题目，她就尽量连蒙带猜，捏造答案。

她母亲皱起眉头，但还是铲起一勺通心粉。"问问老师，你能不能多做些题，多得学分，"她说，"你不会想停留在现在这个层次吧，你那么有潜力……"

莉迪亚猛地戳起一块西红柿。她没有当场尖叫的唯一原因，是她听出了母亲声音里的失落。"我知道，妈妈。"她说着，看了桌子对面的内斯一眼，希望他能转移话题，但是内斯正想着别的事情，没有注意她们的对话。

"莉迪亚，谢莉怎么样了？"詹姆斯问。莉迪亚顿住了。去年夏天，在父亲的敦促下，她邀请谢莉到家里来了一次。但谢莉似乎更愿意和内斯调情，她企图说服内斯和她去院子里玩接球游戏，还问他觉得琳达·卡特尔和琳赛·瓦格纳哪个更性感。从那时起，她们就没说过话。

"谢莉很好，"她说，"她很忙。现在是学生会秘书。"

"你说不定也可以去试试。"詹姆斯说着，冲她摇晃着叉子，仿佛一位智者在宣讲格言警句，"我敢肯定，他们喜欢让你帮忙。帕姆和卡伦怎么样了呢？"

莉迪亚低头看着她的盘子，里面是母亲精挑细选的色拉、牛肉块和奶酪。她上一次和卡伦说话是在一年前，那天下午，她们看完《飞越疯人院》，詹姆斯开车送她们回家。最初，莉迪亚觉得自豪，因为这一次，她的电影计划并不是做戏给父亲看的：卡伦一家刚刚搬到镇上来，利用她的初来乍到，莉迪亚建议她们去看电影。卡伦说："好的，当然，为什么不去呢。"然后，在路上，她父亲一直试图炫耀他有多么酷："五个兄弟姐妹，卡伦？和《布雷迪一家子》一样！你看过那个电视剧吧？""爸爸，"莉迪亚说，"爸爸。"但他还是继续说，问卡伦现在什么样的唱片流行，还哼唱起《滑铁卢战役》里的旋律，而这首曲子在两年前就流行过，现在显然已经过时了。卡伦只会说"是"和"不"，还有"我不知道"，然后就开始摆弄她耳环上的坠饰。莉迪亚恨不得化成一摊水，渗进坐垫里，让里面的泡沫阻隔车厢里的所有声音。这一刻，她能想到的只有杰克·尼科尔森扮演的角色被枕头闷死时空洞的眼睛。沉默开始席卷整个车厢，直到他们在卡伦家门口停下了车为止。

接下来的那个星期一，午餐时，她在卡伦的桌边停住脚步，想对她微笑。"对不起，我爸爸……"她说，"天啊，他真是让人难堪。"

卡伦揭开酸奶盒盖，舔干净盖子背面的锡纸，耸耸肩膀。"没关系，"她说，"实际上，那样还挺可爱的。我是说，他显然是想帮你适应环境。"

现在，莉迪亚怒视着她的父亲，他却正在朝她微笑——因为她有那么多的朋友，而他能够记住她们的名字。像狗一样，她想，狗需要得到奖励。

"她们很好，"她说，"她俩都很好。"桌子另一头，玛丽琳平静地说："别缠着她了，詹姆斯，让她吃饭吧。"詹姆斯有点激动地说："我可没有一直唠叨她的家庭作业。"汉娜戳了一块汉堡放到自己盘子里。莉迪亚看着内斯的眼睛。拜托，她想，说点什么吧。

内斯深吸一口气。这天晚上，他一直打算说点什么。"爸爸，我需要你签一些表格。"

"表格？"詹姆斯问，"干什么用的？"

"哈佛需要的，"内斯放下叉子，"我的宿舍申请表，还有校园参观申请。我四月份就能去，参观一个星期。他们会让一个学生接待我。"一旦开了口，他的语速就不由自主地加快，想要一口气说完，"我存了足够的钱买车票，只耽误几天的课，我需要你的许可。"

耽误几天的课，莉迪亚想。他们的父母绝对不会允许的。

令她惊讶的是，他们点头了。

"那样很好，"玛丽琳说。"你可以先体验一下校园生活。等到明年，你就要开始真正的大学生活了。"詹姆斯说，"坐长途车可不好受。我想，为了这次特别的机会，我们负担得起机票。"内斯朝妹妹咧嘴一笑，满怀双重胜利的喜悦：他们不再追着你问这问那了；他们同意了我的请求。莉迪亚拿刀尖搅着奶酪酱，只有一个念头：他迫不及待地想走。

"你们知道谁跟我一起上物理课吗？"她突然说，"杰克·伍尔夫，街角的那个杰克。"她咬了一小口汉堡，预测着家人的各种反应。她父母对这个名字无动于衷，她母亲说："莉迪，这让我想起来，我星期六没法帮你复习笔记了，如果你不介意的话。"她父亲说："我很久没见到卡伦了。你们两个为什么不找时间看场电影呢？我开车送你们去。"但是，坐在对面的内斯猛然抬起头，好像突然听到一声枪响似的。莉迪亚对着她的盘子微笑了一下。就在这时，她决定要和杰克做朋友。

起初，这个心愿似乎难以实现。杰克几乎一周没有来上课了，放学后，她在他的汽车附近徘徊，终于发现了他的踪影。第一天，他从教学楼里出来，身边跟着一个金头发的高二女生。莉迪亚并不认识她，她蹲在树丛后面，透过树枝的空隙向外看。杰克把手伸进女孩的口袋，然后又滑进她的外衣，当她假装受到冒犯要推开他的时候，他一下子把她扛起来，威胁说要把她扔进路边的雪堆。女孩又叫又笑，拳头捶打着杰克的背。杰克放下她，敞开"甲壳虫"的车门，金发女孩钻进去，汽车开走了，排气管里冒出滚滚烟尘。莉迪亚知道，他们今天不会回来了。第二天，杰克没有露面，守候未果的莉迪亚只得疲惫地回家。积雪已经没到人们的小腿肚，这年冬天的最低气温突破了历史记录，向北一百英里处的伊利湖结了冰；布法罗的雪淹没了屋顶，吞噬了供电线路。在米德伍德，内斯头一次独自坐在校车上。回家后，看到莉迪亚，他问："你是怎么了？"莉迪亚跺着脚上了楼，没有回答。

第三天，杰克独自走出教学楼，莉迪亚做了个深呼吸，跑下人行道。像往常一样，杰克没穿大衣，没戴手套，两根冻得通红的手指夹着一支烟。

"不介意送我回家吧？"她说。

"李小姐，"杰克踢掉前轮上的一块雪，"你难道不应该去坐校车吗？"

她耸耸肩，把围巾朝脖子后面拽了拽。"没赶上校车。"

"我不直接回家。"

"我不介意，走路太冷了。"

杰克在裤子后袋里乱摸了一阵，掏出钥匙。"你确定你哥哥愿意你和我这样的人混在一起？"他说着，挑起一边的眉毛。

"他又不是我的保姆。"她无意识地提高了声音说。杰克笑了，喷出一团白烟，钻进车里。莉迪亚红着脸上了车，杰克靠过来锁副驾驶这边的车门时，她差点尴尬得转身离开。

坐在车里，她不知道该说什么。杰克发动引擎，轻轻挂挡，车速表和油量表亮起来——除此之外，车上没有其他表盘。莉迪亚想起父母的车，那些指示器和警告灯会跳出来告诉你油量是否过低，引擎是否过热，行驶时是否没有放下手刹，车门、后备箱和发动机盖是否关闭。它们需要一直监视你，提醒你该做什么、不该做什么。她从未和男孩独处过——她母亲禁止她和男孩出去，她也没有试过——她意识到自己从来没和杰克有过像样的对话。对于杰克车后座上发生的那些事的传闻，她只是有个模糊的印象。她拿眼角的余光打量杰克的侧影：浅淡的胡茬——但比他的棕色头发要深——

一直延伸到鬓角和喉咙上方，像一大块需要抹拭干净的被浓烟熏黑的痕迹。

"那么，"她说完，手指抽动着伸进外衣口袋，"我能来支烟吗？"

杰克笑了。"真是胡说八道，你不抽烟。"不过，他还是递过烟盒，莉迪亚抽出一支。她原以为香烟像铅笔一样结实沉重，但拿到手却觉得很轻，杰克眼睛盯着路面，把他的打火机扔给她。

"这么说，你觉得今天不需要你哥哥护送你回家了。"

莉迪亚无法忽略他语气中的鄙视，她不确定杰克是在取笑她还是内斯，或者同时嘲笑他们两个人。"我又不是小孩。"她点燃香烟，往嘴里一塞。烟雾灼烧她的肺，让她头晕，但接着，她就来了精神。像切手指一样，她想，疼痛和血提醒你，你还活着。她往外吐气，一小股白烟旋转着从牙缝中钻出来，她递过打火机，杰克摆摆手。

"放在贮物箱里吧。"

莉迪亚打开箱盖，一个蓝色的小盒子掉出来，落到她脚上。她僵住了，杰克笑起来。

"怎么啦？没见过特洛伊①，李小姐？"

----

① 安全套品牌。

莉迪亚脸似火烧。她捞起散落出来的安全套，塞回盒子里。"当然见过。"她把盒子和打火机一起放进贮物箱，试图转移话题，"你觉得今天的物理测验怎么样？"

杰克哼了一声。"我不觉得你关心什么物理。"

"你还是不及格吗？"

"你呢？"

莉迪亚踌躇了。她学着杰克的样子，慢慢地吸了一口烟，头向后一靠，吐出烟雾。"我不关心物理，根本不在乎。"

"胡说，"杰克说，"那为什么凯利老师每次把作业还给你，你看上去都快哭了？"

她没有意识到自己表现得那么明显，脸上的红晕蔓延到了脖子上，身下的座位吱吱作响，一只弹簧戳着她的大腿，像有人在用膝盖顶她。

"年纪还小的李小姐，抽烟，"杰克阴阳怪气地说，"要是你哥哥发现了，不会觉得难过吗？"

"他要是发现我坐在你车上，会更难过。"莉迪亚笑道。杰克跟没听见一样。他放下车窗，一道寒流钻了进来，他把烟蒂丢到大街上。

"他就这么讨厌我？"

"得了吧，"莉迪亚说，"人人都知道这辆车上发生过什么。"

杰克突然把车往路边一停，他们刚抵达湖边。他的眼神阴冷平静，就像他身后结冰的水面。"也许你还是下车比较好，既然你不想让我这样的人把你带坏，毁掉你和你哥哥一样上哈佛的机会。"

他一定真的讨厌内斯，莉迪亚想，像内斯讨厌他一样。她想象着他们是怎么上课的：内斯坐在前排，笔记本摊开，一只手摩挲着眉心的皱纹，这是他苦思冥想时的招牌动作。他聚精会神，浑然忘我，终于得出答案。杰克呢？杰克一定是趴在后排的角落里，敞着衬衫，跷着二郎腿，一派安逸，洋洋自得，根本不在乎别人对他的看法。难怪他们两人合不来。

"我和他不一样，你知道。"她说。

杰克打量了她好一会，似乎在判断她的话是不是真的。甲壳虫汽车后座下的引擎空转着，发出阵阵咆哮。莉迪亚手中的烟卷积了很长一条烟灰，像一条灰虫。她什么都没说，只是在冰冷的空气中吐出一条细线，强迫自己迎接杰克怀疑的审视。

"你的眼睛怎么是蓝的？"他终于问，"你不是中国人吗？"

莉迪亚眨眨眼："我妈妈是美国人。"

"我以为棕色眼睛会胜出。"杰克一只手撑在她座位的头靠上，凑过去仔细研究她，好像珠宝商在观察宝石。莉迪亚觉得脖子后面非常不自在，她扭头把烟灰掸进烟灰缸。

"不总是这样，我猜。"

"我从来没见过蓝眼睛的中国人。"

只要她一抬头，就能看到杰克脸上的雀斑，虽然现在颜色变浅了，但没有消失——像她哥哥很久以前做的那样，莉迪亚也数了数：九颗。

"你知道你是这所学校里唯一不是白人的女孩吗？"

"是吗？我没意识到。"她在说谎。尽管有一双蓝眼睛，但她没法假装自己跟她们一样。

"你和内斯，你们实际上是米德伍德仅有的中国人，我敢打赌。"

"有可能。"

杰克靠回座位，抚摩着方向盘上的一个小凹陷。然后过了一会，他说："那是什么感觉？"

"什么什么感觉？"莉迪亚迟疑道。有时候，你几乎会忘了这一点——你看上去和别人不一样。在教室、药店或者超市，当你听到铃声、掉下一盒胶卷或者选出一箱鸡蛋的时候，你会觉得自己和其他人一样，有时你根本不会想到这个问题。其他时候，你会发现，走廊对面的女孩在看你，药剂师盯着你，收银员也在盯着你，你这才意识到自己在他们眼中的形象，格格不入。他们的眼神仿佛带着钩子。每次站在他们的视角看自己，都会再次体验那种感觉，想起自己的与众不同。你一定见过电影《北平快车》里面的标志性形象——扛箱子的中国小工，戴着苦力帽，眼睛歪斜，牙齿突出，吃饭用筷子；也在操场上见过那些男孩对着同学指指点点——中国人——日本人——快看他们；在街上，大一点的孩子嘟囔着"ching chong ching chong"与你擦身而过，音量不高不低，刚好让你听到。女服务员、警察和公交车司机慢慢和你说话，尽量使用简单的词语，怕你听不懂。合照里面，你是唯一的黑头发，你的形象好像是从别处剪下来贴上去的。你会想：等等，她为什么在那里？又一想，原来"她"就是你。你低着头，想着学校、太空或者未来，试图忘记这件事，当时也确实能忘记，但是，总有人和事能够再次提醒你想起。

"我不知道，"她说，"人们都是以貌取人。"她看着他，突然愤慨起来，"就像你对我一样。他们自以为十分了解你，但实际上完全不是这么回事。"

杰克注视着方向盘中间的城堡标志沉默良久。他们现在永远成不了朋友。他讨厌内斯，根据她刚才说的话，他也会讨厌她。他完全可以把她踢出车外，扬长而去。然而，莉迪亚惊奇地看到，杰克从口袋里拿出烟盒递了过来。这是表示和解的礼物。

莉迪亚没想过他们会去哪儿，她也没考虑应该怎么向母亲解释晚回家的原因，她需要找个借口——想到这里，她得意地笑了一下——掩盖自己整个下午都和杰克在一起的事实，比如，她留在学校里做老师额外布置的物理题。她甚至都没有去想内斯知道真相后会是多么的震惊和焦虑。望着湖面的她，不会知道三个月后自己就葬身湖底，她接过杰克递来的香烟，就着他点燃的打火机，把烟头凑了过去。

第八章

詹姆斯对这种遗忘太过熟悉。从劳埃德学院到哈佛到米德伍德，他每天都感受着——先是短暂的镇定，然后肋骨仿佛被人戳了一下，提醒你与环境的格格不入。他觉得这是一种虚假的安慰，好比动物园的动物趴在笼子里，拼命忽略围观的游客，假装自己还在野外自由地奔跑。现在，莉迪亚的葬礼已经过去一个月了，他却珍惜起那些遗忘的时刻来。

换作别人，可能会到威士忌、伏特加或者啤酒中寻求解脱，而詹姆斯从不喜欢酒精的味道，也不觉得酒能麻痹他的神经；酒精只会把他变成深红色——仿佛被人狠揍了一顿，让他的大脑疯狂旋转。他长时间地开车兜风，以各种角度穿越米德伍德，沿着公路一直开到克利夫兰郊区，然后才掉头。他服用安眠药，即便在他的梦里，莉迪亚也是死的。一遍又一遍，他发现自己很难不去想的一个地方，是路易莎的床。

他告诉玛丽琳，他要去上课，或者见学生；周末，他就说他要回学校批论文。这些都不是实话。莉迪亚死后一周，系主任取消了他的全部暑期课程。"给你自己留点时间，詹姆斯。"他和蔼地拍拍詹姆斯的肩膀。每当需要安抚别人——因为得了低分而暴跳如雷的学生、没得到福利的教职员工——的时候，系主任都会做这个动作。他的工作就是息事宁人。但是，即便这样，那些学生永远不会把C-变成B；新来的拨款也不会变成实际福利。你永远得不到你想要的；你只是学会了如何得过且过而已。詹姆斯最不想要的就是属于他自己的时间——待在家里是难以忍受的。他每时每刻都希望莉迪亚能出现在走廊里，或者听到楼上她房间里的地板吱呀作响的声音。一天早晨，他听到莉迪亚房间里有脚步声，立刻不假思索地冲上楼，结果发现是玛丽琳在莉迪亚的书桌前踱步，把她的所有抽屉打开再关上。"出去。"他很想这么喊，好像这里是一块圣地。现在，每天早晨他都会拿起公事包，像平时上课一样，开车去学校。在办公室，他会无意识地对着桌上的全家福发呆，照片上的莉迪亚——还不到十五岁——看着他，好像随时都能跳出相框，把其他人甩在身后。到了下午，他会不由自主地去路易莎的公寓，投入她的两臂之间，然后是两腿之间，在那里，他的大脑会陷入一片幸福的空白。

然而，离开路易莎家，他又会想起一切，甚至变得比原先还要愤怒。一天晚上，他走向自己的车，顺手拎起路边的一个空瓶子，朝着路易莎住的公寓楼使劲一扔。有时候，他会在与怒火的搏斗中把车朝树开去。内斯和汉娜都尽量躲着他走，他和玛丽琳有时一连几周都不怎么说话。七月四日快到了，詹姆斯路过湖边，发现码头上装饰了彩旗，还有红色和白色的气球。他跑过去扯下所有彩旗，把气球逐一踩破。当所有装饰都沉入湖水，整个码头显得寥落而萧索的时候，他才颤抖着回家。

看到内斯翻冰箱，他也会生气。"你在浪费电。"詹姆斯说。内斯关上冰箱门，他安静的顺从只会让詹姆斯更加愤怒："你怎么老是挡着路？"

"对不起。"内斯说，他一手握着个煮鸡蛋，另一手捏着张餐巾纸，"我没想到是你。"詹姆斯想起，当他钻出汽车，呼吸到掺杂了汽车尾气和发动机油味道的空气时，突然发觉，他能在自己的皮肤上闻到路易莎的香水味——是一种麝香和甜香的混合气味，他怀疑内斯也能闻到。

"这是什么意思，你没想到是我？"他说，"工作了一天，我难道没有权利进自己家的厨房吗？"他放下包，"你妈妈呢？"

"在莉迪亚房间，"内斯顿了顿，"她一天都在里面。"

在儿子的注视下，詹姆斯觉得肩胛骨中间传来一阵尖锐的刺痛，好像是内斯对他的指责。

"你最好知道，"他说，"我的暑期课程非常繁重，还要开好几个会。"想起当天下午的事情，他的脸红了——路易莎跪在他的椅子前面，慢慢拉开他的裤链——而脸红让他愤怒。内斯凝视着他，嘴唇微微撅起，似乎想发问，但是难以启齿。詹姆斯突然火冒三丈，因为，自从做了父亲以来，詹姆斯一直觉得莉迪亚像她母亲——美丽、蓝眼睛、沉稳，内斯则像他，忧郁、讲话吞吞吐吐。大多数时候，他却忘记了莉迪亚和内斯也相像这个事实。现在，他猛然在内斯的脸上发现了莉迪亚的影子：大眼睛，性格安静。想到这里，他愈发难以忍受："整天都待在家里，你难道没有朋友吗？"

这样的话，他父亲说了很多年，但是这一次，内斯感觉什么东西断掉了，仿佛一根拉伸过度的线。"没有，我又不像你，我不用……开会。"他皱皱鼻子，"你身上有香水味，是开会开的，对吗？"

詹姆斯一把拽过儿子的肩膀，非常用力，连指关节都在响。"不许你这样和我说话，"他说，"不许这样问我。你根本不了解我的生活。"然后，他不假思索地脱口而出，"就像你根本不了解你妹妹的生活一样。"

内斯的表情没变，但他的整张脸都僵了，犹如扣着面具。詹姆斯很想像抓蛾子那样把刚才说的话抓回来，但那些字句已经钻进了儿子的耳朵。他能从内斯的眼睛里看出来，内斯的眼神变得冰冷僵硬，像玻璃一样。他想伸手碰碰儿子——碰他的手、他的肩膀，随便什么地方——告诉他自己不是故意的，这件事不是儿子的错。这时，内斯一拳打向柜台，在老旧的台面上砸出一条裂缝。他朝自己的房间跑去，踩得楼梯咚咚直响。詹姆斯的包滑落在地，他无力地靠在柜台上，手触到一个冰冷潮湿的东西：被捏碎的煮鸡蛋。锋利的蛋壳深深插进了柔软的蛋白里。

他一晚上都在想这件事，眼前全是儿子僵硬的脸。次日清晨，他早早起来，从门廊里拿来报纸，看到上面的黑体日期：七月三日。莉迪亚消失两个月了。两个月前，他还在办公室批改论文，含羞带怯地帮路易莎捉头上的甲虫；两个月前，七月三日还是个快乐的日子，还是个十年来都让他打心底里珍惜的日子——这是玛丽琳奇迹般归来的日子。世事真是无常。詹姆斯走进厨房，取下捆在报纸上的橡皮筋。翻开报纸，他看到一行小标题：《师生纪念逝去的女孩》。最近，有关莉迪亚的文章越来越短，也越来越少，它们很快就会完全消失，大家也会忘记她这个人。詹姆斯捧起报纸。外面阴着天，但他没有开灯，似乎暗淡的光线能够柔化他即将读到的内容。卡伦·阿德勒说：她显得挺孤独，她不和任何人来往。帕姆·桑德斯说：她没有太多朋友，连男朋友都没有。我不觉得男孩们会注意她。最底部，李的物理老师唐纳德·凯利回忆道：她是一个孤独的高一学生，上着高二的物理课。凯利说："她学习努力，但是，她显然不合群。"文章旁边有一条补充报道：来自混血家庭背景的孩子，通常难以找到自己的定位。

然后，电话响了。每次听到电话铃声，他的第一个念头都是：他们找到她了。他的一小部分自我会觉得，一定是警察发现案子弄错了，把别人当成了莉迪亚，所以他只是做了一个糟糕的梦而已。他其余的自我则会摆出更加理智的姿态，当头棒喝道：你已经看到她了。于是他会再次痛苦而清醒地想起女儿肿胀的手、苍白的脸。

所以，当他接起电话时，声音总是颤抖的。

"李先生，"是菲斯克警官打来的，"我希望现在打给你不算太早，你今天早晨觉得怎么样？"

"不错。"詹姆斯说。大家都会这么问，所以，现在他会自动撒个谎。

"好的，李先生。"菲斯克警官说。詹姆斯意识到，他准备宣布坏消息。除了想要表示亲切，没人会那么郑重地叫你的名字。"我想通知你，我们决定结案。我们判断这个案子是自杀。"

詹姆斯觉得，他必须重复一遍这些话，才能理解它们的意思："自杀？"

菲斯克警官顿了顿，说："警察的工作也不会永远没有纰漏，李先生，但我希望没有。这不是电影——很难清楚判定。"他不喜欢宣布坏消息，只能用公事公办的腔调说，"根据现场的情况，自杀是最有可能的，没有死者遭受虐待的证据，而且，她性格孤僻，成绩下滑，在明知自己不会游泳的情况下到湖里去。"

詹姆斯低下头，菲斯克警官继续说下去，他的语气温和了一些，就像父亲在安慰年幼的孩子："我们知道这个消息让你和你的家人难以接受，李先生，但我们希望它至少能帮助你们走出阴影。"

"谢谢你。"詹姆斯放下听筒。他身后，玛丽琳悄悄从走廊过来，手扶着门框。

"刚才是谁？"她问。从她紧紧揪着睡袍前襟的姿势来看，詹姆斯知道她已经听到了每一句话。玛丽琳按下电灯开关，突然而来的光明让他觉得十分刺眼。

"他们不能结案，"玛丽琳说，"真正的凶手还没抓住。"

"凶手？警察认为……"詹姆斯顿了顿，"他们认为没有别的人卷入这件事。"

"他们又不了解她，一定是有人把她带到那里去的，哄骗了她。"玛丽琳含糊地说，香烟和安全套浮现在她的脑海，但愤怒又把它们扫到一边，促使她尖声叫道，"她不会自己溜出去的。你难道觉得我不了解自己的女儿吗？"

詹姆斯没回答。他只有一个想法：要是我们没搬到这里，要是她从未见过那个湖就好了。两人之间的沉默和疏离逐渐发展成厚重的冰层，玛丽琳打起了冷战。

"你相信他们，对吗？"她说，"你认为这是她自己的决定。"她说不出"自杀"这个词；单是想到它，她就会怒气沸腾。莉迪亚绝对不会这样对待她的家庭，尤其是她的母亲。詹姆斯怎么会相信他们？"他们只想结案，因为这样最省事。"玛丽琳颤抖着说，她双手紧握，仿佛这样做就能平息内心的震颤，"如果她是个白人女孩，他们就会调查下去。"

詹姆斯觉得，好像有一块大石头砸进了他的肚子里。自他们结婚以来，白色就单纯是纸的颜色、雪的颜色和糖的颜色。中国——如果非要提到这个词的话——只能跟象棋、某种消防训练和中餐外卖有关。如同地球围着太阳转，不去过多谈论这些词汇也是天经地义的事。詹姆斯曾经天真地认为——与玛丽琳的母亲和其他人的想法不同——玛丽琳对不同人种一视同仁。现在，玛丽琳嘴里说出来的话——如果她是个白人女孩——证实了詹姆斯一直以来的恐惧：内心深处，她还是会给所有事物贴上标签。白种人和非白种人，正是这些标签让世界面目全非。

"如果她是个白人女孩，"他说，"这一切就都不会发生。"

玛丽琳还在生警察的气，她没听明白詹姆斯的话，困惑加深了她的愤怒。"你是什么意思？"在厨房的灯光下，她的手腕显得苍白瘦削，嘴唇黯淡无光，脸色冰冷。詹姆斯记得，很久以前，在他们年轻的时候，能够想到的最可怕的事就是不能在一起。有一次，他伸出手来抚摸她的背，她觉得自己肩胛上的汗毛都竖起来了，他的手指仿佛带着电流一样。现在，那种时刻已经一去不复返，一切恍如隔世。

"你知道我的意思，如果她是白人女孩……"他苦涩地说，如果她是白人女孩，如果我是白人，"她就能适应环境了。"

他意识到，搬到米德伍德不是理由，因为在哪里都一样。**来自混血家庭背景的孩子，通常难以找到自己的定位。**所以说，这个错误更久远，更深刻，更根本。它就发生在他们结婚的那天上午，治安法官看着玛丽琳，她说"我愿意"的时候。抑或是他们共同度过第一个下午的时候，他站在床边，赤裸羞涩，她的腿缠在他腰上，把他拉过去。甚至更早，她隔着桌子亲他的那一刻，像是恰到好处地打了他一拳，令他无法呼吸。总之，存在一百万种改变未来的微小可能性。他们不应该结婚，他不应该碰她，她应该转身离开他的办公室。他已经彻底看明白了，这些都不应该发生，都是错误。

"你母亲说得对，"他说，"你应该和一个更像你的人结婚。"

玛丽琳还没来得及开口——她还没有时间分辨自己的感觉是愤怒、难过还是受伤，还没真正理解詹姆斯的意思——他就出去了。

这一次，他干脆没有先开车去学校，而是直接来到路易莎那里。他一路闯过无数个红灯，气喘吁吁地闯上楼，仿佛是跑过来的一样。"你还好吧？"她开门的时候问道。她身上传来刚洗完澡的味道，虽然穿上了衣服，但头发没有擦，手里还拿着梳子。现在才上午九点一刻，从她惊讶的语气中，詹姆斯听出了言外之意：他是来住的吗？那他妻子怎么办？对于这些问题，他也不知道答案。他终于对玛丽琳说出了憋在心里很久的话，有一种奇怪的轻松感，觉得眼前的房间摇晃旋转，他跌坐在了沙发上。

　　"你得吃点东西。"路易莎说完，走进厨房，拿出一个小保鲜盒，"给你。"她轻轻揭开盒盖，把盒子推到他眼前。里面是三块雪白的小点心，表层的褶皱就像含苞待放的牡丹花球，露出一点里面的红褐色馅料，烤猪肉的香甜味道飘进他的鼻孔。

　　"这是我昨天做的，"路易莎说完顿了顿，"你知道它们是什么吗？"

　　以前，在他们栖身的那座狭窄阴暗的小公寓里，他母亲也做过这种食物。她先把猪肉烤好，包进面团，在上面捏出褶皱，放进竹笼屉里蒸，笼屉是她从中国买来的。这种点心是他父亲的最爱，叫作"叉烧包"。

　　路易莎笑了。这时，詹姆斯才意识到，他刚才大声说出了它们的名字。他已经有四十年没讲过中文了，但他的舌头仍然能够卷曲成它熟悉的形状。长大后，他就没吃过叉烧包。他母亲曾经让他带到学校里当午饭，但后来被他拒绝了，他宁愿和其他孩子吃一样的东西。"快点，"路易莎说，"尝尝。"

他慢慢地从盒子里拿出一个叉烧包，它的重量比他记忆中的轻，捏起来十分柔软，像一朵白云。他已经不记得还有什么更软的东西了。他撕开外皮，露出里面油光闪亮的猪肉，宛如一颗神秘的红心。他把它放进嘴里，觉得它的味道就像一个吻，充斥着甜咸交织的温暖。

他没有等着她过来拥抱自己——仿佛把他当成一个犹豫迟疑的小孩——或者哄着他进入卧室，而是直接把她推到客厅的地板上，拉开他的裤子拉链，掀起她的裙子，把她直接拽到自己身上。路易莎呻吟着弓起了脊背，詹姆斯胡乱解开她衬衫的纽扣，把它扔到一边，脱下她的胸罩，握住她又圆又沉的乳房。她在他身上蠕动的时候，他注视着她的脸，看到她的黑发垂下来，落到嘴里，她棕色的眼睛闭着，呼吸随着身体的动作加快。他想，这就是他应该爱上的那种女人，一个长得像这样的女人，和他相像的女人。

"你是我应该娶的那种女孩。"后来，他低声告诉她。每个男人都会对爱人这么说，但是对他而言，这句话如同天启。路易莎在他的臂弯里半睡半醒，没听到他的话，但零星的词语钻进了她的耳朵，让她做了一个有关其他女人的纠结的梦。"他会离开她——他会和我结婚——我会让他快乐——就不会有其他女人了。"

家里，内斯和汉娜下楼的时候，看到玛丽琳呆坐在厨房桌边。虽然已经过了十点，她还是穿着浴袍。她缩成一团，他们根本看不到她的脖子，所以，没等她抽抽噎噎地说出"自杀"这个词，他们就知道传来了坏消息。"是吗？"内斯缓缓地问道。他转身朝楼上走，没有看母亲和妹妹，玛丽琳只回答了一句："他们说是这样的。"

内斯戳了足足半个小时碗底的麦片，汉娜紧张地望着他。他每天都要去伍尔夫家外面察看一番，寻找杰克，企图抓住他——至于为了什么，他也不太确定。一次，他甚至爬上杰克家门口的台阶，朝窗户里面偷窥，但是没人在家。杰克的甲壳虫有好多天没停在街上了。终于，内斯把碗一推，去拿电话。"出去，"他对汉娜说，"我想打个电话。"上楼上到一半，汉娜站定，听内斯拨号。"菲斯克警官，"过了一会，他说，"我是内森·李，我想和你谈谈我妹妹的事。"他压低了声音，只能断断续续地听到"应该重新调查……设法和他谈谈……闪烁其词……"什么的。讲到最后，就只能听清楚一个词了，那就是"杰克"。杰克，内斯提到这个名字时总是咬牙切齿，似乎不这样就说不出来。

内斯"砰"地放下电话，回到房间带上了门。他们以为他疯了，但他知道，杰克肯定跟这件事有联系，他就是链条上缺失的那一环。如果警察不相信他，父母也不会相信他。他父亲这些日子都不怎么在家；他母亲又把自己锁在了莉迪亚房间里，隔着墙壁都能听到她在里面踱步，像一只焦躁的猫。汉娜正在敲他的门，他开始听唱片，声音开得很大，这样就听不到敲门声和他母亲的脚步声了。后来，他们都不记得这一天是怎么过去的，剩下的只有一些模糊的印象。对于明天将要发生什么的担忧，已经麻痹了他们的知觉。

夜幕降临时，汉娜敞开她房间的门，从门缝里往外看。内斯的门底下现出一线灯光，莉迪亚房间里也亮着灯。内斯把那张唱片反复播放了一下午，现在终于停了，整条走廊逐渐陷入厚重的浓雾一般的寂静之中。汉娜轻轻走下楼梯，发现楼下一片漆黑，她父亲还没有回来。厨房的水龙头往下滴着水，哒、哒、哒。她知道应该关掉它，但这样的话，家里就没有了任何声音，而现在这种时候，没有声音令人难以忍受。她回到房间，想象着水龙头滴水的情景，每响一声，都会有一滴水珠出现在满是划痕的钢制水池的底部。

她很想爬到姐姐的床上睡觉，但玛丽琳在那里，她不能过去。为了自我安慰，汉娜在房间里转圈，把她的宝藏从秘密地点拖出来检查，她的床垫和弹簧床垫之间，藏着玛丽琳的成套茶具中最小的那把勺子；书架上的书后面塞着她父亲的旧钱包，皮子磨得像手纸一样薄；还有内斯的铅笔，上面有他的牙印，黄色油漆底下的木纹都露了出来。这些是她失败的收藏，而那些成功的收藏都不见了——他父亲挂办公室钥匙的钥匙环；她母亲最好的唇膏"玫瑰花瓣霜"；莉迪亚曾经戴在拇指上的心情戒指。它们要么被原主人索要回去了，要么丢了，要么让人发现了。她父亲说："这些不是玩具。"她母亲说："你太小了，不需要化妆。"莉迪亚则更直接："别拿我的东西。"汉娜把手叠放在身后，像检阅军队一样庄严地对着床点头，想象着这些藏品的模样，假装它们都立在了床前。那些东西被没收之后，她就默默复述着家人对她说过的话，在曾经放置这些物品的地方画下它们的样子。

她得以保留的所有藏品，都是别人不要或不再喜欢的，但她并没有把它们放回原处。为了弥补它们遭到遗弃的悲惨境遇，她先是仔细地清点了两遍，然后擦掉了勺子上的污迹，反复摆弄着钱包上零钱袋的开关。有些东西她保存了很多年，没人注意到它们不见了，它们消失的时候很安静，甚至都没有像水龙头上滴下的水那样发出"哒"的一声。

她知道，内斯坚信，无论警察怎么说，都是杰克把莉迪亚带到湖边去的，杰克一定和这件事有关系，都是他的错。他认为，是杰克把她拽到船上，然后把她推到水中，杰克肯定在她的脖子上留下了指纹。但是，内斯完全误解了杰克。

汉娜是怎么知道的呢？去年夏天，她和内斯、莉迪亚一起去湖边玩。天气炎热，内斯下湖游泳，莉迪亚穿着泳衣，在草地上铺开一块条纹毛巾，她手搭凉棚，躺在上面晒太阳。汉娜在心里默默回忆莉迪亚都有哪些昵称：莉德、莉兹、莉迪、亲爱的、甜心、天使。但大家都只叫汉娜她的本名。天上没有云，太阳底下的湖面几乎是白色的，像一摊牛奶。莉迪亚在她旁边轻叹一声，肩膀又朝毛巾里面拱了拱。她身上有婴儿护肤油的味道，皮肤闪闪发光。

汉娜一边眯起眼睛寻找内斯，一边设想自己可能获得哪些昵称。"香蕉汉娜"——他们可能叫她这个，或者和她的名字无关的外号，比如听起来奇怪，但对他们来说很亲切和个人化的名词——"慕斯"，或者"豆子"。这时，杰克溜达过来，他的太阳眼镜扣在头上，反射着耀眼的阳光。

"最好小心点，"他对莉迪亚说，"你要是保持这个姿势，脸上会出现白斑的。"她笑了，收回挡着眼睛的手，坐了起来。"内斯不在这？"杰克走过来，坐在她们旁边，莉迪亚朝着湖面招招手。杰克掏出烟盒，点起一支烟，突然，内斯出现了，怒视着杰克。他胸前有一大片水迹，头发上的水不停地滴到肩膀上。

"你在这干什么？"他对杰克说。杰克在草地上按灭香烟，戴上太阳眼镜，然后才抬起头。

"就是晒个太阳。"他说，"看看能不能游个泳。"他的声音一点都不紧张，但是，从她坐的位置，汉娜能顺着太阳眼镜的侧面看到杰克的眼皮在紧张地颤动，他的视线先是对着内斯，接着又挪开了。内斯没说话，他一屁股坐在杰克和莉迪亚之间，把他没用过的毛巾缠在手上。地上的草叶戳着他的游泳裤和小腿，像绿色的油漆刷出的条纹。

"你都快晒焦了，"他对莉迪亚说，"还是穿上T恤吧。"

"我没事。"莉迪亚又抬手挡住眼睛。

"你都变成粉红色的了，"内斯说，他背对着杰克，仿佛杰克根本不存在，"这里，还有这里。"他碰碰莉迪亚的肩膀，然后是她的锁骨。

"我没事。"莉迪亚又说，她用另一只手把他拍到一边，重新躺了下来，"你比妈妈还唠叨，别大惊小怪的，让我一个人待着。"这时，一件事吸引了汉娜的注意力，所以她没有听到内斯接下来说了什么。一滴水顺着内斯的头发移动到他的脖子上，好像一只害羞的小老鼠，慢慢地从他的肩胛骨之间流下来，沿着脊背的曲线一直向下，犹如跳下一座悬崖一样，落到了杰克的手背上。这一幕，背对着杰克的内斯根本发觉不了，正透过指缝向外张望的莉迪亚也不会注意。只有抱着膝盖，稍微坐得靠后一点的汉娜看到那滴水落了下来——在她听来，那溅落的声音像炮弹一样响。只见杰克一下子跳了起来。他盯着那滴水，却没再动，好像那是一只稀有的昆虫，可能随时会振翅飞走。然后，他没有看他们中的任何一个人，只是盯着那滴水。他抬起手放到嘴边，用舌头把它舔掉，简直像在品尝甜美的蜂蜜。

一切发生得如此之快，汉娜甚至觉得这一幕是她想象出来的，其他人都没有看到。内斯依旧背对着杰克，为了对抗阳光，莉迪亚闭上了眼睛。刚才的那个瞬间，如闪电一般令汉娜觉得震撼。多年来对爱的渴求让她变得敏锐，她就像一条饥饿的狗，不停地翕动鼻孔，捕捉着哪怕是最微弱的食物香气。她不会弄错的。她一看到就认出了它。那是爱，是一厢情愿的深切渴慕，只有付出，得不到回报；是小心翼翼而安静的爱恋，却无所畏惧，无论如何，都会执着地进行下去。这种感情太过熟悉，她一点都不觉得惊讶。她的内心深处仿佛生发出某种东西，钻出她的身体，像披风一样包裹着杰克，而他却没有发觉。他的目光早已移动到了湖的对岸，似乎什么都没有发生过。汉娜伸过腿去，拿光脚碰了碰杰克的脚，两个人的大脚趾相对。这时，杰克才低头看她。

"嘿，小毛孩。"他说着，抬手揉了揉她的头发。她立刻觉得整块头皮发麻，每一根头发都竖了起来，仿佛过电一样。听到杰克的声音，内斯看了过来。

"汉——娜。"他说。不知怎的，她站了起来。内斯用脚推了推莉迪亚，"我们走吧。"莉迪亚抱怨着，但还是拿起毛巾和婴儿护肤油的瓶子。

"离我妹妹远点。"内斯对杰克说，语气非常平静。然后，他们就离开了。莉迪亚已经走出一段距离，正抖着毛巾上的草。她没听到内斯刚才的话，但汉娜听到了。内斯口中的"妹妹"听起来好像指的是她——汉娜，但她明白，他的真实所指是莉迪亚。当他们在街角停下来等路上的车过去时，汉娜扭头向后看了一眼——为了不让内斯发现，她的动作非常迅速。她发现杰克在后面看着他们向前走。任何人都会觉得他是在看莉迪亚；莉迪亚把毛巾围在腰上，好像东南亚人穿的莎笼。汉娜朝着杰克微微一笑，但他没有对她笑，她也不确定他是否看到了她，抑或是她的一个小小微笑不足以得到他的回报。

现在，汉娜想起了杰克低头看着他的手时的表情，好像它们发生了什么不得了的变化。不。内斯错了，那双手绝不会伤害任何人。她非常肯定。

玛丽琳在莉迪亚的床上像个小女孩那样抱住膝盖，仔细回忆詹姆斯说的话，琢磨他的想法和意思。"你母亲一直是对的，你应该嫁给一个更像你的人。"他声音里的苦涩让她觉得呼吸困难。这些话听起来很熟悉，她不出声地复述了一遍，努力回忆着。然后，她想起来了。在他们结婚那天的法院大楼里，她母亲提醒她，要为他们将来的孩子想想，他们可能走到哪里都不合群。"你会后悔的。"她当时说，仿佛他们是两个在劫难逃的傻瓜。在门厅里等着的詹姆斯一定听到了她们的每一句对话。玛丽琳只告诉他："我母亲觉得我应该嫁给一个更像我的人。"然后她就遗忘了这件事，把它像尘土一样丢在了地上。但这些话一直让詹姆斯忧心忡忡，不得安宁，像尖刀一样划开他的皮肉，刺进他的心，让他像个自动站上绞刑架的杀人犯，让他觉得自己的血统害人不浅，让他后悔生下了莉迪亚这个女儿。

她痛苦地想，等詹姆斯回到家，她就告诉他："哪怕只是为了生下莉迪亚，我也会嫁给你一百次，甚至一千次，你不必为此自责。"

然而，詹姆斯并没有回家。晚饭时没回，天黑时没有，凌晨一点也没有——那是镇上的酒吧打烊的时间。玛丽琳坐了一宿，她倚着斜靠在床头板上的枕头，等待他的车开进车道的声音和他走上楼梯的脚步声。凌晨三点，他依旧没回家，她决定到他办公室去看看。去学校的路上，她想，他也许正蜷缩在转椅上，脸枕着桌子，被悲伤压垮了。找到他之后，她就能让他明白，这不是他的错，然后带他回家。但是，当她来到停车场，却发现这里一辆车都没有。她围着办公楼转了三圈，察看了所有他可能停车的地点和全部教职工的停车位，又在周围转了一圈，都是一无所获。

早晨孩子们下楼时，玛丽琳脖子僵硬、两眼模糊地坐在厨房桌前。"爸爸呢?"汉娜问,母亲的沉默已经回答了她。今天是七月四日,一切都落下了帷幕。詹姆斯在同事中没有朋友,他和邻居们也不熟,他不喜欢系主任。他会不会出了事故?她应该报警吗?内斯淤青的指关节划过柜台上的裂缝,想起父亲身上的香水味和变红的脸,他的敏感和突然的愤怒。"我又没有亏欠他。"他想。但即使这样,当他硬下心肠终于开口的时候,依然有一种跃下高耸悬崖的感觉:"妈妈,我想我知道他在哪儿。"

玛丽琳起初不相信,这太不像是詹姆斯。而且,她想,他谁都不认识。他没有什么女性朋友,米德伍德学院的历史系没有女人,整个学院里只有屈指可数的几位女教授。詹姆斯是什么时候认识别的女人的?然后,她产生了一个可怕的想法。

她翻开电话薄,在C栏找到了米德伍德唯一姓陈的人:L. 陈,第四大街,105号,3楼A户,后面是一串电话号码。她差点就要去拿听筒,但是,该怎么开口呢?"你好,你知道我丈夫在哪儿吗?"她电话薄都没合上,便从柜台上拿起钥匙,"在家等着,"她说,"你们两个。我半小时后就回来。"

第四大街在大学附近,这里住着很多学生,在门牌号码之间搜寻的时候,玛丽琳的心里还是没底。她想,也许内斯错了,也许她会出洋相。她觉得自己像一把弦绷得太紧的小提琴,即使最微不足道的振动,也会让她嗡嗡作响。接着,她在97号门口看到了詹姆斯的车，就停在一棵矮小的枫树下，挡风玻璃上沾着四片落叶。

现在，她感觉异常冷静。她把车停好，走进105号楼，爬到三层，然后握紧拳头，稳稳地敲了敲3A的门。接近上午十一点钟，门开了，仍旧穿着淡蓝色睡袍的路易莎出现在门缝里，玛丽琳笑了。

"你好，"她说，"你是路易莎，对吗？路易莎·陈？我是玛丽琳·李。"见路易莎没有反应，她补充道，"詹姆斯·李的妻子。"

"噢，是的，"路易莎说，她避开玛丽琳的视线，"对不起，我还没穿好衣服……"

"我看得出来。"玛丽琳把手放在门上，不让它关上，"我只占用你一点时间。你瞧，我在找我丈夫，他昨天晚上没回家。"

"噢？"路易莎故作镇定，玛丽琳假装没有看出她的慌乱，"真糟糕，你一定非常担心。"

"是的，非常担心。"玛丽琳凝视着路易莎的脸。她们以前只见过两次面，一次是在学院的圣诞节派对上，另一次是莉迪亚的葬礼上。玛丽琳仔细地打量着她：墨黑的长发，长睫毛，眼角下垂，小嘴巴，像娃娃一样。腼腆的小东西，玛丽琳想，只是个小女孩而已。"你知道他可能去哪儿了吗？"

路易莎的脸明显一红，她太容易被看穿——玛丽琳几乎都要可怜她了。"我怎么知道？"

"你是他的助教，不是吗？你们每天在一起工作。"她顿了顿，"他经常在家里提起你。"

"是吗？"迷惑、喜悦和惊讶三种情绪在路易莎脸上交织出现，玛丽琳轻而易举地读懂了她的心思，"那个路易莎——她很聪明，很有才华，很漂亮。"她想，"哦，路易莎，你是多么的年轻。"

"好吧，"路易莎终于说，"你去他办公室找过吗？"

"他刚才不在那里，"玛丽琳说，"现在也许在那里。"她抓住门把手，"我能用一下你的电话吗？"

路易莎的笑容消失了。"对不起，"她说，"我的电话坏了。"她绝望地看着玛丽琳，似乎在祈求她赶紧放弃，快些离开。玛丽琳等待着，任由路易莎烦躁不安。她的手已经停止了颤抖，但内心深处升腾起难以抑制的怒火。

"还是要谢谢你帮忙。"玛丽琳说。她的视线越过路易莎，沿着门廊投向起居室的一角，路易莎紧张地回头张望，害怕詹姆斯会突然走出卧室。"要是你见到他，"玛丽琳补充道，提高了声音，"告诉我丈夫，我在家里等他。"

路易莎又咽了一下口水。"我会的。"她说。玛丽琳终于让她关上了门。

第九章

几个月前，另一场地下恋情也在酝酿之中。尽管内斯强烈反对，整个春天，莉迪亚每天下午还是会和杰克开车出去，围着镇子兜风，或者把甲壳虫停在大学校园外面、操场旁边和某个废弃的停车场里。

无论内斯怎么想，莉迪亚对此还是洋洋得意。时常有人看到她钻进杰克的车，他们不免闲言碎语一番——"不会吧，是她吗？不可能。她？没门……"与莉迪亚的期望不同，真相并没有传言中的那么不堪。当大学生们赶着去上课，幼儿园的小孩跑进教室，投球手们忙着参加中场游戏的时候，出乎莉迪亚预料的是，她和杰克什么都不会做，只是聊天。他们坐在一起抽烟，脚架在仪表盘上，她给他讲她父母的故事：二年级的时候，她在百科全书上的心脏图示上胡涂乱画，用荧光笔给每个心室涂了颜色，她母亲把这张图当成杰作贴在她的卧室里。莉迪亚十岁那年，她母亲教她测脉搏；十二岁时，她母亲说服她不要去凯特·马龙的生日派对——那是她唯一一次接到邀请的派对——全力准备科学展览。她父亲坚持要她参加基础舞蹈班，还给她买了一条连衣裙，结果，她在健身房最黑暗的角落里站了一晚上，巴望着早点回家：什么时候才能结束？八点半？九点？起初，她尽量避免提及内斯，因为她记得杰克讨厌他。但要是不提到内斯，她的故事就不完整。令她惊讶的是，杰克会主动提问：内斯为什么想成为宇航员？他在家也像在学校一样安静吗？于是，她告诉他，人类登月之后，一连几天，内斯都在草坪上跳来跳去，假装他是尼尔·阿姆斯特朗。六年级，他说服图书管理员让他借阅成人区的书籍，把很多物理学、飞行动力学和空气动力学的教科书借回来看。他很想要一台望远镜作为十四岁的生日礼物，却收到一台带闹钟的收音机，于是他把零花钱积攒起来，给自己买了一台望远镜。有时候在晚饭时，内斯从来不提他当天过得怎么样，因为他们的父母从来不问。杰克全神贯注地听着，看到莉迪亚把烟蒂扔到窗外，就马上再给她点一支，等她抽完自己的，他就把他的烟盒扔过去。几周过去了，莉迪亚觉得十分愧疚，因为被她这么一讲，内斯似乎更可悲了——而且，矛盾在于，每天下午她在杰克的车里谈论内斯，内斯却正是因为她每天下午都在杰克的车里而感到越来越烦恼。

四月中旬，杰克开始教莉迪亚开车。到月底，她就十六岁了。

"把油门和离合器想象成一对好伙伴，"杰克说，"一个踏板抬起来，另一个必然是落下的。"在杰克的指导下，莉迪亚缓缓松开离合器踏板，脚尖轻点油门，操纵着甲壳虫汽车慢慢穿过17号公路旱冰场旁边那座空旷的停车场。然后，发动机熄火了，她的肩膀一下子撞在靠背上。尽管已经练习了一星期，这种突如其来的事件还是会让她觉得意外。整辆车先是摇摇晃晃，然后静止不动，像心脏病发作一样。

"再试一次，"杰克说着，朝仪表盘伸出一只脚，把点烟器踢进去，"轻点，慢点，抬离合，踩油门。"

停车场的另一侧，一辆警车开进来，利落地掉了个头，车头对准了街面。"他们不是来找我们的。"莉迪亚告诉自己。17号公路在镇子边上，是臭名昭著的汽车超速监视区。然而，黑白相间的警车还是令她走神。她转动钥匙，重新发动汽车，这一次，发动机几乎立刻就熄火了。

"再试试，"杰克重复道，从口袋里抽出一包万宝路，"你太着急了。"

她没有意识到这个问题，但他说得对。还有两个星期就是她的生日，却不知道什么时候能取得初学者驾照。等获得驾照，莉迪亚想，她就能去任何地方。如果她愿意，大可以离开米德伍德，横穿俄亥俄，一路驶向加利福尼亚。就算内斯离开了——她不愿想到这件事——她也不会孤零零地困在父母身边；她可以在自己选定的时间逃离。只是想到这些，她的腿就激动得打战，仿佛迫不及待想要逃跑。

慢点，她想，随后做了个深呼吸。它们是一对好伙伴。一个抬起，一个落下。詹姆斯保证过，只要她拿到初学者驾照，他就教她开他们家的轿车，但莉迪亚不想用家里的车学，那辆车太安静，太温驯，犹如一匹中年母马，如果你没有系安全带，它会温柔地嗡嗡叫，俨然一副警惕的监护人的架势。"等你得到初学者驾照，"她父亲说，"我们就让你星期五晚上开车和朋友出去。""要是你的成绩一直上升的话。"如果她母亲也在场，一定会补上这一句。

莉迪亚把离合器踩到底，再次发动引擎，握住变速杆。已经快到五点半了，再过一会儿，她母亲会盼着她回家。当她试图松开离合器的时候，脚不小心滑下了踏板，汽车跳了一下，熄火了。警车上的警察看了他们一眼，然后转头继续盯着路面。

杰克摇摇头。"我们明天再试。"他把点烟器拔出插座，上面的线圈闪闪发光，杰克把一根烟凑到点烟器中间，在金属的炙烤下，烟头先是焦黑，然后变红，仿佛血的颜色。他把烟递给莉迪亚，和她对调位置，然后，又给自己点了一支烟。"你差不多就要学会了。"他说完，驾驶着汽车向停车场的出口驶去。

莉迪亚清楚，这不是实话，但她点点头。"是，"她嘶哑地说，"下次吧。"他们开上17号公路，她朝着警车的方向喷出一股浓烟。

"那么，你打算告诉你哥哥我们一直在一起，而且我不是坏人吗？"快到家时，杰克问。

莉迪亚笑了。她怀疑杰克仍然会带其他女孩出去鬼混——有时候，他和他的车都会不见踪影——不过，和她在一起的时候，他表现得一直像个绅士，他甚至连她的手都没拉过。那么，他们只是朋友吗？大部分的时间，只有她进出杰克的车，她知道，这逃不过内斯的眼睛。饭桌上，当她给母亲编造一些关于她的成绩的故事和所谓的"额外学分计划"，或者告诉父亲谢莉新烫了头发、帕姆爱上了大卫·卡西迪的时候，内斯都会看着她，既愤怒又担忧。他似乎想要说些什么，但不知如何开口。她知道他在想什么，也不阻止他去想。有几个晚上，她会走进内斯的房间，一屁股坐在窗台上，点燃一支烟，等着他说点什么。

现在，听到杰克的问题，莉迪亚说："他可能永远都不会相信我了。"

她在离家一个街区的地方提前下车，杰克转了个弯，驶向他家的车道，莉迪亚小跑着回家，假装刚才一直都在步行。明天，她想，她会挂到一挡，穿过停车场，碾过地上的白线。她的脚踩在踏板上会十分舒适自如，脚背也不再僵硬，接着，她就开上公路，挂上三挡，然后四挡，加速驶向某个地方，完全凭她一个人的力量。

但是，现实却事与愿违。在家里，莉迪亚在她自己的房间打开电唱机，汉娜圣诞节时送她的唱片已经在里面了——令莉迪亚惊讶的是，她听了一遍又一遍。她把唱针向中心拨动了一英寸半，想要对准她最喜欢的那首歌，但是有点过了头，保罗·西蒙的声音猛然出现在房间里："嘿，让你的诚实闪耀、闪耀、闪耀——"

一阵微弱的敲门声混进音乐中，莉迪亚转动音量旋钮，开到最大。门外的玛丽琳把手都敲疼了，她无奈地推开门，伸进脑袋。

"莉迪亚。莉迪亚。"见女儿没有转身，玛丽琳抬起唱针，房里安静下来，唱片无助地在她手下旋转，"这样好多了，开着音乐怎么思考问题？"

"它不会打扰到我的。"

"你已经做完家庭作业了？"没有回答，玛丽琳撇撇嘴，"你知道，没完成家庭作业，不应该听音乐。"

莉迪亚拽下手指上的一条倒刺："我晚饭后再写。"

"你不觉得现在就开始更好吗？这样时间更充裕，更不容易出错。"玛丽琳的表情柔和了一些，"亲爱的，我知道，你可能觉得高中不重要，但是，它是你将来的基础。"她坐在莉迪亚的椅子扶手上，摸着女儿的头发。让莉迪亚明白这些道理十分关键，但玛丽琳不知道怎么说，女儿才会明白，她的声音开始发颤，但莉迪亚没有发觉，"相信我，拜托，别让人生从你身旁溜走。"

噢，天哪，莉迪亚想，又开始了。她烦躁地眨着眼，盯着桌角，那里还放着她母亲几个月前帮她整理的剪报，现在已经布满了灰尘。

"看着我，"玛丽琳握住莉迪亚的下巴，想起她自己的母亲从未对她说过的话，那是她一辈子都渴望听到的东西，"你的人生完全取决于你，你能做你想做的任何事。"她顿了顿，看看莉迪亚身后满当当的书架，以及书架上方挂着的听诊器和元素周期表，"等我死了以后，我只希望你记住这些。"

她的意思是：我爱你。我爱你。但是，她的措辞让莉迪亚无法呼吸：等我死了。多年前的那个夏天，她曾经真的以为她母亲已经死了，那几周和那几个月在她心里留下难以愈合的创伤。她也已经暗自承诺：她要实现母亲的全部心愿，无论它是什么，只要母亲留在她的身边。

"我知道，妈妈，"她说，"我知道。"她用力从书包里拽出笔记本，"我现在就开始。"

"好孩子。"玛丽琳亲亲她的额头，恰好是她的头路分开的地方，莉迪亚嗅了嗅母亲的味道：洗发水、洗涤剂和薄荷油的混合。

她生来便熟悉这个味道，每次闻见，都会产生一种眷恋之情。她搂着玛丽琳的腰，让母亲紧靠着自己，以至于她的脸颊都能感觉到母亲的心跳。

"行啦，"玛丽琳终于说，她戏谑地用力拍了拍女儿的背，"学习吧。晚饭半小时后上桌。"

吃饭时与母亲的谈话令莉迪亚坐立不安。她只能安慰自己：过一会儿我要和内斯谈谈，这样就会感觉好些。她提前离开饭桌，盘子里的菜还剩一半没有动。"我去写物理作业了。"她知道，这样说的话，母亲不会反对。她经过前厅的桌子，晚饭前，她父亲刚把信件拿进来放在上面，一只信封吸引了她的注意：它的角上印着哈佛大学的校徽，校徽下面是"招生办"字样。她用手指划开信封。

亲爱的李先生，她读道，我们期待你于4月29日到5月2日访问我校，我们已为你安排好一位学生予以接待。虽然她知道这一天迟早要来，但白纸黑字带来的冲击异常真实。那是她生日的后一天。她不假思索地把信和信封撕成两半，就在这时，内斯走出厨房。

"我听见你在这里，"他说，"我能借……"看到莉迪亚手中破信封上的红色校徽和被撕碎的信，内斯呆住了。

莉迪亚脸色通红。"没什么重要的，我没……"但她越过了底线，他们两个都清楚。

"给我。"内斯抢过了信，"这是我的，天哪。你在干什么？"

"我只是……"莉迪亚不知道该怎么解释。

内斯小心地把碎片拼到一起，好像这样就能让信恢复原样似的。"这是关于我的参观的，你到底是怎么想的？要是我看不到它，就不能去吗？"他说得非常直白，听起来既愚蠢又可悲，眼泪涌出莉迪亚的眼角，但内斯不在乎，他觉得莉迪亚偷了他的东西，"你得想明白，我要走了。那个周末我会走，九月份更要走。"他跑上楼梯，"天哪，我恨不得快点离开这个家。"过了一会儿，他的房门"砰"的一声被甩上了。莉迪亚虽然知道他不会再开门——她也不知道他开了门她又能说什么——她还是过去敲门，一遍一遍又一遍。

第二天下午，在杰克的车上，她搞得发动机频繁熄火，最后，杰克不得不建议结束当天的练习。

"我知道该怎么做，"莉迪亚说，"我只是做不到。"她紧抓变速杆，把它拨到一边。"好伙伴"，她提醒自己，油门和离合器是好伙伴。突然，她发现，这不是真的，如果一个上去，另一个就得下来，那算什么好伙伴。然而，世界上的事情都是这样的，她的物理成绩提升到C-，但历史成绩就得下降到D。明天又要交英语论文——两千字，论福克纳——但她连福克纳的书都找不着了。也许世上根本没有所谓的好伙伴，她想。她曾经学过的一条知识划过脑海："对于每一个作用力，都有一个大小相等、方向相反的反作用力。"一个向上，另一个向下。一个得到，另一个失去。一个逃离，另一个受困，永远受困。

这些想法侵扰了她好几天。虽然内斯——他已经从撕信事件中冷静下来——又和她说话了，但她还是不愿面对他要走的事实，甚至连向他道歉都不肯。尽管每天晚饭时还要继续听母亲唠叨，但她一离开饭桌就会躲进自己房间，而不是偷偷走进客厅寻找安慰。她生日的前一天晚上，詹姆斯过来敲门。

"最近几周你看上去心情不好，"他说，然后拿出一只蓝色的丝绒小盒，盒面像扑克牌那么大，"我想，提前把礼物送给你可能会让你开心。"詹姆斯觉得自豪，因为自己为这份礼物花了一番心思。他征求过路易莎的建议，问她十几岁的小女孩可能喜欢什么样的东西，所以这一次，他相信莉迪亚会喜欢它。

盒子里是一条项链，拴着银制的心形挂坠。"真漂亮。"莉迪亚惊喜地说。她终于收到了像样的礼物——不是书，也不是暗示——是她想要的东西，而不是他们希望她要的。圣诞节时，她就盼望收到这样的项链。链子像流水一样滑下她的手指，非常柔软，似乎是活的。

詹姆斯戳戳她的酒窝，又捏了捏，这是他的惯常动作。"还能打开。"

莉迪亚打开挂坠，呆住了，里面有两张她拇指指甲那么小的照片：一张是她父亲，另一张是她——这是去年她盛装打扮参加九年级的舞会时照的。当时，在回家的路上，她不停地告诉父亲舞会是多么精彩。她父亲在照片上笑得很开心，带着天真和期盼的神情。她自己的照片则很严肃，面带愠色，眼睛也没有看镜头。

　　"我知道今年你压力很大，你母亲对你要求很高。"詹姆斯说，"要记住，学校不是生活的全部，它并没有友情或者爱情那么重要。"他已经能从莉迪亚的眉心看出一道忧心忡忡的纹路，由于用功到深夜，她的眼睛下面也出现了黑眼圈。他想用拇指抚平那道皱纹，像擦拭灰尘那样抹掉女儿的黑眼圈。"每当你看到它，不要忘记什么才是真正重要的。每当你看到它，我希望你能笑一笑。好吗？"

　　他笨拙地摆弄着项链的扣环，想把它打开。"我本来想买金的，但可靠人士告诉我，今年大家都戴银的。"他说。莉迪亚用手指摩挲着盒子的丝绒衬里。她父亲非常关心"大家"都在做什么。你去跳舞，我很高兴，亲爱的——大家都去跳舞。你的头发那样弄很好看，莉迪——大家最近都在留长发，对吗？当她微笑的时候，你应该多笑笑——大家都喜欢爱笑的女孩。好像一件衣服、一头长发、一个微笑就能掩盖她与"大家"的不同之处。要是母亲允许她和其他女孩那样出去的话，她想，自己不管是什么样子都无所谓——杰姬·哈珀一只眼睛是蓝色的，另一只是绿的，去年，她照样当选为"最受欢迎的学生"。或许，如果她的外表和别人一样的话，她就不用一直都努力用功，不用连周末都要先完成作业才能出门，也不会被禁止和男孩出门。这些问题都不再将是问题。至于衣服、书或者项链什么的，根本不具备如此巨大的作用。

"好了。"詹姆斯说，他终于打开了扣环。他给女儿戴上项链，金属在她脖子上形成一道冷硬的线条，如同一只冰环围绕着她的喉咙。"你觉得怎么样？你喜欢它吗？"莉迪亚明白，他是想提醒她，不要忘记他的期望。这与缠在她手指上的丝线没有什么不同，唯一的区别是，项链是挂在她脖子上的。

"漂亮。"她小声说，詹姆斯把她的嘶哑误解为深切的感激。

"答应我，"他说，"你会和每个人好好相处，朋友永远都不嫌多。"莉迪亚闭上眼睛，点点头。

第二天，为了庆祝生日，她按照父亲的建议戴上了项链。"放学后，"詹姆斯告诉她，"我就带你去考初学者驾照，然后我们在晚饭之前开始第一堂驾驶课。"她母亲说："晚饭后，我们就吃蛋糕。我给今天过生日的姑娘准备了一些特殊的礼物。"那指的是书，莉迪亚想。当天晚上，内斯就会收拾行李。她一天都在想：再过六个小时，我就得到初学者驾照了，再过两周，我就能开车了。

三点钟，她父亲来到学校门口。当莉迪亚背起书包，朝轿车走过去时，她惊奇地发现副驾驶座上已经有人了：一个华裔女人——应该说是女孩——留着黑色长发。

"终于见到你了，我很高兴。"莉迪亚爬上后座，那女孩对她说，"我是路易莎，你爸爸的助教。"

詹姆斯停下车，为一群闲散的高二男孩让路。"路易莎要去看医生，反正我们也顺路，可以送她过去。"

"我不应该答应的，"路易莎说，"我应该取消的，我讨厌牙医。"

一个高二学生从车前方经过时，朝他们咧嘴一笑，用手指把他的眼睛捏成两条细缝。其他学生哄笑起来，莉迪亚在后座上缩起身体。她突然想到：那些男孩大概以为路易莎是她母亲。她想知道他父亲是否也会觉得尴尬，但前座的詹姆斯和路易莎根本没有注意。

"我赌十美元，你根本没有蛀牙。"詹姆斯说。

"我赌五美元。"路易莎说，"我只是个贫穷的研究生，不是有钱的教授。"她顽皮地拍拍他的肩膀，脸上温柔的表情震撼了莉迪亚。她母亲也是这么看她父亲的。夜深人静时，当玛丽琳发现詹姆斯还在看书，她会亲昵地斜靠在扶手椅上，催促他上床。路易莎的手在她父亲的胳膊上流连，莉迪亚盯着他们，她父亲和这个女孩亲密地坐在那里，像一对小夫妻，他们在挡风玻璃上的倒影，宛如一幅结婚照。莉迪亚突然意识到：这个女孩在和我父亲睡觉。

她以前从未想过，自己的父亲也是个有欲望的男人。与所有青少年一样，她更愿意——尽管她自己就是反例——把父母想象成纯洁而忠贞的男女。所以，亲眼见到她父亲和路易莎动作暧昧、举止随意，莉迪亚颇感震惊，连她都觉得不好意思了。他们是情人。她敢肯定。路易莎的手仍然放在她父亲的胳膊上，她父亲也没有动，好像这种爱抚十分平常。实际上，詹姆斯根本没有注意，玛丽琳也经常这样把手放在他身上，他已经习以为常，无法引起警觉。然而，对莉迪亚而言，看到父亲目不斜视地打量着路面，更加证实了她的判断。

"我听说今天是你的生日。"路易莎又从前排扭过头来，"十六岁。我敢肯定，今年对你来说非常特别。"莉迪亚没答话，路易莎再次试探道，"你喜欢你的项链吗？是我帮着挑的。你爸爸问过我你可能喜欢什么。"

莉迪亚用两根手指勾住项链，克制着不当场把它扯下来的冲动。"你怎么知道我喜欢什么？你又不认识我。"

路易莎眨眨眼。"我对你有所了解。我是说，你爸爸经常和我谈起你。"

莉迪亚直视着她的眼睛。"真的吗，"她说，"爸爸从没提起过你。"

"得了，莉迪，"詹姆斯说，"你听到过我谈论路易莎——

她有多么聪明，她从来不让那些本科生逃脱处罚。"他朝路易莎笑笑，莉迪亚的眼睛模糊起来。

"爸爸，你领到驾照之后，都开车去哪儿？"她突然问。

后视镜里，詹姆斯惊讶地睁大了眼睛。"去学校，练习游泳和参加比赛。"他说，"有时候办些杂事。"

"不约会？"

"不，"詹姆斯说，他有点破音，就像十几岁的小男孩那样，"不，不约会。"

莉迪亚觉得她的内心涌起一股卑鄙的恶意。"因为你从不约会，对吗？"沉默。"为什么不呢？难道没有人愿意和你出去吗？"

詹姆斯一直盯着前方的路面，双手僵硬地抓着方向盘，肘部一动不动。

"哦，"路易莎说，"我可一点都不相信。"她又把手放在詹姆斯胳膊上，这一次，她一直保持这个姿势，直到他们抵达牙医的诊所。詹姆斯停下车，对路易莎说了一句令莉迪亚愤慨不已的话："明天见。"

尽管女儿在后排怒视着他，詹姆斯还是没意识到哪里不对。在车管所，他亲亲她的脸颊，拖来一把椅子。"你会通过的，"他说，"我就在这里等你。"幻想着莉迪亚拿到初学者驾照后有多么高兴，他忘记了车上发生的一切。莉迪亚仍然被她刚才发现的秘密搅得心神不安，她一言不发地转身走了。

在考试房间里，一个女人发给她一份试卷和一支铅笔，让她随便找个空位坐下。莉迪亚朝后排的角落走去，先后跨过坐在倒数第二排的一个男孩的书包、钱包和腿。她父亲对她说过的话似乎都变了调：朋友永远都不嫌多。她想起她母亲，坐在家里，洗衣服，做填字游戏，而她父亲——她恼怒父亲，也恼怒让这一切发生的母亲，恼怒每个人。

莉迪亚这时发觉，整个房间安静了下来，大家都趴在桌上答题。她看看表，但什么信息也得不到。表上并没有写几点开始考试，几点考试结束，只有当下的时间：三点四十一。秒针滴答作响，转了一圈，从表盘上的数字11移动到12，长长的分针随即跳了一格：三点四十二。她打开试卷。停车标志是什么颜色的？她在选项B：红色上画了个圈。如果看到或听到有紧急救援的车辆驶来，你应该怎么做？她匆忙答着题，也顾不上画出的圆圈是否标准。往前几排有个女孩，留着马尾辫，前面的那个女人打手势让她到隔壁房间去。过了一会儿，坐在她旁边的那个男孩也过去了。莉迪亚又看看她的试卷，一共二十道题，还有十八道没做。

如果你的车发生侧滑，你应该……所有选项看上去都挺有道理。她接着往下看。*什么时候路面最滑？在良好的路况下，你应该*

和前车保持多远的距离？她的右边，一个留着大胡子的男人合上试卷，放下铅笔。C，莉迪亚猜测。A。D。她发现下一页上有一大串句子需要填空，而她根本不知道填什么。在快车道，如果你的前方有一辆大型卡车，你应该……为了安全地驶过弯道，你应该……倒车时，你应该……她默念着每一道题目，像一张残破的唱片一样重复最后几个字：你应该、你应该、你应该。后来，有人轻轻地碰了碰她的肩膀——监考的女人对她说："抱歉，亲爱的，时间到了。"

莉迪亚一直低头看着桌子，好像只要不去看那个女人的脸，她说的话就不是真的。试卷中央出现一个黑点，她过了一会才意识到，那是一滴眼泪，是她的眼泪。她用手把卷子抹干净，又擦擦脸。考场里的人已经走光了。

"没关系，"女人说，"你只需要答对十四道题就算通过。"然而，莉迪亚知道，她只画了五个圆圈。

隔壁房间，一个男人正把答题纸塞进评分机，她用铅笔尖猛地一戳自己的手指。"答对了十八道题。"男人对她前面的那个女孩说，"把这个拿到前台，他们会给你照相，然后打印初学者驾照，祝贺你。"那个女孩高兴地迈着轻快的步子出了门，莉迪亚很想扇她。当男人看到莉迪亚的答卷，他短暂地沉默了一下，她盯着他靴子上的泥巴。

"好吧，"他说，"别泄气，很多人第一次都没通过。"他把试卷朝上放好，她又看到上面的五个圆圈，像黑痣一样，卷子的其余地方都是空白的。莉迪亚没有等她的分数出来，机器吞进答题纸的时候，她越过男人，回到了等候室。

前台那里已经形成了一条长队，人们都在等着照相；那个大胡子男人在数他钱包里的钞票，跳着出去的那个女孩在欣赏她的指甲油，马尾辫女孩和坐她旁边的那个男孩已经走了。长凳上，詹姆斯坐着等她。"那么，"他说，看着她空空的双手，"它在哪儿？"

"我没通过。"她说。坐在她父亲旁边的两个女人抬头看她，然后迅速看向别处。她父亲眨眨眼，一下，两下，似乎不相信自己的耳朵。

"没关系，亲爱的。"他说，"这个周末你再试试。"包围在失望与耻辱的阴云之中，莉迪亚不记得也不在乎她能否再次尝试。明天早晨，内斯就要去波士顿了。她唯一的念头是：我要永远留在这里了，我再也不能离开了。

詹姆斯搂着他的女儿，然而，莉迪亚却觉得压在身上的重量犹如一条铅毯，她耸耸肩，把父亲的胳膊甩掉了。

"我们可以回家了吗？"她说。

"莉迪亚一进门，"玛丽琳说，"我们就一起说'惊喜'。然后就开饭，饭后送礼物。"内斯在楼上打点行囊，只有汉娜在她身旁，但玛丽琳还是大声筹划着，她的话有一半是说给自己听的。觉得受到了母亲的关注，汉娜喜不自胜，热切地点头。她默默地练习——惊喜！惊喜！——一边看着母亲把长方形蛋糕上莉迪亚的名字涂成蓝色。玛丽琳打算把蛋糕做成驾照的样子：在长方形表面洒上白色糖霜，一个角上放着莉迪亚的真实照片，里面是一块巧克力蛋糕。因为这是一个特别的生日，所以，玛丽琳亲自制作了这个蛋糕——当然，原料是现成的，不过，需要她亲自调配。她一手举着搅拌器，一手端着铝碗，对准旋转的刀片。装糖霜的罐子汉娜已经帮她拿出来了，玛丽琳挤出裱花袋里最后一点奶油，写了三个字母"L-Y-D"，见奶油用完，又从购物袋里拿出一袋新的。

这样一个特别的蛋糕，汉娜想，尝起来也一定十分特别，比纯香草或巧克力的蛋糕都要好。原料盒上印着一个微笑的女人，她面前有一块切好的蛋糕，旁边是一行字：**调配你的爱**。爱，汉娜觉得，一定是甜的，像她母亲的香水，一定是柔软的，像棉花糖。她悄悄伸出手指，在光滑的蛋糕表面上抠下一小块。"汉娜！"玛丽琳呵斥道，猛地把她的手拍到一边。

她母亲用铲子抹平那块凹痕的时候，汉娜舔了舔手指头上的糖霜，甜得她流出了眼泪，趁玛丽琳不注意，她把剩下的糖霜抹在了桌布背面。她从母亲眉心的那条小皱纹上看得出，她仍然不开心，汉娜很想把头靠在玛丽琳围着围裙的大腿上，这样她母亲就会明白，她不是故意想要破坏蛋糕。然而，她刚要过去，玛丽琳就放下裱花袋，抬起头听着动静："这么早，不可能是他们。"

汉娜感到脚下的地板震动起来，车库门轰鸣着敞开了。"我去叫内斯。"

但是，汉娜和内斯来到楼下时，莉迪亚和他们的父亲已经从车库走进门厅，来不及给"惊喜"了。玛丽琳捧起莉迪亚的脸，用力吻了她的脸颊，留下一个红色的唇印，如同伤痕。

"你们回家真早，"她说，"生日快乐。祝贺你，"她伸出手掌，"拿出来让我们看看吧？"

"我没通过。"莉迪亚说。她轮流扫视着内斯和母亲，看他们会不会生气。

玛丽琳瞪大眼睛。"什么意思，你没通过？"她颇为意外地说，仿佛不明白女儿的话。

莉迪亚又说了一遍，提高了声音："我没——通——过。"汉娜觉得，莉迪亚差点就要对着母亲爆发了，对着他们每一个人爆发。但爆发的原因不仅仅是测验没通过。莉迪亚的脸冰冷僵硬，但汉娜看得出她在轻微地颤抖——从她耸起的肩膀和紧咬的牙关能感觉到，她可能会抖成碎片。汉娜想紧紧箍着姐姐，使她保持完整，但她知道，莉迪亚只会把她推到一边。其他人都注意到她在发抖——内斯、玛丽琳和詹姆斯面面相觑，不确定该说什么。

"好了，"玛丽琳最后说，"你得学习交通规则，等你准备好了，就再去试试。又不是世界末日。"她帮莉迪亚把一绺头发掖到耳朵后面，"没关系。又不是你在学校考不及格，对吗？"

如果换作平时，这些话只能让莉迪亚暗自愤怒。而今天——经过项链事件，看到那些在车前面冲着他们做鬼脸的男孩，没有通过测验，见到了路易莎之后——她的怒火已经再也压抑不住了。她心里的某种东西翻倒了，碎裂了。

"当然，妈妈。"她说完，抬眼看着母亲，看着全家人，微笑起来。汉娜吓得差点躲到内斯身后。这个笑容异常灿烂，异常明亮，兴高采烈，然而却是假的。汉娜只觉得恐怖，它让莉迪亚看上去像变了个人，一个陌生人。可是，其他人依然没有发觉。内斯的肩膀放松下来，詹姆斯呼出一口气，玛丽琳用围裙擦干手——刚才有点湿了。

"晚餐还没完全准备好，"她说，"你们不如先上楼冲个澡，放松一下？等饭做好，我们就马上开动。"

"太好了。"莉迪亚说。这一次，汉娜忍不住把脸转到一边，直到她听见姐姐上楼的脚步声。

"怎么回事？"玛丽琳低声问詹姆斯，他摇摇头。汉娜知道为什么。莉迪亚没有学习交通规则。两周前的一天，莉迪亚还没放学的时候，汉娜跑到她房间探险，寻找宝藏。她在柜子底部找到莉迪亚的一本书，把它装进自己的口袋，然后，在书下面，她看到印着交通规则的小册子。莉迪亚开始学习的时候，汉娜想，她应该注意到自己的书不见了，然后四处寻找。每隔几天，她就跑到姐姐房间察看，结果发现那本交通规则根本没有挪过窝。昨天，小册子上面压了一双米色高跟厚底鞋和莉迪亚最好的喇叭裤。而那本书仍旧藏在汉娜卧室的枕头底下。

楼上，莉迪亚在自己的房间里用力拉扯项链，但没有扯断。她解开挂扣，把它摔进盒子里，塞进床底深处，似乎那是什么脏东西。如果她父亲问起项链去哪儿了，她就说自己要等到特殊场合才戴，别担心，她不会弄丢的，下一次就会戴上，爸爸。镜子里，她的脖子上出现一圈细细的红痕。

一个小时后，莉迪亚下楼吃饭，那道痕迹已经消褪了，但痛苦的感觉还在。她打扮得像是去参加派对，头发熨得干干的，又直又光滑，嘴上涂着果酱色的唇膏。詹姆斯看着女儿，突然想起他和玛丽琳初次见面的时候。"你真美。"他说，莉迪亚挤出一个笑容。她保持着刚才的假笑，在晚餐桌前直挺挺地坐着，像一只展示柜里的洋娃娃，但只有汉娜看出那笑容有多虚假。她难受地看着莉迪亚，观察她的一举一动，无精打采地坐在自己的椅子里，最后差点从上面滑下来。晚餐一结束，莉迪亚就拿餐巾拍拍嘴，站了起来。

"等等，"玛丽琳说，"还有蛋糕呢。"她走进厨房，过了一会儿，用托盘端出一只蛋糕，还点着蜡烛。蛋糕上莉迪亚的照片不见了，重新用糖霜涂成白色，只写着莉迪亚的名字。汉娜想，藏在白色表层下面的，是原来的驾照图案，还有"祝贺"和"L-Y-D"几个字母。虽然你看不见，但它们就在下面，已经被抹平了，难以辨认，令人生厌。而且，当你吃的时候，还能尝出来。他们的父亲在不停地照相，但汉娜没有笑。与莉迪亚不同，她还没学会假装。她只能半闭着眼睛，仿佛看到电视上的恐怖镜头一样，这样她就能只看到一半接下来发生的事情了。

事情是这样的：莉迪亚等着他们唱完生日歌，唱到最后一句，詹姆斯举起相机，莉迪亚趴在蛋糕前，撅起嘴唇，假装亲吻它。她顶着完美的假笑环视全家人，按照顺序，目光逐一扫过每张面孔。他们的母亲。他们的父亲。内斯。汉娜并不知道莉迪亚的全部遭遇——项链、路易莎、*我只希望你记住*——但她清楚，她姐姐的内心正在发生变化，她正站在一条远离地面、十分危险的狭窄岩架上，她在极力保持平衡。所以，汉娜一动不动地坐着，似乎一个错误的动作都有可能把莉迪亚推下岩架。莉迪亚呼出一口气，迅速吹熄了蜡烛。

第十章

　　当然，莉迪亚误解了路易莎。那时候，在女儿的生日宴上，詹姆斯还不相信，除了玛丽琳，他这辈子竟然会和别的女人睡觉，如果有人告诉他这个想法，他会觉得荒谬可笑；那时候，同样会让詹姆斯觉得荒谬可笑的是，他们的生活中将不再有莉迪亚。然而现在，这两件荒谬的事情都变成了现实。

　　路易莎关上公寓门回到卧室的时候，詹姆斯已经在系衬衫扣子了。"你要走？"她说。她依旧心存侥幸，希望玛丽琳的造访只是一个巧合。然而，这是自欺欺人，她明白。

　　詹姆斯把衬衫下摆塞进裤腰，扣紧皮带。"我必须走了，"他说，他俩都知道这是实话，"最好现在就走。"他不确定回家之后会发生什么。伤心？愤怒？把平底锅丢到他头上？他不知道，也不知道该对玛丽琳说什么。"再见。"他对路易莎说，她吻了他的脸，只有这句"再见"是他唯一确定的事。

中午刚过的时候，他走进家门，发现没有哭泣，也没有怒火——只有沉默。内斯和汉娜并排坐在客厅沙发上，在詹姆斯经过时谨慎地看着他，眼神就像看着一个难逃一死的家伙走向绞刑架。詹姆斯爬上楼梯，来到女儿房间的时候，他也有同感。玛丽琳坐在莉迪亚书桌前，平静得诡异。她很长时间都没说话，他强迫自己保持站姿，努力不让双手发抖，直到她终于开口。

"多长时间了？"

内斯和汉娜蹲在屋外最高一级楼梯上，不约而同地屏息静气，偷听里面的动静。

"自从……葬礼。"

"葬礼。"玛丽琳依旧凝视着地毯，紧抿着嘴唇，"她很年轻，多大了？二十二？二十三？"

"玛丽琳，别说了。"

玛丽琳没有停。"她看上去很甜。相当温顺——这是个不错的改变，我觉得。我不知道我为什么会吃惊。我猜，你早就想换人了。她会成为一个不错的小妻子。"

詹姆斯惊讶地发现自己脸红了。"没人说过……"

"只是还没说而已。但我知道她想要什么。婚姻。丈夫。我了解她这种人。"玛丽琳顿了顿，想起年轻时的自己，她母亲自豪地低语：很多优秀的哈佛男人。"我母亲一辈子都想把我变成她那种类型的人。"

听玛丽琳提到她母亲，詹姆斯僵住了，仿佛全身结了冰。"噢，是的，你可怜的母亲。后来，你走了，嫁给了我。"他干笑一声，"多么令人失望。"

"是我失望。"玛丽琳猛地抬起头，"我以为你和别人不同。"她的意思是：我以为你比其他男人好。我以为你想要比他们好。但是，詹姆斯依旧在想着玛丽琳的母亲，他会错了意。

"你厌倦了与众不同，对吗？"他说，"我太与众不同了，你母亲一眼就看出来了。你觉得这是好事，与众不同。但是，看看你，看看你自己。"他抓起玛丽琳蜜色的头发。足不出户一个月，她的皮肤本来就很苍白，现在更白了。她天蓝色的眼睛一直是詹姆斯的最爱，这样的眼睛首先出现在他妻子的脸上，接着又传给他的孩子。詹姆斯把他以前从没说过、甚至从未对玛丽琳暗示过的话都倾倒出来："你又没有在别人都和你长得不一样的房间里待过，没有人当着你的面嘲笑过你，你也从来没有被人当作外国人对待。"他觉得自己快要吐了，猛地抬起手背挡住嘴，"与众不同——你根本不知道那是什么感觉。"

在那个瞬间，詹姆斯看上去年轻了许多，既孤独又脆弱，仿佛变回了她多年以前遇到的那个腼腆男孩，玛丽琳既想把他抱在怀里，又希望用拳头揍他。她矛盾地咬着嘴唇。"大二的时候，在实验室，一些男生偷偷溜过来，想要掀我的裙子。"她终于开口了，"一次，他们来得早，在我的烧杯里撒尿。我去告诉教授，教授抱了抱我，说——"记忆让她的声音哽咽起来，"'别担心，亲爱的。人生太短，而你太美。'你知道吗？我不在乎，我知道我想要什么，我要成为医生。"她看了詹姆斯一眼，似乎他刚刚反驳了她，"然后——我醒悟过来，再也不标新立异，我只做其他女孩都在做的事情。我结了婚，我放弃了一切。"浓郁的苦涩粘住了她的舌头，"做别人都在做的事。你一直都这么告诉莉迪亚，交朋友、适应环境。但是，我不希望她和别人一样。"她的眼角精光闪烁，"我希望她出类拔萃。"

楼梯上，汉娜屏住呼吸，一动也不敢动——包括手指。说不定要是她坚持不动，她父母就能停止争吵，这样她就能维持世界和平，确保一切安然无恙。

"好了，现在，你可以和她结婚了。"玛丽琳说，"她看上去像个正经人，你知道这是什么意思。"她举起左手，婚戒闪出幽光，"这样的女孩，想要的是全套：一座带篱笆的小房子，两三个孩子。"她发出一声突兀、尖利、恐怖的冷笑。楼梯平台上，汉娜把脸靠向内斯的手臂。"我猜，为了这些，她一定乐意放弃学业。

我只希望她不要后悔。"

听到这个词——后悔——詹姆斯心中燃起怒火，他似乎嗅到了电线烧融的味道："就像你一样？"

一阵突如其来的静默。虽然汉娜的脸仍然压在内斯的肩膀上，她还是想象得出母亲现在的样子：面孔僵硬，眼圈深红。如果她哭的话，汉娜想，不会有眼泪，只能哭出血来。

"出去，"玛丽琳最后说，"滚出这座房子。"

詹姆斯摸摸口袋，想找钥匙，发现它们还在他的手里，他都没来得及放下。他似乎一直都知道，自己不会留下来。

"让我们假装，"他说，"你从来没遇见我，她从来没出生。这些都没有发生过。"然后，他就走了。

楼梯平台上的汉娜和内斯没有时间逃跑了，他们还没站起来，詹姆斯就冲到走廊里。看到两个孩子，他短暂停留了一下。显然，他们全听到了。过去的两个月，每当他看到内斯或汉娜，就好像看到了莉迪亚的某个部分——内斯歪着的头，汉娜半遮着脸的长发——每当这时，他会突然离开房间。他并不真的清楚自己这样做的原因。现在，在他们俩的注视之下，他侧身向前移动，不敢看他们的眼睛。汉娜贴在墙上给父亲让路，但内斯直视着他，一言不发，詹姆斯无法理解儿子现在的表情，悻然离去。外面传来汽车倒出车道的哀鸣，然后是加速的声音和告别的鸣笛；他们都听见了。沉寂如尘土一般覆盖了整座房子。

这时，内斯突然跳起来。别走，汉娜想说，但是她知道内斯不会听她的。内斯把汉娜推到一边，他母亲的车钥匙就挂在厨房里，他拿下钥匙，走向车库。

"等等。"汉娜大声叫道。她不确定内斯是去追詹姆斯还是也想离家出走，但她知道，他的计划非常可怕。"内斯，等等，别去。"

内斯没有停步，他把车倒出车库，刮到了门边的丁香花，然后也走了。

楼上的玛丽琳对此一无所知。她关上莉迪亚的房门，整个房间像一块厚重的毛毯，让她无法呼吸。她的手指在莉迪亚的书本上划动，还有那些整齐排列的文件夹，每个夹子上都用记号笔标注了类别和日期。现在，屋子里的所有东西都蒙上了一层粗糙的灰尘：那排空白日记、墙上的科学展览绶带、爱因斯坦明信片、文件夹的外皮、每本书的书脊。玛丽琳想，要是一点点清空这间屋子的话，摘下那些海报和照片之后，墙纸上会出现无数小洞，变得非常难看。还有地毯，它已经被家具压得坑坑洼洼，再也不会恢复原形，就像她母亲家里清空之后那样。

她想起她的母亲，那些年里，她一个人守着一座空房子生活，除了卧室的床单是新的，别的东西都没有变化，因为她女儿再也不会回来，她丈夫也早就消失，现在睡在别的女人床上。你曾经爱得那么深，怀有那么多的期望，最后却一无所有。孩子不再需要你，丈夫不再想要你，最后只剩下你自己，还有空荡荡的房间。

她伸出一只手，把爱因斯坦从墙上揪下来撕成两半，然后是元素周期表，它现在毫无用处。她猛地扯过莉迪亚听诊器上的听筒，把曾经作为奖品的绶带绞成碎片，把书架上的书一本本地推倒。《人体解剖学彩色图集》《科学界的女先驱者》，每推倒一本，玛丽琳的怒火就蹿高一点。《你的身体是如何工作的》《儿童化学实验》《医学的故事》，她记得每本书背后的故事，犹如时间倒流，莉迪亚的一生在她眼前重放，书堆在她脚边崩塌。楼下，蜷缩在走廊桌子底下的汉娜静静地听着楼上"砰砰"的声音，仿佛一块接一块的石头砸在了地板上。

最后，轮到了书架最边上的一本书：玛丽琳买给莉迪亚的第一本书。它像小册子一样薄，先是独自在书架上簌簌发抖，接着就歪到一边。空气无所不在，展开的书页上写着，盘旋萦绕在你的周围。尽管你看不见它，它还是在那里。玛丽琳希望烧掉这些书，把墙纸剥下来，清除所有可能让她想起莉迪亚的东西。她想把书架踩成碎片。因为书都堆在了地上，书架摇摇欲坠，仿佛疲惫不堪，她轻轻一推，它就轰然倒地。

这时，书架底下的空间里出现了一本书：厚厚的，红色封皮，书脊上贴着透明胶带。无需看到封底的照片，玛丽琳就认出了它。她用突然变得颤抖的双手打开书，贝蒂·克罗克的脸赫然又出现在她面前，凝视着她。

　　"你的烹饪书，"莉迪亚曾经说，"我给扔了。"玛丽琳当时有些激动，因为她觉得这是一个预兆——她的女儿读懂了她的心；她的女儿永远不会被局限在厨房里；她的女儿想要更多。原来，她骗了她。她翻动着多年没有见过的书页，手指描摹着她母亲画下的铅笔线，摩挲着她晚上在厨房独自哭泣时打湿纸面的痕迹。不知怎的，莉迪亚知道，这本书像一块极其沉重的大石头，对她的母亲有着巨大的吸引力。她并没有破坏它，而是把它藏起来，藏了这么多年。她在它上面堆起一排又一排的书，用它们的重量压着它，这样，她母亲就不用再看到它了。

　　莉迪亚五岁的时候，会扒在水池边观察醋和小苏打中和反应生成的泡沫。莉迪亚从书架上拖下一本厚重的书，说："再给我讲讲。"莉迪亚轻轻地把听诊器放在母亲胸口。泪水模糊了玛丽琳的视线。其实，莉迪亚自始至终，爱的并不是科学。

　　玛丽琳眼中的泪水仿佛变成了望远镜，她开始看得更加清楚：撕碎的海报和图片、散乱的书本、倒伏在她脚边的书架，它们代表着她对莉迪亚的每一个期望，莉迪亚并不想要，但是却接受了它们。一阵钝重的寒意逐渐爬遍她全身。也许——她呼吸困难地想——也许，最后正是它们把莉迪亚拖到了湖底。

门"吱呀"一声开了，玛丽琳缓缓抬起头，仿佛莉迪亚会突然出现似的。恍惚之间，这一幕似乎真的发生了。那是一个矮小一些的模糊身影，酷似小时候的莉迪亚，深色头发，大眼睛，她迟疑地站在走廊里，抓着门框。拜托，玛丽琳想，她现在只想说这些，请你回来，请让我重新开始，请留下。拜托。

然后，她眨了眨眼，那个身影清晰起来——汉娜，苍白，颤抖，脸上布满泪痕。

"妈妈。"她啜嚅道。

玛丽琳毫不犹豫地张开双臂，汉娜踉跄着跌进她的怀抱。

镇子另一头，内斯在一家卖酒的商店里，把一瓶750毫升的威士忌搁在柜台上。在此之前，他只喝过一次酒，在哈佛的时候，接待他的那个学生给过他一瓶啤酒。他一连喝了四口，与其说是酒的味道，还不如说是喝酒这个念头本身让他更兴奋——他觉得，啤酒尝起来像带着泡沫的尿液——然后，整个房间就在他面前摇晃了一晚上。现在，他非常想要全世界都在他眼前旋转，来个底朝天。

柜台后面的男人打量着内斯的脸，然后瞥了一眼威士忌酒瓶。内斯的手指开始颤抖。按照法律，十八岁的他只能买到酒精浓度

3.2%的啤酒——就是他的同学在派对上当水喝的那种淡而无味的液体。3.2%显然无法满足他现在的需求。店员又看了他一眼，内斯以为他会说："回家吧，小伙子，你太年轻了，不能喝这种酒。"

然而，店员问："你妹妹就是死的那个女孩？"

内斯觉得喉咙疼，仿佛那里有个伤口。他点点头，盯着柜台后面的架子，那里堆着很多香烟，盛在红白相间的烟盒里。

店员又拿下一瓶威士忌，把它和第一瓶一起放进袋子里递给内斯，同时把内斯放在柜台上的那张十美元纸币也还给了他。

"祝你好运。"说完，他就将脸别了过去。

内斯知道的最安静的地方，在镇子外面的县界附近。他把车停在路边，掏出一瓶威士忌大口大口地喝下去，让酒液烧灼他的喉管，烧光他身体内部所有红肿疼痛的地方。现在还不到下午一点钟，到第一瓶酒喝完的时候，他统共只看到一辆车经过，那是辆深绿色的斯蒂庞克，开车的是个老太太。威士忌并没有如他所愿地生效，他本以为它能彻底抹掉自己的记忆，像海绵擦黑板那样，然而，每咽下一口酒，眼前的世界就又清晰一分，各种细节令他眩晕：驾驶座旁边的后视镜上的泥点子，里程计的最后一位读数停滞在5和6之间，车座上的针脚已经开始磨损了；一片树叶夹在挡风玻璃和雨刷之间，在微风中颤抖。解决第二瓶的时候，他突然想起父亲出门时的表情。他甚至都没看他们一眼，仿佛只关注某个远在地平线以外、或者存在于过去的东西，而他和汉娜都没有见过它，更不可能碰触它。车厢里变得憋闷起来，他的肺如同棉花。内斯摇下车窗，凉爽的微风吹了进来，他扒住车门，把两瓶威士忌都吐在了路沿上。

詹姆斯也在车里回忆起楼梯上的那一幕。倒出车库后，他茫然地开着车，脚一直放在油门上。他的目标是开到一个能让他把踏板踩到底的地方，所以，他发觉自己并没有回去找路易莎，而是穿过镇子，经过学校，上了公路，车速表的指针从六十、六十五跳到七十。当绿色指示牌"托莱多，15公里"出现在头顶时，他才意识到自己开出了多远。

多么恰如其分，他想，托莱多，人生的对称性真是美得不可思议。十年前，玛丽琳抛弃一切，躲到这里。现在轮到他了。他深吸一口气，更加坚定地踩下油门。他终于说出来了，那原本是他最害怕说出来的话，恐怕也是她最想听到的：假装你从来没遇见我，这一切都没发生过。他已经纠正了她人生中最大的错误。

然而——他无法否认这一点——玛丽琳看上去并不感激。她退缩了，好像怕他啐在她脸上似的。她连咬两次嘴唇，仿佛吞下一颗坚硬痛苦的种子。汽车朝路肩上开去，砾石在车轮下颤抖震荡。

是她先离开的，詹姆斯提醒自己，他把车拉回路中央。这一直都是她想要的。但是，虽然他这么想，但他知道这不是真的。黄线摇摇晃晃。詹姆斯承受了多年别人不加掩饰的打量，他们似乎把他当成了动物园里的动物，他听够了路人的窃窃私语——中国佬，滚回家——"与众不同"一直是他脑门上的烙印，在两眼之间闪闪发光，这个词影响了他的一生，它在每件事上都留下了肮脏的手印。然而，"与众不同"在玛丽琳眼中却具有不同含义。

玛丽琳年轻时，在一屋子男生面前毫无畏惧。她倒出烧杯里的尿液，用梦想堵住她的耳朵。她是蓝色运动衣海洋中的一袭白色女衫。她一直追求"不同"：生活与自我的标新立异。好比一个人举起他的世界，转动了一下，然后又放回地面。后来，失意的玛丽琳为了他们的女儿，将梦想夹在薰衣草间小心埋藏。囚禁在米德伍德死胡同般的小街上的那座房子里，她的野心无法施展。她脑中错综复杂的齿轮不为任何人旋转，纵有无数想法，也像困在窗户里面的蜜蜂，得不到实现。现在，她独自待在女儿的房间，被各种遗物包围，没有什么薰衣草，空气中有的，只是尘埃。詹姆斯很久以前就觉得，妻子是为了她的各种心愿而活的。

后来，在詹姆斯的余生中，他都在竭力修补这种感觉，他再也无法解释自己的真实意图，哪怕是对他自己。在这一刻，他能想到的只有一件事：到底怎么会的，他寻思着，怎么会错得如此彻底。

在米德伍德，内斯不清楚自己在前座躺了多久。他只知道，有人打开了他的车门，有人叫了他的名字，然后，一只手抓住他的肩膀，温暖、轻柔、有力，没有松开。

烂醉如泥的内斯觉得，那人的声音像他的父亲，尽管父亲从未如此温和地叫他的名字，或者那样小心地触碰他。睁开眼之前，他认为那就是他的父亲，即便是朦胧的阳光射入他的眼帘，他发现一辆警车停在旁边，菲斯克警官顺着敞开的车门探进身体的时候，他仍然认定刚才就是他的父亲。显然，是菲斯克警官拿走内斯手中的空瓶，扶起了他的头，但是，在他的印象中，刚才是父亲对他说"孩子，该回家了"，想到这里，内斯哭了起来。

第十一章

四月，家是内斯最不愿逗留的地方。一整个月里——访问哈佛大学之前的那几周——他都在收拾东西，书本和衣服越堆越高。每天晚上临睡前，他都会从枕头底下抽出信来重读一遍，琢磨各种细节。来自奥尔巴尼的大三学生，安德鲁·宾纳，主修天体物理学专业，将陪同他参观校园，带他参加餐厅中举行的各种学术性和实践性讨论，在长周末期间接待他。从周五到周一，他看看手中的机票想到，有九十六个小时。莉迪亚的生日晚宴结束后，他把手提箱拿到楼下，他已经收拾好了所有要带的东西。

即使关着她的房间门，莉迪亚也能听到那些动静，手提箱咔哒开启，然后是盖子碰到地板的敲击声。他们全家从未出门旅行过。有一次，汉娜还是小婴儿的时候，他们去了葛底斯堡和费城。

根据一本公路地图，詹姆斯策划了犹如美国历史采风活动的整个行程。比如路上有个加油站，叫作"福吉谷"，他们的午餐特色菜包括"葛底斯堡虾"和"威廉·佩恩猪里脊"。他们每到一家餐馆，女招待都会先盯着她父亲，然后看看她母亲，接着是她、内斯和汉娜。虽然那时还小，莉迪亚却知道，他们再也不会出来旅游了。自那时起，她父亲每年都会在暑假班教课，就好像她的推测是正确的——这是为了避免带着全家人出门度假。

内斯的房间里传来抽屉猛然关闭的声音。莉迪亚靠在床上，脚跟顶着爱因斯坦明信片。她嘴里还有又甜又腻的糖霜味，生日蛋糕在她胃里翻腾。夏季结束时，她想，内斯要收拾的就不止一个手提箱了，而是一只大皮箱和一叠纸箱，带走他所有的书和衣服，所有属于他的东西。他的房间角落里不会再有望远镜，柜子里的航空学杂志也会消失，空书架上将落满灰尘。每只抽屉——当她敞开它们——都将是空的。连他的床单也会消失不见。

内斯推门进来："哪件好？"

他举起两件衬衫，一手拿着一个衣架，衬衫挂在上面像帘子一样。左手那件是蓝色的，是他最好的正装衬衫，去年春天，他穿着它参加了高二的颁奖典礼；右手那件则有旋涡花纹，她从来没见过，袖口上还挂着吊牌。

"你从哪儿弄来的那一件？"

"买的。"内斯笑着说。以前，当他需要衣服的时候，玛丽琳就会把他拖到德克尔百货商店，为了早点回家，母亲给他挑什么他就要什么。上星期，他在倒数访问时间的时候，第一次主动开车来到商场，买下这件彩色花纹的衬衫，感觉就像换了一身新皮。现在，莉迪亚也有同感。

　　"穿去上课有点太花哨，"莉迪亚不假思索地说，"或者说，哈佛的人都这么穿？"

　　内斯放下衣架："他们为来访的学生举行了一个晚会，而且，接待我的学生写信告诉我，他和他的室友还要在周末开派对，庆祝学期结束。"他举起花纹衬衫，比在身前，下巴压着衣领，"也许我最好试穿一下。"

　　他进了浴室，莉迪亚听到衣架挂上浴帘撑杆的摩擦声。所谓的晚会，就是音乐、跳舞、啤酒、调情，交换涂抹在纸片上的电话号码和地址。*给我写信。给我打电话。我们一起玩。*她慢慢放下脚，搁在枕头上。晚会，也就是新生们搅和在一起，变成某种全新的混合物。

　　内斯重新出现在走廊里，系着花纹衬衫领口的扣子："你觉得怎么样？"

　　莉迪亚咬着嘴唇。白底蓝花看上去很适合他，让他显得更瘦、更高、更黑。虽然纽扣是塑料的，但闪烁着珍珠般的光泽。内斯看上去像变了一个人，变成了她很久以前认识的一个人。他还没走，她就开始想念他了。

"另一件更好。"她说，"你去的是大学，而不是夜店。"但她知道，内斯已经想好了穿哪一件。

后来，快到半夜的时候，她踮着脚尖走进内斯房间。那天晚上，她一直想把詹姆斯和路易莎的事告诉内斯：那天下午，她在车上看到的一切，她对事态的"了解"。内斯最近一直很忙，占用他的时间很不容易。这是她最后的机会，他明天早晨就要走了。

昏暗的房间里只开着一盏小台灯，内斯穿着他的旧条纹睡衣，跪在窗台上。一开始，莉迪亚觉得他是在祷告，以为自己目睹了他的私密时刻，她尴尬地准备关门出去——好像看到他没穿衣服一样。听到她的脚步声，内斯转过头，他脸上的笑容犹如刚从地平线上升起的月亮，莉迪亚这才意识到她搞错了。窗户是敞开的。他没在祷告，而是在憧憬什么美好的东西——后来她意识到，前者和后者几乎是没有什么区别的。

"内斯，"她说，不知道该怎么起头，"我看见……我认为……我需要……"于是，一件重要的事情被拆解为一些零碎的措辞，然而，内斯似乎没发觉她的纠结。

"看那里。"他低声说，莉迪亚跪在他旁边往外看。头顶漆黑的夜幕像一池墨水，星光熠熠。这些星星和她科学书上的插图看上去完全不一样，书上的星星模糊晦暗，如同摇摇欲坠的口水，而天上的星星棱角分明，每一颗都像一个完美的句号，用光亮为天空断句。莉迪亚望向远处的地平线，她看不到房屋和湖面，或是街上的路灯。她只能看到天空，又大又黑，可以把她压垮。他们仿佛置身另一个星球。不——像是独自飘浮在太空。按照内斯墙上贴的星座示意图，她寻找着天上的星座：猎户座、仙后座、北斗七星。现在看来，与实景相比，图片上的星座显得呆板稚气，轮廓生硬，颜色单调，形状牵强。而眼前的星星像衣服上的亮片一样对她眨着眼睛。"这就是所谓的'无限'。"她想。星光澄明，令她倾倒，如同针尖刺在她的心上。

"很神奇吧。"内斯在黑暗中轻轻地说。他的声音听上去像好几光年以外传来的。

"是啊。"莉迪亚听见自己说，几乎是在耳语，"神奇。"

第二天一早，内斯把牙刷塞进箱子的时候，莉迪亚在走廊里徘徊。十分钟后，他们的父亲会开车送他去克利夫兰的机场，环球航空公司将带他去纽约，然后到波士顿。现在是凌晨四点三十分。

"答应我，你会打电话告诉我那边的情况。"

"当然。"内斯说。他用松紧带捆起叠好的衣服，利落地扣成一个"X"，关上箱盖。

"你保证？"

"我保证。"内斯用一根手指扣上锁，握住把手，拖起箱子，"爸爸在等我。我们星期一见。"

就这样，他走了。

过了很久，莉迪亚下楼吃早饭，她几乎可以假装什么都没发生过。她的家庭作业放在粥碗旁边，本子的空白处有四个小对勾；桌子对面，汉娜正从她的碗里捞起成坨的麦片。她们的母亲呷着乌龙茶，翻阅报纸。只有一个地方不一样：内斯的座位是空的，仿佛他从来没在那里坐过。

"你来啦，"玛丽琳说，"快点改完这些，亲爱的，否则你就没时间在校车来之前吃完早饭了。"

莉迪亚自觉脚步虚浮，她飘飘摇摇地来到桌边。这时，玛丽琳正在浏览报纸——卡特总统的支持率达到65%，蒙代尔成为他的"高级顾问"，石棉禁令，纽约再现枪击案——她的视线移动到角落里的一段有趣的报道上：洛杉矶医生唤醒昏迷六年的病人。神奇，玛丽琳想。她抬眼看向女儿，莉迪亚紧靠在椅背上坐着，似乎要是不这样，她就会飘出去。

那天晚上，内斯没有打来电话，莉迪亚在父母一如往常的两面夹攻下瑟瑟发抖。"我从学院拿到一份课目表，你愿意今年夏天学习统计学吗？""有没有人邀请你参加舞会？好了，很快就会有人邀请你的。"他星期六也没有打来，那天莉迪亚是哭着睡着的；星期天也没有。所以，以后都会这样，她想。就像我从来没有过哥哥一样。

内斯走了，汉娜开始像小狗一样跟着莉迪亚。每天早晨，莉迪亚的闹钟一响，汉娜就蹦蹦跳跳地来到姐姐房间门口，激动地说："你猜怎么了？莉迪亚，你猜怎么了？"但她根本猜不出来，而且答案从来不是什么重要的事，比方说，下雨了，早餐吃薄烤饼，云杉树上出现了一只蓝松鸦。每一天，一整天，她都会跟着莉迪亚，不停地提建议——我们玩过家家吧，我们来搞一个周五晚上的电影之夜吧，我们做爆米花吧。莉迪亚一生都与她的哥哥和妹妹保持一定距离，对于汉娜这颗可怕的小卫星，莉迪亚和内斯采取的是默默容忍的态度。现在，莉迪亚发现了妹妹的很多小特点：她说话的时候，会不时抽两下鼻子，像兔子一样快；她习惯踮脚站着，像是穿了隐形的高跟鞋。星期天下午，汉娜刚把脚伸进莉迪亚踢到地上的坡跟鞋，就又冒出了新的主意："我们去湖边玩吧。莉迪亚，我们去湖边玩吧。"莉迪亚却注意到了别的事情：汉娜的衬衣里面，有个银色的东西在闪闪发光。

"那是什么？"

汉娜想背过身去，但莉迪亚拉下她的领口，里面的东西露出了一半：一条柔软的银链子和一个银色的心形坠子。她的挂坠。她勾住链子，汉娜开始摇晃，从莉迪亚的鞋里"噗通"一下摔了出来。

"你拿它干什么？"

汉娜朝走廊看了一眼，好像正确答案就贴在墙上。六天前，她在莉迪亚床下发现了那个丝绒小盒。"我以为你不要它了。"她小声说。莉迪亚没在听。"每当你看到它，"她仿佛听到父亲的声音，"不要忘记什么才是真正重要的。"合群。受欢迎。适应环境。你不想微笑？怎么办？逼自己笑。避免批评、谴责或者抱怨。戴着那副银色的小枷锁，汉娜是如此开心，就像莉迪亚小的时候——既胆小又迟钝，刚刚来到可以肩负如此轻细且泛着银光的东西的年纪。

她的手"啪"的一声打在汉娜脸上，汉娜向后退，头歪到一边。接着，莉迪亚一把抓过链子，用力一拧，像拽着狗项圈一样把妹妹拽过来。"对不起。"汉娜想说，但是她被勒得出不了声。莉迪亚拧得更紧了，然后，项链断了，姐妹俩同时发现，她们又可以呼吸了。

"你不需要这个，"莉迪亚说，她声音里的和蔼让汉娜感到震惊，莉迪亚自己也吃了一惊，"听我说，你觉得你需要，但是你不需要。"她握住项链，"答应我，你再也不会戴上它了，永远不会。"

汉娜摇摇头，眼睛睁得很大。莉迪亚摸摸妹妹的喉咙，拇指摩挲着项链在皮肤上勒出的红线。

"如果你不愿意笑，就别笑。"她说。姐姐突然如此关注自己，汉娜有些难以适应，她点点头。"要记住。"

汉娜记住了她的话。那天晚上，以及以后许多年里的许多个晚上，她时常想起这一幕，每当触摸自己的喉咙，她都仿佛摸到那条早已消褪了的红线。当时，与其说是愤怒，莉迪亚看上去更像是焦虑，项链从她的指缝里垂下来，像一条死蛇；她的声音几乎称得上悲伤，好像是她自己做了错事，而不是汉娜。那条项链实际上是汉娜偷过的最后一样东西。然而这一刻，她和姐姐的最后一次谈话，将在很长时间里成为困扰她的谜题。

那天晚上，莉迪亚从她房间的保险柜里拿出一张纸片，内斯在上面写了接待他的那名哈佛学生的电话号码。晚饭后，等到詹姆斯回书房、玛丽琳走进客厅之后，她打开那张纸，拿起楼梯平台上的电话。铃声响了六次才有人来接，从嘈杂的背景音判断，那边正在开派对。"找谁？"线路另一头的人问。他问到第二遍，莉迪亚才提高了声音说："内森·李。访问的学生。内森·李。"几分钟过去了，长途话费在逐渐增加——虽然当电话账单送到的时候，詹姆斯已经崩溃，无心注意上面的数字。楼下，玛丽琳不停扳动电视的频道旋钮：《罗达》《六百万富翁》《昆西》，然后又是《罗达》。

最后，终于，内斯接起电话。

"内斯，"莉迪亚说，"是我。"她惊讶地发觉，一听到内斯的声音，泪水竟然涌出了她的眼眶——他的声音比平常更低沉，更沙哑，好像感冒了一样。实际上，内斯现在已经喝掉了他人生中第一瓶啤酒的三分之一，整个房间在他眼中正散发出温暖的亮光。而他妹妹的声音——因为是长途线路而变得单调——像一把钝刀子，截断了那些闪光。

"什么事？"

"你没打电话。"

"什么？"

"你答应过要打的。"莉迪亚用握紧的拳头背面擦擦眼睛。

"你打电话就为了这个？"

"不，听着，内斯，我需要告诉你一件事。"莉迪亚顿了顿，思考着该如何解释。背景音里此时爆发出一阵哄笑，如同冲击海岸的巨浪。

内斯叹了口气。"怎么了？妈妈抱怨你的家庭作业了吗？"他举起酒瓶放到嘴边，发现啤酒已经变暖了，尝起来索然无味，"等等，我猜猜。妈妈给你买了'特别的礼物'，结果还是一本书。爸爸给你买了新连衣裙——不对，一条钻石项链——他希望你戴着它。昨天晚上吃饭的时候，你必须不停地说啊说啊说啊，他们的注意力都在你身上。我猜得对吗？"

莉迪亚目瞪口呆地沉默了。内斯比任何人都了解他们家的生活，包括那些专用的词汇，以及从来不足为外人道的隐情：一本书或者一件连衣裙，并非读物或衣物那么简单；父母越是关注你，对你的期望就越高，他们的关心像雪一样不断落到你的身上，最终把你压垮。虽然内斯的话没有说错，但是，这些词句被他用变了调的声音说出来，听上去是那么的琐碎、淡漠和空洞。他似乎害怕别人会听到他们的交谈。她的哥哥已经彻底变成了陌生人。

"我得挂了。"他说。

"等等。等等，内斯，听着。"

"老天，我没时间听你说。"他愤慨地补充道，"你为什么不把你的问题告诉杰克呢？"

内斯那时还不清楚自己为什么会突然说出这些话。把听筒用力扣回叉簧之后，内疚如同气泡般涌上心头，不过，派对的热浪和噪音包围着他，转移了他的注意力。学校、父母以及他们的生活逼得他太紧，他只有抽身逃离。你可以不接他们的电话，撕掉他们的来信，假装他们不曾存在，以新的自我开启新的人生。这说到底是个物理上的距离问题，他想，带着一个尚未真正将自己从家庭中解放出来的人所拥有的盲目自信：不久，莉迪亚也会离家上大学；不久，她也会获得自由。他吞掉剩余的啤酒，去拿另一瓶。

家里，莉迪亚独自待在楼梯平台上，听到内斯挂断电话，她捧着听筒呆立了许久，曾经让她声音哽咽的泪水已经干了，对内斯燃起的怒火开始在她心里缓缓蔓延。他最后那句话回响在她耳边。"我没时间听你说。"他变成了另一个人，这个人不在乎她是否需要他，这个人说了伤害她的话。她觉得自己也变成了另一个人，一个会打自己妹妹耳光的人，一个会像内斯伤害她那样反过来报复他的人。"把你的问题告诉杰克。"

星期一早晨，她穿上最漂亮的连衣裙，脖子上有系带，印着红色的小花，这是她父亲去年秋天给她买的。"新学期，新气象。"他说。他们当时在买学习用品，詹姆斯在商店橱窗的模特身上看到这件衣服。詹姆斯喜欢给莉迪亚买模特身上展示的衣服，因为他觉得这意味着大家都爱穿它们。"最新款，对吗？在特殊场合，每个女孩都需要一件连衣裙。"然而莉迪亚看中的是不那么起眼的搭配：带兜帽的毛衣和条绒裤子，简洁的衬衫和喇叭裤。她知道这种连衣裙是用来穿着去约会的，但她不约会。她把这件衣服放在衣橱深处有好几个月了，但今天，她把它从衣架上拿下来。她仔细地梳理头发，让它们在额头中间分开，然后用一只红色发夹把一侧的头发固定好。她举着唇膏，用它的顶端描摹自己的唇线。

"你真漂亮，"吃早饭时，詹姆斯说，"像苏珊·戴伊。"莉迪亚笑了笑，什么也没说。玛丽琳说："莉迪亚，放学后回家不要太晚，内斯会回来吃晚饭。"这时她也没说话。詹姆斯戳戳她的酒窝——又开始逗她了——说："现在，所有的男生都会围着你转。"她依然没说话。桌子对面的汉娜研究着姐姐的连衣裙、涂了唇膏的微笑，不由得伸出一根手指，摸了摸脖子上的伤痕，感觉它像绕在脖子上的蜘蛛网。"不要。"汉娜想说，但她并不清楚"不要干什么"。她只知道有什么事情要发生了，但她无论说什么、做什么，都不能阻止它的发生。莉迪亚走了之后，她握着勺子，把碗里湿透了的麦片捣成烂泥。

汉娜是对的。那天下午，在莉迪亚的建议下，杰克开车来到俯瞰全镇的制高点——波恩特，他们把车停在树荫里。在星期五的晚上，常会有五六辆车聚在这里，车窗慢慢被雾气笼罩，直到被一辆警车驱散开去。然而现在——在星期一的晴朗白天——周围并没有其他人。

"内斯什么时候回来？"

"今晚，我想。"其实莉迪亚知道，内斯的飞机下午五点十九分会在克利夫兰的霍普金斯机场降落。他和他们的父亲将在六点半回家。她透过窗户望着镇中心第一联邦银行的钟楼：四点零五分。

"他不在家，你一定感到不自在。"

莉迪亚笑了，那是一个勉强的苦笑。"四天时间对他来说还不够，我猜。他恨不得早点一走了之。"

"你又不是永远见不到他了，我是说，他会回来的，比如在圣诞节和暑假的时候，对吗？"杰克挑起一边的眉毛。

"也许吧。也许他永远都不回来了。谁在乎。"莉迪亚硬下心肠，稳住自己的声音，"我有自己的生活。"透过摇下的车窗，可以听到枫树的新叶沙沙作响。一片去年秋天留下的枯叶应声而落，像一架坠毁的直升机，旋转着掉到地上。莉迪亚觉得身上的每一个细胞都在颤抖，但当她低头凝视自己的双手时，却发现它们沉稳安静地放在膝盖上。

她打开储物柜，摸出那盒安全套。里面还剩两个，和两个月前一样。

杰克看上去吃了一惊。"你干什么？"

"没关系，别担心。我不会后悔的。"他离得很近，她能闻到他皮肤上的咸味，"你知道，你和别人想的不一样。"她说，一只手放在他的大腿上，"大家都觉得，你和那么多女孩……你什么都不在乎。但是，那不是真的，不是真的你，对吗？"他们的视线碰在一起，蓝色对蓝色，"我了解你。"

在杰克的注视下，莉迪亚深吸一口气——好像准备潜水一样，然后吻了他。

她以前从未接过吻，这是一个——虽然她不知道——甜美的吻，纯真的吻，小女孩的吻。她觉得他的嘴唇温暖、干燥、平静，烟味之下的杰克带着树林里的清爽味道，绿叶般新鲜，天鹅绒般柔和，让人很想用手抓过来贴在脸上。那一刻，莉迪亚的大脑像电影快进一样飞速运转，预测着将要发生的一切：他们翻到后座上缠在一起，在欲望的驱使下互相抚摸，她解开裙子上的带子，他们脱掉衣服，杰克压在她身上。这些都是她未曾经历和未曾想象过的。当内斯回到家的时候，她想，她会完全变成另一个人。今天晚上，当内斯给她讲他在哈佛的见闻，描述他将要开始的新生活的时候，她也会有新闻要告诉他。

就在这时，杰克轻轻地退到了一边。

"你人很好。"他说。

他凝视着她，然而莉迪亚本能地看出来，这不是情人的那种凝视。虽然温柔，却是成年人看到孩子摔倒受伤时的眼神。她的心颤抖起来。她低头盯着膝盖，让头发遮住发热的脸，一股苦涩的味道在她嘴里绽放。

"别告诉我你突然变成正人君子了。"她刻薄地说，"还是我对你来说不够好？"

"莉迪亚，"杰克叹息道，他的声音犹如法兰绒般柔软，"不是因为你。"

"那是因为什么？"

长久的停顿，长到她以为杰克忘记了回答。当他终于开口时，他转头看着车窗，似乎自己的苦衷都在窗外，但不是枫树，不是湖水，也不是它们下面的任何东西。"是内斯。"

"内斯？"莉迪亚翻了个白眼，"别怕他，他不重要。"

"他重要。"杰克说，眼睛仍然看着窗外，"对我来说他重要。"

莉迪亚怔了一会儿才明白他的意思。她睁大眼睛看着杰克，仿佛他的脸突然改变了形状，头发换了颜色。杰克用拇指摩擦了一下无名指，莉迪亚知道他说的是事实，而且，这个事实已经存在了很长很长时间。

"可是……"莉迪亚顿了顿，内斯？"你一直……我是说，大家都知道……"她不由自主地看了后座一眼，一条褪色的纳瓦霍毛毯堆在那里。

杰克嘲弄地笑笑。"你刚才是怎么说的来着？大家都知道，那么多女孩——但那不是你。"他瞥了她一眼，一阵微风钻进敞开的窗户，吹起他浅棕色的鬈发，"没人会怀疑。"

莉迪亚蓦然回忆起她和杰克的各种对话片段。"你哥哥呢？内斯会怎么说？"还有"你打算告诉你哥哥，我们一直在一起，而且我不是坏人吗？"她是怎么说的？"他可能永远都不会相信我了。"半空的安全套盒子张大着嘴巴看着她，她一拳把它打扁。

"我了解你。"她仿佛又听到自己刚才说的这句话,只觉得难堪。我怎么能这么蠢,她想。怎么能如此误解他。我把一切都搞错了。

"我得走了。"莉迪亚抓起车厢地板上的书包。

"对不起。"

"对不起?为了什么?没有什么好对不起的。"莉迪亚把书包往肩上一甩,"其实,我为你感到遗憾——爱上了讨厌你的人。"

她怒视着杰克,一副咬牙切齿的样子,似乎下一秒她就会朝他的眼里泼水。杰克的表情又变得懒洋洋的,疲惫中透着狡诈,仿佛他是和别人在一起,和他们第一次相遇时一样。他咧嘴一笑,那笑容看上去更像一个痛苦的鬼脸。

"至少我不用别人来告诉我,我想要什么。"他说,语气里的轻蔑让她退缩,她好几个月都没听到这样的话了,"至少我知道我是谁,我想要什么。"他眯起眼睛,"你呢,李小姐?你想要什么?"

我当然知道我想要什么,她想,但是,当她张开嘴,却说出不出话来。各种词句在她的脑袋里上下翻飞,像玻璃弹珠——医生、受欢迎、快乐——然后归于沉寂。

杰克冷笑道:"至少我不会一直让别人告诉我该做什么。至少我不害怕。"

莉迪亚默然无语。他的眼神仿佛划开了她的皮肉,刺穿了她的内心。她想揍杰克，然而，这样做根本不足以让他痛苦。接着，她意识到什么会对他造成最大的伤害。

"我猜，内斯一定愿意知道这件事，"她说，"我猜学校里的人也希望知道。你觉得呢？"

当着她的面，杰克像一只被戳破的气球一样，一下子泄了气。

"听着——莉迪亚——"他终于开口，但她猛地推开车门跳下了车，再猛地把门关上。每跑一步，书包就重重地在她背上砸一下，但她还是继续跑，一直跑到通往她家的大路上，每听到一辆车过来她就四处张望，觉得可能是杰克，然而，他的大众车再也没出现。她怀疑他现在可能还留在波恩特，脸上仍然挂着恐慌的表情。

她沿着湖边走向家门前的小街，呼吸渐趋平稳，然而，原本熟悉的一切都变得陌生了——颜色过于明亮，犹如调节过度的电视图像。绿色的草坪有点偏蓝，艾伦夫人家的白色山墙太耀眼，她自己手臂上的皮肤颜色太黄。所有的东西都有些扭曲，莉迪亚眯起眼睛，试图把它们压成熟悉的形状。来到自己家门口时，过了片刻她才意识到，那个打扫门廊的女人是她的母亲。

看到女儿，玛丽琳张开双臂准备亲她。这时莉迪亚才发觉，她手里依然握着那盒安全套，她急忙把它塞进书包，藏在衬里下面。

"你身上挺热的。"玛丽琳说完，重新拿起扫帚，"我马上扫完了，然后我们就开始复习备考。"树上落下的绿色花蕾被坚硬的扫帚压碎。

莉迪亚一时说不出话来，过了一会儿，她才发出沙哑的声音，然而，她自己和她母亲都没有注意到她声音的异常。"我告诉过你，"她愤怒地说，"我不需要你的帮助。"

等到明天，玛丽琳就会忘记这一刻：莉迪亚的叫喊，她嘶哑的声调。它将永远消失在她对莉迪亚的记忆中，因为，对逝去的心爱之人的记忆，会自动变得平顺和简单，它会把各种复杂纠结的成分当成丑陋的鳞片一样甩掉。现在，玛丽琳已经把女儿的反常归因为傍晚的疲倦。

"没有多少复习时间了，"莉迪亚拉开前门时，玛丽琳说，"你知道，已经是五月了。"

后来，当他们回想最后那个夜晚的时候，却发现什么都不记得了——悲伤占据了所有回忆的位置。那天晚上，内斯兴奋得满脸通红，一直在餐桌上喋喋不休，然而，他们——包括他——都忘记了他这次不寻常的健谈，更想不起他说了些什么。他们不记得夕阳的余晖洒满桌布，犹如融化的黄油。玛丽琳说："丁香花开了。"他们不记得詹姆斯听见内斯提到查理餐厅时的微笑，因为他想起多年前自己和玛丽琳经常去那里吃午餐。不记得汉娜问："波士顿的星星和我们这里的一样吗？"内斯回答："是的，当然一样。"一切记忆到了第二天早晨都会消失。以后的很多年，他们不停地剖析着那个晚上，冥思苦想自己忽略了哪些应该注意的细节，哪些被遗忘的小动作可能改变一切。他们剥皮拆骨，条分缕析，想知道事情是如何发展成这个样子的，却永远无法确定原因。

至于莉迪亚，整个晚上，她都在问自己同一个问题。她没注意到父亲对往事的怀念和她哥哥容光焕发的脸。从晚餐开始到结束，到她对家人说完晚安，那个问题一直在她心里翻腾：为什么会错得如此彻底？电唱机在灯光下浅吟低唱，她陷入倒序的回忆之中：下午她冲下车时杰克的表情，挑衅、脆弱、恐慌。她遇到了杰克。她的物理考试不及格。她选修了生物课。她参加科学展览。母亲给她买书，送她真正的听诊器。事情是从哪里开始不对劲的呢？

闹钟从1:59跳到2:00，发出低低的"咔哒"声，从这个声音开始，她的思绪逐渐明朗。电唱机早就停了，外面的黑暗使寂静更加深沉，犹如图书馆般沉闷。她终于知道所有错误是从哪里开始的了，也知道了自己不得不去的地方。

小码头的木质表面很光滑，与她的记忆吻合。莉迪亚在码头顶端坐下，像很久以前那样，脚垂在水面上，身旁的小船轻柔地拍打着水面。她从来不敢离水太近。今天晚上，在黑暗中，她却觉得无所畏惧——她惊奇而平静地发现了这一点。

杰克是对的。她一直活在恐惧之中，她不知道除了恐惧还能做什么——她害怕有一天母亲会再次消失，她父亲会因此崩溃，全家再次瓦解。从那年夏天母亲离家出走开始，他们家就处于岌岌可危的状态，全家人仿佛身处一座悬崖之上，摇摇欲坠。此前，她根本不会意识到幸福是多么的脆弱，不知道只要你不小心，就能轻而易举地推倒幸福，让它粉身碎骨。此后，她母亲的所有心愿都变成她的承诺。只要她能留下。她一直是如此的恐惧。

　　所以，每当母亲说"你想不想"的时候，她会说"是的"。她知道父母一直渴望什么——不用他们说出来就知道，而她，希望他们开心。她遵守了诺言。她母亲留了下来。读读这本书。是的。你想要这个。你喜欢这个。是的。一次，在大学博物馆，内斯抱怨不能去参观天文展览的时候，她看到一块天然琥珀，一只苍蝇困在了里面。"那是四百万年前的东西。"玛丽琳轻声说着，从身后搂住女儿。莉迪亚就盯着琥珀看，直到内斯最后把她们两人分别拉开为止。现在，她想起那只曾经优美地降落在一摊树脂里的苍蝇，也许它误以为那是蜂蜜，也许它从未见过树脂。当它意识到自己犯下的错误时，已经太晚了。它挣扎扑腾，然后沉陷，最后淹死。

　　从那个夏天开始，她就非常恐惧——害怕失去她的母亲和她的父亲。不久，她最大的恐惧出现了：失去内斯。他是唯一理解他们家那种奇怪而脆弱的平衡的人。他完全清楚发生过什么。他总是托着她，不让她沉下去。

很久以前的那天，就是坐在这个码头上的这个位置时，她已经开始感觉到，继承父母的梦想是多么艰难，如此被爱是多么令人窒息。发觉内斯把手放在她肩上的那一刻，她几乎是心怀感激地落到了水里，让自己沉下去。当她的头完全没入水下，水就像手掌掴着她的脸。她想尖叫，但冰冷的感觉涌进她的喉咙，让她窒息。她伸展脚趾寻找陆地，根本没有陆地。她的手中空无一物，只有潮湿和冰冷。

然后是温暖。内斯的手指，内斯的手，内斯的胳膊，内斯揪住她的脊背。她的头钻出湖面，头发上的水流进她的眼睛，激起刺痛。踢水，内斯告诉她。他把她托起来，他双手的力量和沉稳令她惊讶，她觉得全身恢复了暖意。他的手指抓着她，那一刻，她不再害怕了。

踢水。我抓住你了。踢。

从那以后，就总是这样，只要她伸出手说，别让我沉下去，他就握住她的手，不让她下沉。就是那一刻，莉迪亚想，从那里开始，一切都错了。

还不算太晚。莉迪亚在码头上许下新的承诺，这一次，是对她自己许的。她将重新开始。她会告诉她的母亲，够了。就算她物理不及格，就算她永远当不成医生，那也没关系。她还会告诉母亲，还不算太晚。一切都不晚。她要把项链和书还给父亲，她再也不会把只有拨号音的听筒扣在耳朵上，她再也不会假装成另一个人了。从现在开始，她要做她想做的事情。双脚悬空的莉迪亚——她一直都被别人的梦想深深吸引——突然发现了宇宙中华丽闪耀的各种可能性，她决心改变一切。她要对杰克说对不起，告诉他，她永远不会讲出他的秘密。既然他能如此勇敢，清楚地明白自己是谁、想要什么，那么，也许她也能。她会告诉他，她理解他。

她要对内斯说，他走了也没关系，她会没事的，他不必再为她负责，也无需担心。然后，她就让他走。

许下最后一个承诺的时候，莉迪亚明白了她要怎么做，如何重新开始，从头开始，这样，她就再也不用害怕孤独了。为了封存和实现她的承诺，她一定要这样做。她轻轻地下到小船里，松开缆绳。当她推了码头一把的时候，本以为自己会恐慌，然而，恐慌并没有来。她笨拙地划着水，朝远处漂去——直到湖边的灯柱变成小点，再也无法玷污她四周的黑暗——她感到异乎寻常的平静和自信。头顶的月亮圆得像硬币一样完美，轮廓分明。湖面风平浪静，她几乎感觉不到小船的轻微摇晃。仰望夜空，她觉得自己仿佛在太空飘浮，毫无羁绊，一切皆有可能。

远处，码头上的灯犹如闪烁的孤星，如果眯起眼睛细看，还能分辨出码头本身昏暗的轮廓和沉沉夜幕下暗淡的木板。

如果能再靠近一点，她想，就能完全看清楚。几代人的光脚把木板磨得十分光滑，支撑它们的木桩刚刚露出水面。她小心翼翼地站起来，展开双臂，小船开始摇晃。码头并不远。她能做到，她很肯定。只需要踢水，她就能一路游向码头，攀上那些木板，离开水面。明天早晨，她要问问内斯哈佛的事情，那里是什么样的，她要让他讲讲他遇到的人，上过些什么课。她要告诉他，他会在哈佛度过美好的时光。

　　她低头看着湖水，黑暗中仿佛空无一物，只有黑幽幽的颜色，一片巨大的虚无在她脚下铺展开来。没关系的，她告诉自己，然后，她就跨出小船，走进水中。

第十二章

回家的路上，詹姆斯不断地告诉自己："还不算太晚。还不算太晚。"每前进一英里，他就重复一遍，他进入米德伍德，看到他的学校，然后是那个湖。当他终于开进自家车道时，发现车库门是开着的，玛丽琳的车没在里面。他只觉得天旋地转。他仍旧清晰地记得多年前的那种感觉，起初，她逃走了，等他习以为常了，她回来了，然后，她留了下来。他握住门把，双腿颤抖。还不算太晚，他向自己保证，但他的内心深处早就动摇了。如果她再次离开，他无法去指责她，而且，一旦走了，这一次她就不会再回来了。

前厅弥漫着沉重的寂静，如葬礼一般。他步入客厅，看到一个小身影蜷缩在地板上。汉娜。她已经团成了一个球，两条胳膊箍着自己，眼圈通红。詹姆斯突然想起多年前的那个下午，两个没有母亲的孩子坐在冰冷的台阶上。

"汉娜。"他小声说，觉得自己像一幢即将倒掉的旧楼，再也站不稳了。手提包从他指间滑落，掉到地板上。他仿佛是在透过一根麦秆呼吸。"你妈妈呢？"

汉娜抬起头。"在楼上。睡觉。"詹姆斯立刻觉得自己又能喘气了。"我告诉过她，你会回家的。"她看上去并没有沾沾自喜，或是得意洋洋。这是事实，千真万确的事实。

詹姆斯跌坐在小女儿身边的地毯上，感激得说不出话来，汉娜则在考虑是否需要多说几句。因为，确实还有很多事要说。她和母亲在莉迪亚的床上抱头痛哭了一下午，她们靠得那么近，眼泪都混在了一起，后来，她母亲不知不觉睡着了。半小时前，她哥哥坐着警车回家，身体晃悠得一塌糊涂，但情绪出奇地平静，他直接上楼睡觉去了。汉娜从帘子后面看到，开车的是菲斯克警官。当天晚上，玛丽琳的车会安静地重新出现在车道上，而且洗过了，钥匙则端正地摆在驾驶座上。还是等等再说吧，汉娜决定。她已经习惯了为人们保守秘密，而且，还有更重要的事情需要告诉父亲。

她拽拽他的胳膊，向上一指，她的小手居然这么有劲，詹姆斯觉得非常惊奇。"看。"

起初，由于刚从巨大的情绪波动中恢复过来，加上习惯于对小女儿采取忽略态度，詹姆斯什么都没看见。还不算太晚，他告诫自己，然后他凝视着天花板——在夕阳的映照下，它干净明亮得如同一张白纸。似乎什么都没有。

"看。"汉娜又说，她不容置辩地指着他的头顶。她从来不敢如此霸道，吃惊的詹姆斯小心翼翼地望过去，终于看到了。奶油色的天花板上，有一个白色的鞋印，仿佛有人先踩到了涂料，然后又踩了天花板一脚，留下了清晰完美的印迹。以前他从未注意到。他的目光被汉娜的脸吸引过去，她的表情既严肃又自豪，就像是发现了一颗新的行星。其实，天花板上的鞋印说到底是一样荒唐的东西，无法解释，毫无意义，是魔法般的存在。

汉娜傻笑起来，在詹姆斯耳中，她的笑声像铃声般清脆。很好听。他也笑了，这是几周以来的第一次。汉娜一下子胆大起来，依偎着父亲。这感觉很熟悉，让他想起被他忘记的一些事。

"你知道有时候我会和你姐姐做什么吗？"他慢慢地说，"她小的时候，非常小，甚至比你现在还小。你知道我会怎么做吗？"他让汉娜爬上他的背，然后站起来左右摇晃，感到她的重心在他身上变换。"莉迪亚去哪儿了？"他说，"莉迪亚去哪儿了？"

他会不停地说下去，莉迪亚则把脸埋在他头发里，咯咯地笑。女儿温热柔和的气息喷在他的头皮上和耳朵后面，他在客厅里乱转，在家具后面和走廊里假装寻找。"我能听到她的声音，"他说，"我能看到她的脚。"他捏捏她的脚踝，紧紧握住，"她在哪儿？莉迪亚在哪儿？她能去哪儿呢？"他扭头向后看，莉迪亚就尖叫着往旁边一闪，他假装没有看到她垂在他肩膀上的头发。"她在那！她在那！"他越转越快，莉迪亚越抓越紧，最后，他躺到地毯上，她笑着从他背上滚下来。这个游戏她永远玩不腻，找到了再"消失"，"消失"了再找。有时，她直接踩着他的手，爬上他的背，大咧咧地"消失"在他面前。是什么让某些东西变得宝贵？失而复得。他一直在假装失去她。他坐在地毯上，怅然若失。

然后，一条小胳膊搂住他的脖子，温暖的小身体贴在他身上。

"爸爸，"汉娜耳语道，"你能再来一次吗？"

他膝盖着地，直起了身体。

还有很多事情需要做，很多东西要修补。但是现在，他想到的只有怀里的女儿。他已经忘记像这样抱着小孩——或者抱任何人——的感觉。他们的重量沉进你的身体，他们本能地抓着你，对你完全信任，他抱了汉娜很长时间才放手。

玛丽琳睡醒来到楼下的时候，天刚开始黑，她看到丈夫抱着小女儿蜷缩在灯下，神色平静温柔。

"你回家了。"玛丽琳说。他们都明白，这是一个问句。

"我回家了。"詹姆斯说。汉娜轻手轻脚地爬起来，向门口蹭去。她能感觉到房间里有一种沉静的气氛——她不确定这是什么，但她不想打破如此完美和敏锐的平衡。习惯于被忽视的她挪到母亲身边，做好了悄悄溜出去的准备。这时，玛丽琳轻轻碰了一下她的肩膀，汉娜吃了一惊，脚跟"砰"地落到地板上。

"没关系，"玛丽琳说，"你爸爸和我需要谈谈。"汉娜的脸高兴得红了起来——玛丽琳亲亲她的前额，恰好在头发分开的地方，她随后说："我们明天早晨见。"

楼梯上到一半，汉娜停住脚步，她只能听到楼下传来喁喁低语，但她这次没有爬回去偷听。"我们明天早晨见。"她母亲说了，她把这当成一句承诺。她轻轻走过平台——经过内斯的房间，门后面，她哥哥正在沉睡，残留的威士忌缓缓从他的毛孔中蒸发出来；经过莉迪亚的房间，在黑暗中，那里好像什么都没有发生过，但实际却发生了翻天覆地的变化。一路向上，她来到自己的房间，窗外的草坪刚开始从蓝黑色变为黑色。她的夜光闹钟显示，现在刚过八点，但感觉却像半夜，沉寂厚重的黑暗犹如一床羽绒被。她静静体会着被它包围的感觉。在阁楼上，她虽然听不到父母的声音，但足以感受到他们就在那里。

楼下，玛丽琳在走廊里徘徊，一只手放在门把手上。詹姆斯想吞咽口水，却如鲠在喉。他已经学会从背后读懂妻子的情绪。从她肩膀倾斜的角度，以及左脚到右脚重心的切换，他已经明白了她的想法。不过，他已经很长时间没有这样认真地看她了，现在，即便是脸对着脸，他看到的也只有她眼角模糊的皱纹，还有她衬衫上的皱褶，时而出现，时而舒展。

"我以为你走了。"她终于说。

詹姆斯的声音嘶哑而尖利："我以为你走了。"

这一刻，他们只需要说这一句就够了。

有些事情他们永远不会讨论，但是，詹姆斯不会再和路易莎说话，他将为他们曾经的关系羞愧一辈子。然后，他们会谈到一些从未说开的话题。他会把验尸报告给她看，她则把烹饪书交到他手里。他不记得从什么时候开始，自己和儿子说话时，语气里不再有火药味，也不记得从什么时候开始，儿子也不再和他针锋相对。在这个夏天剩下的日子里，以及以后的很多年，詹姆斯和玛丽琳说话时会选择真正能表达自己的意思的措辞，无论是对内斯，对汉娜，还是互相之间。他们需要说的太多太多。

在这个静谧的时刻，有个东西触到了詹姆斯的手，它是那么的轻，他几乎感觉不到。是一只蛾子，他想，是他的衬衫袖口。然而，他低下头时，却看到玛丽琳的手指勾住他的手指，它们轻轻碰在一起。他几乎已经忘记了碰触她是什么感觉。错了这么多，他依然得到了原谅。他弯下腰，把头放到玛丽琳的手上，被感激之情所淹没。

他们在床上轻轻地互相抚摸，就像第一次在一起时那样，他的手小心地划过她的后背，她的手指仔细地解开他的衣扣。他们的身体变老了一些，他能感觉得出自己肩膀下垂了，也摸得到她腰线以下分娩手术留下的十字形疤痕。黑暗中，他们温柔相待，似乎明白彼此的脆弱和不堪一击。

深夜，玛丽琳醒过来，发觉丈夫温暖地躺在自己身边，他身上的味道像烤面包片一样甜，又带着醇酒的芳香和苦涩。在这里和他靠在一起是多么的幸福——感觉他胸口的起伏，仿佛那是她自己的呼吸。然而现在，她必须做点别的事。

她站在莉迪亚房间门口，握着门把手迟疑了一会儿。她把头靠在门框上，回忆着她和女儿相处的最后一晚——莉迪亚的高脚杯的反光闪进她的眼睛，她朝桌子对面微笑着看过去，自信满满地遐想女儿的未来，却从未去想这一切可能不会发生，她可能搞错了一切。

当时的胸有成竹已经远去，似乎那是多年前的某种古老的感觉，是她在结婚前甚至童年时代的体验。她明白，他们没有别的去处，只能向前。她心里的某个部分仍旧希望回到那个瞬间——什么都不要改变，甚至不和莉迪亚说话，什么都不告诉她。只是敞开门，再看一眼睡梦中的女儿，知道一切都好。

当她终于推开房门，眼前出现的是这一幕：床上躺着她的女儿，一绺长发搭在枕头上，如果仔细观察，甚至看得出羽绒被随着她的呼吸一起一伏。她知道这是上天赐予她的幻象，她拼命不去眨眼，想要记住女儿睡着时的样子。

将来的某一天，等她准备好了，她会拉开窗帘，收起抽屉里的衣服，把地板上的书放好。她会清洗床单，打开书桌抽屉，清空莉迪亚的裤子口袋，这些地方装着女儿生活中仅存的碎片：硬币、没寄出的明信片、杂志上撕下来的书页。她会对着一块包着玻璃纸的薄荷糖发一会儿呆，想知道这是不是什么重要的东西，是对莉迪亚有什么意义，还是被她忘记和丢弃的东西。她知道自己不会找到答案。现在，她只能注视着床上的人影，眼里噙满泪水。这就够了。

汉娜下楼时，太阳刚刚升起，她谨慎地数了数，车道上停着两辆车，前厅桌子上放着两套钥匙，门口摆着五双鞋——其中一双是莉迪亚的。虽然看到这双鞋时，她觉得锁骨一痛，但这些数目让她安心。她从前窗往外看，发现伍尔夫家的门被打开，杰克和他的狗正走出来。虽然她知道很多事都和以前不一样了，但看到杰克和他的狗朝湖边走，她依然觉得安心，仿佛宇宙慢慢恢复了正常。

然而，站在楼上窗前的内斯，想法却正好相反。他从醉酒的睡眠中醒来，威士忌已经离开了他的身体，每样东西仿佛都焕然一新：家具的轮廓、分割地毯的阳光、举到眼前的他的手，连胃部的疼痛——自从昨天早餐之后他就没吃东西，那时吃下的食物，早就和威士忌一起消失了——也是那么清晰和尖锐。而且，他的视线越过草坪，看到了自己天天都在搜寻的目标。杰克。

他不在乎换没换衣服、拿没拿钥匙，他没有心思考虑别的事。他蹬上网球鞋，飞速蹿下楼梯。老天给了他这个机会，不能浪费。他猛地拉开前门，在他眼里，前厅里的汉娜无非是一个吓坏了的模糊黑点。而她连穿不穿鞋都不在乎，光着脚便跟着内斯冲了出去，沥青地面依旧泛着凉意，踩起来有潮湿的感觉。

"内斯，"她叫道，"内斯，不是他的错。"内斯没有停。他没在跑，只是气冲冲地迈着大步，朝街角前进，杰克刚从那里消失。他看上去就像詹姆斯的电影里面的那些牛仔，坚定地走在荒凉的街道上，肌肉绷紧，不可动摇。"内斯。"汉娜抓住他的胳膊，但他无动于衷，继续向前走，她只能快步跟着。他们来到街角，同时看到了杰克，他坐在码头上，胳膊抱着膝盖，狗趴在旁边。内斯收住脚，让一辆车先过去，汉娜则用力拉着他的手。

"求你了，"她说，"求你了。"那辆车开走了，内斯迟疑了一下，但他等待答案已经等了那么久。要么现在就问，要么永远闭嘴，他想。他挣脱了汉娜的手，穿过马路。

就算杰克听到了他们过来，他也没有表现出来。他坐在那里，望着水面，直到内斯站在他的面前。

"你觉得我看不见你吗？"内斯说。杰克没回答，他慢慢地站起来，手插在裤子后袋里，脸朝着内斯。内斯想，他好像连架都不屑于打。"你不能永远藏着。"

"我知道。"杰克说。他脚旁的狗发出低沉的哀鸣。

"内斯，"汉娜小声说，"我们回家吧，求你了。"

内斯无视她。"我希望你知道你该有多么抱歉。"他说。

"我是觉得抱歉。"杰克说，"对莉迪亚的事感到抱歉。"他的声音似乎有些发抖，"对一切抱歉。"他的狗吓得向后一退，和汉娜的腿碰到一起。她觉得内斯会松开拳头，转身离开，让杰克独自留在这里。然而他没有，他只是疑惑了一会——而疑惑让他更加愤怒。

"你觉得这样就能改变什么吗？不可能。"他捏紧拳头，指关节变得发白，"告诉我真相。现在。我想知道，你们两个之间发生了什么，那天晚上她为什么会跑到湖那里去。"

杰克微微摇头，似乎没听懂内斯的问题。"我以为莉迪亚告诉了你……"他的胳膊晃动着，似乎准备抓住内斯的肩膀或者手，"我应该自己告诉你的，"他说，"我应该说的，很久以前就应该……"

内斯向前跨了半步。他现在靠得非常近，近到能够明白他的意思，但是，他却觉得头晕。"说什么？"他问，几乎是在耳语，声音低到汉娜几乎听不清楚，"承认那是你的错吗？"

在杰克的头移动之前，汉娜突然意识到接下来会发生什么——内斯需要一个目标，一个让他发泄愤怒和内疚的目标，否则他就会崩溃。而杰克明白这一点，她从他脸上看得出来，从他挺胸抬头的样子也看得出来。内斯又靠近了一点，许久以来，他第一次直视杰克的眼睛，棕色对蓝色。他在命令，在恳求：告诉我。求你了。杰克点点头：好。

接着，他的拳头就砸向杰克，杰克弯下了腰。内斯以前从来没有打过人，他以为打人的感觉一定很好——当他的胳膊像活塞一样伸展开的时候，他会觉得非常强大。但事实并非如此。他觉得自己在打一块肉，密实沉重，不会反抗的肉。他感到有点恶心。他希望听到的是电影里那样"砰砰"的声音，而拳头打在杰克身上，却只有沉闷的捶击声，像一只沉重的袋子倒在地板上，只有一声微微喘息，这也让他恶心。内斯摆好姿势等着，但杰克没有还击。他缓缓直起身子，一手捂着肚子，眼睛盯着内斯，他连手都没有握成拳头，这让内斯彻底想吐。

找到杰克的时候，他想过，如果自己的拳头打在杰克脸上，他会感觉好一点，一切都会不一样，他内心的愤怒会像沙子一样消散。然而，什么都没有发生。他觉得自己的愤怒还在那里，像一块混凝土，从里到外地刮擦着他。杰克的脸上也没有得意的表情，连戒备和恐惧都没有，他只是近乎温柔地看着内斯，仿佛为他感到难过，仿佛他想要伸出胳膊来抱住他。

"快点，"内斯喊道，"你心虚得没法还手了吗？"

他揪住杰克的肩膀，又开始摇晃，在他的拳头触到杰克的脸之前，汉娜偏过头去。这一次，杰克的鼻子流下一串红色液滴。他没有去擦，而是让它们流，从鼻孔到嘴唇到下巴。

"别打了。"汉娜尖叫道。当她听到自己的声音，才发觉自己已经哭了，脸上，脖子上，连T恤的领子上都沾满黏糊糊的眼泪。内斯和杰克也听到她的哭喊，他们一齐扭过头，内斯的拳头停在半空，杰克现在温柔地看着她。"别打了。"她又叫道，胃部翻腾不已。她冲到两人中间，想保护杰克，用手掌猛拍她的哥哥，把他推到一边。

内斯没有反抗，任由她推着自己，他不由自主地脚步踉跄，瘫倒在磨得光滑的木板上，身体滑下码头，沉进水中。

那么，就是这种感觉了，水面在他头顶闭合的时候，他想。他没有挣扎。他屏住呼吸，稳住四肢，睁着眼睛垂直下沉。看上去是这样的。他想象着莉迪亚下沉的那一刻。水面以上的阳光变得越来越暗，他很快就会抵达湖底，腿、胳膊和脊背贴着沙质的湖床。他会待在那里，直到再也无法屏住呼吸，直到水钻进来，像扑灭蜡烛一样浇灭他的思想。虽然眼睛刺痛，但他强迫自己睁着。就是这种感觉，他告诉自己。注意着，注意周围的一切，并且记住。

然而，他实在是太熟悉水性。他的身体已经知道该如何反应，就像家里天花板压下来的时候，人会本能地知道要钻进楼梯间的角落一样。他的肌肉伸展收缩，身体自动调整平衡，胳膊划着水，腿不停地踢，直到他的头破开水面。他咳出一嘴泥沙，吸进凉爽的空气。太晚了。他已经学会了怎样不被淹死。

他仰躺在水上，闭着眼睛，让水流托起疲倦的四肢。他无法知道那是什么感觉，任何时候都不可能，他只能猜，但永远不知道猜得对不对。他渴望了解那是什么感觉，她在想什么，以及她没有告诉他的所有事。她是否觉得他辜负了她，是否希望他让她走。现在，他真切地感觉到，她已经离开了。

"内斯？"汉娜叫道。她站在码头上向下看，小脸煞白。接着，另一个脑袋出现了——杰克的———只手向他伸过来。他知道那是杰克的手，当他游过去的时候，他会抓住它。

抓住之后呢？他会摇摇晃晃地往家里走，全身湿透，遍布泥浆，指关节被杰克的牙齿磕得生疼。一旁的杰克鼻青脸肿，衬衫前面沾着一块棕色污迹。汉娜显然哭过，眼睛下方和脸颊上湿乎乎的。尽管如此，他们还是不可思议地精神焕发，三个人都是如此，仿佛被水冲刷一新。处理好各种问题需要很长时间。今天，他们要应付各自的父母，包括杰克的母亲。他们会问："你们为什么打架了？怎么回事？"这需要很长时间，因为他们无法解释，而父母们总是需要解释。他们会换上干衣服，杰克会穿上内斯的一件旧T恤，他们会给杰克的脸和内斯的手指涂上红药水，这看起来更加血腥，伤口仿佛被重新撕开，而实际上，它们已经开始愈合了。

那么，明天、下个月、明年呢？需要很长时间。从现在往后的许多年，他们仍然会梳理各种细节，回忆她的面容，在心中描摹她的轮廓。当然，现在，他们已经完全理解了她，明白她是什么样的人。他们会常常想起她。比如，在玛丽琳拉开莉迪亚房间的窗帘、敞开橱柜、拿下架子上的衣服时，会想起她；某一天，他们的父亲来到一个派对上，他头一次没有先迅速扫一眼房间里的那些金发脑袋，这时，他想起了她。当汉娜站得更直、口齿变得更清晰时，会想起莉迪亚；某一天，当她用一个自己熟悉的动作把头发拂到耳朵后面时，会突然意识到，这个动作是从莉迪亚那里学来的。还有内斯，当学校里的人问他有没有兄弟姐妹，他说"有两个妹妹，其中一个不在了"的时候，他会想到她；某一天，当他看到那个永远留在杰克鼻梁上的小凸起，想要轻轻地用手指抚摸它的时候，他会想到莉迪亚。很久很久以后，在寂静的太空中俯瞰蓝色的地球时，他会再次想起他的妹妹，在人生中的重要时刻，他总是想起她。尽管他还没有意识到，但这个习惯一直在内心深处召唤着他。将来发生的每一件事，他想，我都愿意告诉你。

现在，他终于睁开了眼睛。他看到码头，看到杰克的手，看到汉娜。发现他浮了上来，汉娜抬起头来望着他。他手脚并用地拍打水面，仰起头朝她游过去，他不想再潜入水下，不想再把视线从她脸上挪开。

作者按

　　我在历史事实方面作了一些小小的改动：小说正文中描述的《如何赢得朋友和影响他人》一书封面，其实是该书几种不同版本封面的混合，但引用的句子皆为原文。同样，正文中《贝蒂·克罗克烹饪书》的引文，来自我母亲拥有的该书1968年版本，但玛丽琳的母亲使用的是该书的较早版本。

致　谢

　　万分感谢我的经纪人朱莉·巴尔，为了这本小说的面世，她耐心地等了六年。对于这本书（以及我本人），她一直比我更有信心，感谢我的幸运星将她赐给了我。感谢巴尔出版代理公司的威廉·博格斯、安娜·维纳、杰玛·珀迪和安娜·克努森·盖勒，他们都是令人愉快的合作者，也是我最好的帮手。

　　感谢我在企鹅出版社的编辑安德烈娅·沃克和金妮·史密斯·扬斯，我创作之路的每一步都受到了她们的帮助和指导，使得这本书有了巨大的改观；感谢索非亚·格鲁普曼，她的邮件每次都使我心情愉快一整天；感谢我的文字编辑简·卡沃利纳；感谢丽莎·索恩布鲁姆的校对工作；感谢芭芭拉·坎普和制作团队，他们理顺了我书中无数的矛盾之处，也对我爱用斜体字的习惯给予了包容。感谢我的宣传代理朱莉安娜·基扬，作为我的拥趸，她始终充满活力、坚持不懈；感谢安·格多夫、斯科特·莫耶斯、特雷西·洛克、莎拉·赫特森、布列塔尼·波特尔，以及企鹅出版社和企鹅兰登书屋的其他工作人员，他们以无限的热情和爱心将这本书推向世界。

人们往往坚称，写作是学不来的，但我却从我的老师们那里，学到了很多关于写作和写作生活的知识。在我参加第一堂真正意义上的写作工作坊时，帕特里夏·鲍威尔帮助我学会严肃地面对自己的作品。温迪·海曼前所未有地向我提出了修读艺术硕士的建议，为此我永远感激她。我从以利兹拉·沙夫津那里获得了极其重要的鼓励和支持；我在密歇根大学的教授们——彼得·霍·戴维斯、尼古拉斯·德尔班科、马修·克拉姆、艾琳·波拉克和南希·赖斯曼——向我提供了无私的帮助，并且将一直是我的智慧之源和领航者。

我也对那些并非严格意义上算是老师的作家朋友亏欠良多。我要特别感谢我在密歇根大学读艺术硕士时的同学，尤其是乌维姆·阿克潘、贾斯珀·卡尔斯、阿里尔·亚尼基扬、珍妮·法拉利-阿德勒、乔·基尔达夫、丹妮尔·拉扎林、泰美·林、彼得·马施尔、菲比·诺布尔斯、玛丽莎·佩里、普利塔·萨马拉桑、布里塔尼·索恩伯格和杰斯米恩·沃德。阿伊蕾特·阿米塔伊、克里斯蒂娜·麦卡罗尔、安妮·斯塔麦斯全和伊丽莎白·施陶特阅读了本书早期的草稿，多年来为我加油鼓劲，她们理应得到双倍乃至三倍、四倍的感谢。杰丝·哈伯利不仅是值得我信赖的宣传者，也是不可或缺的给予我清醒的建言者。

写作是个孤独的行当，非常感谢一路陪伴我的各类群体。《小说作者评论》期刊的工作人员一直提醒我"小说是重要的"，布雷德洛夫作家协会将我引荐给许多朋友和文学偶像，包括我所在的小团体。在波士顿，格拉布街写作协会接纳我加入了这个热情好客的写作大家庭——在此格外感谢克里斯托弗·卡斯特拉尼介绍我入会。我所属的作家团体"矮胖猴"（奇普·奇克、珍妮弗·德莱昂、卡尔文·赫恩尼克、索尼娅·拉尔森、亚历山德里亚·马扎诺-勒斯涅维奇、惠特尼·沙尔、亚当·斯图马彻、格雷斯·塔鲁桑和贝基·塔奇）给予我无限的鼓励和无情的批评。每当我遇到困阻，剑桥的达尔文餐厅总会用热茶、城里最好的三明治以及（在某种程度上）完全应景的音乐神奇地让我跨越障碍。

最后，衷心感谢我的朋友和家人，他们以各种方式塑造了现在的我。二十多年来，凯蒂·坎贝尔、萨曼莎·金和安妮·徐一直是我的支持者和知己。还有许多始终支持我的朋友，我无法在此一一列出他们的名字，但是，你们知道我说的是谁——谢谢你们。十多年前，卡罗尔、史蒂夫和梅丽莎·福克斯亲切地欢迎我来到他们热爱文字的家庭。我的家人是我永远的膀臂，即使他们并不完全了解写作这回事；感谢我的父母，丹尼尔和莉莉·伍，感谢我的妹妹伊冯娜·伍，他们让我（并且帮助我）找到了自己的道路。感谢我的丈夫马修·福克斯，他不仅鼓励我走过每一步，还承担起无尽的责任，让我的创作成为可能。如果没有他，就不会有这本书。最后——但也很重要的是，我要谢谢你，我的儿子，你大度地容忍了我这个爱做白日梦的母亲，不停地让我笑，帮助我以正确的眼光看待事物，你永远是我最值得骄傲的成就。

马上扫描读客图书二维码，
并回复"无声告白"，
就可以读到本书作者伍绮诗的独家专访，
了解更多《无声告白》故事背后的秘密。

图书在版编目（CIP）数据

无声告白 / (美) 伍绮诗著 ; 孙璐译. —— 南京 : 江苏凤凰文艺出版社, 2015

书名原文: Everything I never told you

ISBN 978-7-5399-8283-0

Ⅰ. ①无… Ⅱ. ①伍… ②孙… Ⅲ. ①长篇小说—美国—现代 Ⅳ. ①I712.45

中国版本图书馆CIP数据核字（2015）第087054号

EVERYTHING I NEVER TOLD YOU
Copyright © 2014 by Celeste Ng
Published in agreement with Barer Literary, LLC through The
Grayhawk Agency

中文版权 © 2015上海读客图书有限公司
经授权，上海读客图书有限公司拥有本书的中文（简体）版权
图字：10-2015-125号

书　　名	无声告白
出 品 人	华　楠
著　　者	（美）伍绮诗
译　　者	孙　璐
责任编辑	丁小卉　姚　丽
特约编辑	读客杨菊蓉　读客朱亦红
责任监制	刘　巍　江伟明
策　　划	读客图书
版　　权	读客图书
封面设计	读客图书　021-33608311
出版发行	凤凰出版传媒股份有限公司
	江苏凤凰文艺出版社
出版社地址	南京市中央路165号，邮编：210009
出版社网址	http://www.jswenyi.com
印　　刷	北京海石通印刷有限公司
开　　本	890mm x 1270mm 1/32
印　　张	9.25
字　　数	167千
版　　次	2015年7月第1版　2015年8月第2次印刷
标准书号	ISBN 978-7-5399-8283-0
定　　价	35.00元

如有印刷、装订质量问题，请致电010-85866447（免费更换，邮寄到付）

版权所有，侵权必究